서울대보다 **하버드**를 겨냥하라 2

서울대 보다 하버드를 겨냥하라 2

김성혜 지음

도서출판 물푸레

서울대보다 하버드를 겨냥하라 2
지은이 / 김성혜
펴낸이 / 우문식
펴낸곳 / 도서출판 물푸레
2002년 5월 14일 1쇄 인쇄
2002년 5월 18일 1쇄 발행
등록번호 / 제1072-25호
등록일자 / 1994년 11월 11일
경기도 안양시 동안구 호계1동 994-5
TEL / (031) 453-3211, FAX / (031) 458-0097
e-mail / mpr@mulpure.com
homepage / www.mulpure.com

값 9,500원
ISBN 89-8110-139-6

서울대_{보다}
하버드_{를 겨냥하라} 2

2장 유학 준비 이렇게 하라
생각도 습관도 바꿔야 한다

교육이 바뀌어야 나라가 산다

《서울대보다 하버드를 겨냥하라》는 책을 쓰고 난 후 엄청난 양의 e-mail과 편지를 받았다. 우리의 교육 실정을 돌아볼 때 어느 정도 반응이 있으리라고 짐작은 했지만, 이 정도가 되리라고는 미처 생각지 못했었다. 한편으로는 많은 독자들이 우리의 어려운 교육 실정에 부채질하는 것이냐고 비난의 글도 보내올 줄 알았다.

의외로 그 많은 메일 중 비난의 글은 딱 둘이었고, "당신의 아들이 어찌 평범하다고 할 수 있겠느냐."는 내용도 몇 있었다. 비난의 글 두 가지도 비난이기보다는 이해 부족이었다. 둘 중 한 독자는 자신과 남편이 둘 다 서울대를 나왔다고 전제하며, "당신 같이 자식을 편애하는 사람이 쓴 글은 읽을 가치도 없다. 잘된 자식 이야기만 쓰고 잘되지 않은 자식의 이야기는 왜 모두 숨기느냐? 그래서 나는 조금 읽다가 말았다."는 것이었다. 나는 자식이라고는 아들 브라이언 하나밖에 없는 탓에 어쩌다 오해가 되었는지 알 수는 없지만 부부가 다 서울대 출신이라니 한편 아쉬운 마음이 많았다. 나머지 하나는 뒷장에서 자연히 다루게 생겼으므로 여기선 잠시 생략한다.

그 외에는 모두 공감하고 있음을 호소해 왔고, 좀더 많은 실질적인 정보를 묻는 것이었다. 말하자면 유학 갈 학생이나 유학 간 학생을 위해 꼭 필요한 충고, 영어공부에 대한 지침, 유학간 학생들의 적응 상태 등에 대해 계속 물어 왔으며 아직도 끊임없는 메일을 받고 있다. 강연을 들으러 오신 부모님들이나 학생들의 질문도 마찬가지였다. 그 많은 질문에 답하기 위해서는 다시 하나의 책이 필요함을 생각지 않을 수 없게 되었고 그래서 다시 부모님들이나 학생들의 질문에 답하는 자리를 마련하게 된 것이다.

지난해 내가 《서울대보다 하버드를 겨냥하라》를 쓸 때만 해도 나는 우리의 교육 정책이 더 이상 나빠질 수는 없고 이제부터는 좋아질 것이라고 믿었다. 경제 부총리와 함께 교육 부총리가 생기는 것만 보아도 희망이 보였고 이제는 전환점이 되려는 모양이라고 여겼다. 내가 그렇게 말할 때마다 많은 사람들이, 특히 어머니들이 "작가님이 외국서 오래 살다 오셔서 그렇지 두고 보세요. 좋아지기는커녕 더 어려워질 테니까요."하며 실망의 얼굴들을 보였다. 그래도 나는 내가 옳으리라고 믿었다. 그리고 1년이 되어 오는 지금 나보다는 어머니들의 말이 더 옳지 않았나 하는 생각을 하게 된다.

지난 한해 동안도 우리는 미처 상상도 못했던 문제들이 터졌다.

수능시험이 너무 갑자기 어려워져서 분별력이 없어졌다든지, 학교 배정이 잘못되었다고 아우성치고 농성하는 부모들도 생겼고, 선착순으로 학교를 배정 받기 위해 교육청 앞에 가서 이틀 사흘 줄서 있는 학부모들도 생겼다. 며칠 전 뉴스에는 그렇게 힘들게 들어간 서울대 입학생들의 수학 능력이 형편없이 모자라서 대학 강의를 받기 위해서는 다시 수학부터 준비시켜야만 한다고 했다. 그렇게 여러 해 동안 잠도 못 자고 공부만 했다는 학생들, 서울대생들의 수학 능력이 그렇다니 뭐가 잘못되어도 한참 잘못된 것이 아닌가 싶다. 학생들이 공부에 쓰는 돈이나 시간, 정력은 해마다 늘어가고 있는 것 같은데 실력은 오히려 줄어들고 있는 것은 아닌가? 이것은 나의 기우일까? 서울 공대 지망생이 급격히 줄고 있다는 것도 생각해 볼수록 기막힌 현실이다.

우리의 교육 현실이 바뀌어야만 대한민국에 희망이 있다고 열심히 앞장서서 교육 개혁 운동하고 계신 분을 만날 기회가 있었다. 그 분에게 어쩌다 이런 일에 뛰어 들어서 고생하고 계시느냐고 여쭈었더니 다음 같은 말씀을 해 주셨다.

"내가 우리 딸아이 손을 잡고 초등학교에 입학시키면서, 이 아이가 대학 갈 때쯤이면 우리의 교육 현실도 내가 대학 갈 때보다는 나아지리라고 믿었습니다. 또 그래야만 한다고 생각했지요. 그때 그 아이가 자라서 대학 졸업하고 아기 엄마가 되었습니다. 지금은 그 손자 녀석이 대학 갈 때가 두려워지는 겁니다. 그러니 앉아서 구경만 하고 있을 수가 없어 시간과 돈과 정력을 우리의 교육 현장 바꾸어 보는 데 쏟고 있습니다. 어쩌겠습니까? 우리의 장래가 달린 문제인데요."

"그 동안 실망 많이 하셨겠습니다. 지금은 희망이 좀 보이십니까?" 내가 여쭈었다.

"앞으로는 잘될 것 같습니다. 또 그래야만 합니다."라고 답하였다. 앞장서서 뛰시는 분이 그렇게 말씀하시는 걸 보면 우리 어머니들이 보는 견해보다는 다소 희망적이기도 하다. 나도 제발 그 분의 손자가 대학 가기 전에는 좋은 방향으로의 결과와 열매가 있으리라고 믿어 본다. 또 그래야만 한다. 그 분의 말처럼 우리의 장래가 달린 문제이기 때문이다.

2002년 5월

김성혜

1장 왜 서울대보다 하버드인가?
글로벌 시대에 뒤로 가는 우리 교육

지금이 절호의 기회이다

세계지도를 펴놓고 서울을 중심으로 해서 1000km짜리 반지름의 원을 그리면 그 동그라미 속에 세계 인구의 4분의 1이 되는 10억이 살고 있다고 한다. 그 의미가 얼마나 중요하고 거대한 것인지는 간단하게 넘겨 버릴 일이 아니다. 두고두고 곰곰이 생각하고 또 생각해 볼 여지가 있고도 남는다. 1000km짜리 반경이라니까 엄청나게 커서 지구를 거의 다 덮으리라 생각하면 큰 오해다. 쉽게 이해하자면 미국의 뉴욕에서 LA까지의 거리가 5000km 정도인데, 1000km라면 그 거리의 5분의 1에 해당하는 정도일 뿐이다. 세계 어디에도 이만한 조건을 갖고 있는 곳이 그리 많지 않을 것 같다.

한반도에 역사가 생긴 후로 우리나라는 수천 년을 두고 이리 밀리고 저리 끌리며 기 한번 제대로 펴 보지 못하고 살아왔다. 중국, 일본, 소련 사이에 끼어 새우등 터지는 일이 우리 역사의 연속이다시피 해 온 것이다. 그것은 세계가 영토권의 주인을 두고 으르렁거리며 우열을 다툴 때 이야기이다. 지금은 영토권보다는 경제권, 지적 재산의 우열이 세계의 패권을 잡았다 놓았다 하는 시기가 되었다. 다시 말하면 수천 년을 두고 불리하기만 했던 우리의 입지적 조건이 지난 10여 년 사이에 세계적으로 도약할 수 있는 참으로, 기가 막히게 유리하고 편리하고, 손쉬운 조건으로 부각하게 된 것이다. 5000년만에 절호의 기회가 드디어 우리에게도 온 것이다.

내가 하는 소리에 대해 어떤 사람은 "뭘 안다고 주제넘게, 쯧쯧." 하며 혀를 찰지도 모르고, 또 누구는 "박사도 교수도 아닌 주제에, 더구나 여자가 건방지게…"라며 비웃을지도 모른다. 그래도 나는 장담한다. 5000년 역사를 뒤돌아볼 때 지금 우리 시대처럼 세계로 도약하고, 성장하고, 번영할 수 있었던 기회는 없었고, 이 기회를 어떻게 놓치지 않고 붙잡아 내 것으로 만드느냐 하는 데 대한민국 우리 모두의 성패가 달려 있다고. 이 기막히게 좋은 기회를 잃어서는 안 된다고. 바로 나와 당신, 우리 국민 모두의 손에 달려 있다고 나는 장담한다.

1976년도에 나는 거의 한 달 가까이 소련 여행을 했었다. 그리고 그때 나는 소련이 얼마 더 버티지 못하리라는 여행기를 신문에 썼다. 그때 우리 어머니께서 나를 호되게 나무라셨다.

"네가 아무리 잘났기로 어떻게 그런 말을 할 수 있느냐? 그래도 소련이면 세계 최대 강국인데 어찌 네 소견이나 안목이 그리도 짧

으냐?"하셨던 것이다. 1984년에는 중국을 한 달 가까이 여행했었다. 만주로 해서 백두산까지도 갔고 서안과 상해도 갔었다. 그때 나는 "중국이 앞으로는 무섭게 자라나리라."고 떠들었었다. 내가 보기엔 중국인들은 태어난 자본주의자들 같았다. 공산권 밑에서도 핏속에 흐르는 그들의 자본주의적 경향을 버리지 않고 끌어안고 지내면서 때가 되기만 기다리고 있는 듯이 보였다. 그러나 대부분은 "중국 가서 돈을 번다 해도 갖고 나올 방법이 없으니, 아직 멀었지!"라고들 했다.

당시 내가 신문에 썼던 기행문들이 모두 맞았다는 것이 요즘에 와서 증명되고 있다. 내가 잘나고, 똑똑하고, 선견지명이 있어서 했던 예측이 결코 아니었다. 우리 어머니처럼 평생을 거의 서울에서만 살았다면 그런 생각을 할 수 없었을 것이다. 서울을 떠나 외국에서 오래 살면서, 또 세계 여러 곳을 돌아다니면서 보고, 듣고, 느낀 것들 때문에 그리 말할 수 있었던 것이다.

지난 1년 동안도 나는 여러 번 미국으로, 유럽으로, 동남아로 다녀왔다. 그리고 나서 지금 우리에게 주어진 절호의 기회에 대하여, 우리 민족에게 5000년만에 말 그대로 반만 년만에 주어진 상금으로 알고 안타까운 마음으로, 기원하는 마음으로 바라보게 된다. 제발 빌고 또 비는 바이다. 우리의 정치권이 정신 바짝 차리고 이 기회를 우리나라와 국민을 위하여 놓치지 말고 꽉 붙잡아 우리도 한 번 세계에 떵떵거리고 큰소리치며 살 수 있는 강대국이 되도록 이끌어 주기를. 제발 빌고 또 빈다. 그러기 위해서 우리의 교육이 이 시기를 놓치지 않고 바른 자리에 제대로 정착해 주기를. 그렇게 못하면 5000년만에 처음 만난 '잘살 수 있는 절호의 기회'를 놓치고 말까 봐 심히 걱정스럽다. 나는 이 기회의 시간이 마냥 길다고 보지 않는다. 그래서 더 다급한 심정이 되는 것이다.

우리는 우리 역사상 가장 최악의 시기라고도 볼 수 있는 20세기를 살아 넘겼다. 1900년대 일제의 속국이 되어 36년이나 지냈고, 1945년에 해방되고는 5년 후에 6.25전쟁이라는 엄청난 비극을 치러야 했다. 또 50년대부터 80년대까지는 군사 독재를 지냈다. 이렇듯 최악의 고통과 진통 끝에 얻어진 기회이다. 놓쳐서는 안 된다. 21세기는 모름지기 대한민국의 최대 번성기가 되어야 한다. 그 기회가 우리의 눈앞에, 코앞에 다가와 있다. 정신 바짝 차리고 붙잡아야 한다.

윤리는 울고, 논리는 놀고

서당 개 3년이면 풍월을 한다는 말이 있다. 우리 아버지는 철학 교수이셨는데 햇수로 따지면 아버지의 딸이 된 지 50년도 훨씬 넘었지만, 나는 아직 철학의 풍월도 못한다. 어려서 아버지가 책에 쓰시고 말씀하시고 하시던 윤리, 논리가 천자문보다 더 어려워서 내가 풍월을 못하는 것인지, 아니면 내 머리가 서당 개 따라 가기도 힘들어 풍월을 못하는 것인지는 모르지만 (나는 전자의 경우이길 바라는 바이다.) 하여튼 간에 윤리, 논리라면 머릿속 어딘가에 있을 듯한 전기 스위치가 탁 내려지고 나는 거기서 암흑에 갇히는 기분이 된다.

아마 윤리, 논리라는 소리에 "야, 재미있다. 어디 좀 들어보자."라는 사람은, 특히 나 같은 여자는 별로 없을지도 모른다. 실은 그렇게 어렵고 딱딱한 소리만은 아닐지도 모르는데 우리는 그에 대해 거부 반응을 잘 일으킨다.

더구나 책에다 윤리니, 논리니 따지면 독자들이 모두 "어이쿠, 저 여자가 하는 소리 이제는 들을 필요 없겠구나."하며 도망가리라 싶어 내가 잘 알지도 못하는 소리, 남이 알아듣지도 못하는 소리는 늘 피해 왔다. 그러나 동방예의지국이라고 자랑해 왔던 우리나라가 지금 도덕 윤리 부재의 나라가 된 경위를 되짚어 생각해 보니 깊고 심오한 철학적, 역사적 의미는 내가 아는 바 없지만 당장 우리의 실정에 맞는 윤리, 논리의 필요성은 빼놓을 수가 없다. 더구나 이 책을 읽는 학생들이나 부모들은 모두 고등교육 이상의 긴 가방 끈들을 갖고 있는데 느린 형광등으로 유명한 나보다야 이해가 빠를 거라는 생각도 많다. 한마디로 내가 이해할 수 있다면 당신은 나보다는 더 잘 알고 깨달으리라 믿는 것이다.

조선 500년은 충과 효를 건국 이념으로 해서 세워진 윤리와 논리의 나라였다고 해도 과언이 아닐지 모른다. 유교 이념이었던 충효가 가장 큰 덕목으로 자리 잡았고, 국가에 충하고, 부모에 효하지 않으면 사람다운 사람이 아니었다. 그런 윤리가 우리를 500년 간 지켜 왔고 지배해 왔다. 우리의 사생활에, 일상생활에 깊이깊이 골고루 스며들었다. 덕분에 우리는 동방예의지국이 될 수 있었던 것이다. 유교의 윤리가 주가 되어 500년간을 지속한 나라는 우리뿐일지도 모른다. 공자 맹자의 원조인 중국도 그리 못했고 신라, 백제 시대 우리에게서 문화를 물려받았다는 일본도 그렇지 않다.

그런데 조선이 망하고 해방이 되면서 우리가 뿌리 깊이 갖고 있었던 유교 윤리가 뿌리째 흔들렸다. 게다가 6.25는 그 흔들린 기반을 송두리째 뒤엎어 버렸다. 양반 상놈이 없어지고, 백정 노비 사상도 없어졌다. 6.25와 더불어 이때까지는 알지도 보지도 못했던 서구 문화와 사상이 우리 땅 위에 물밀 듯 쏟아져 들어왔다. 우리는 바야흐로 혼동의 시기로 들어가게 되었던 것이다. 게다가 그 후로 20여 년간 지속된 독재 군정은 무너진 사회윤리의 혼동의 시기를 새 윤리나 도덕으로 채워 주지 못하고 긴 공백 상태로 끌고 갔다. 그 동안 우리 서민들은 위정자들에 대한 불신에다 내 일신만 걱정하는 물질 만능주의로밖에 흐를 수가 없었고 그러는 사이 가정은 핵가족 중심으로 바뀌어 버렸다. 국가, 사회 곳곳에 윤리가 없으니 따라서 정치에도 윤리가 없고, 경제나 기업에도 윤리가 없어졌다. 그뿐 아니라 직업인도, 지식인도 윤리 부재 속에 빠져 있다.

지금은 우리나라도 100m 달리기로 끝낼 것이 아니라 마라톤을 준비해야 하는 시점인데, 모두 한탕주의로만 흐르고 있는 것이다. 이제는 한탕주의가 아닌 사람이 드문 세상이 되었다. 농경 생활의 윤리관은 깨지고 새로운 도시 중심, 핵가족 중심의 윤리관이 서야 할 터인데 우리는 아직도 그 공백기에 머물고 있으니 안타깝다.

국가가 잘 되려면 경제적 중산층이 많아야 한다는 것을 우리는 다 잘 알고 있다. 경제적 중산층이 많더라도 문화적 중산층이 없으면 그 경제적 중산층은 불안하게 되어 있다. 우리에게 윤리 도덕이 없으면 문화적 중산층은 생기지 못할 것이고 따라서 경제적 중산층도 도태나 전복의 위험을 갖게 된다. 이 윤리 도덕을 주입시킬 수 있는 기본이요 근본이 교육이다. 가정교육이고 학교교육이고 사회교육이다. 그 지침을 세워서 바른 가정교육이 생기고, 사회교육이 생기도록 방향을 잡아 주는 것이 우리 교육계의 책임 중 제일이 되어야 한다고 본다. 그래야 부모는 가정에서 자녀를 어떻게 가르쳐야 할지 알 것이고, 사회도 바른 길로 가게 될 것이다. 우리의 교육이 수능시험과 입시에만 붙어 있다면 어렵고 불가능하다. 땅에 떨어져 울고 있는 윤리를 제자리에 세우고 윤리가 없는 빈 공백 동안에 도망간 논리도 찾아 주어야 하는 책임이 우리의 교육에 있다.

경제 중산층이 하루아침에 이루어지지 않았듯이 문화의 중산층도 단시일에 될 수 없다. 서구의 열강들도 모두 100년, 200년 애쓰고 노력하여 얻은 것이다. 우리 역시 하루아침에 되지는 않을 것이다. 그러나 우리는 '한다면 한다'는 국민성을 갖고 있다. IMF 때 금을 모았듯이 온 국민이 한마음 되어서 열심히 노력하면 다른 나라들은 100년, 200년이 걸렸더라도 우리는 그 1/5이나 1/10 기간 동안에 해낼 수도 있다. 그것이 또 우리의 큰 장점이기도 하다.

수능과 입시를 지양하고 인간다운 인간을 만들어 내는 교육을 해야 한다는 것은 누구나 인정한다. 우리나라에 우리가 원하는 물품이 없으면 어디서 수입을 하든지 그 물품 만드는 곳에 가서 보고 배워 와서 우리도 만들어 내야 하듯이 시간은 좀 걸리더라도 바른 제도를, 바른 윤리를, 현 시기와 우리 실정에 맞는 윤리 도덕 문화를 우리 중산층에 펴도록 애써야 하지 않을까?

찬미주의도 아니고
반미주의도 아닌 실속주의

앞의 책머리에서 비난의 글 두 가지 가운데 하나는 잠깐 언급했으나 다른 하나는 이런 내용이었다. "요즈음 같이 반미 감정이 고조되어 있는 시점에서 총기 사고로 학생들이 죽고, 마약과 술이 판치며 도덕과 성이 문란한 미국으로 왜 유학을 권하고 있는가? 우리는 서울대 나와 아무 걱정 없이 잘먹고 잘살고 있으며 우리 아이들도 공부 잘하고 있다. 그리 살면 되는 것이지 당신처럼 찬미 사상 들고나올 필요는 없다."는 것이다. 사실 "열린 만큼 배우고 닫힌 만큼 뒤진다."는 주장이 그릇되었다고 생각하거나 우물 안 개구리로 만족한 사람에게는 이런 책이나 글은 필요가 없다. 그냥 그대로 안주하고 살면 된다.

나는 우리나라가 대원군보다도 훨씬 이전에 개방하여 문을 열고 세계를 받아들였더라면 일제 36년도 없었고 6.25도 없었을 것이라고 믿는 사람 중의 하나다. 그러나 문 닫고 사는 것이 좋다는 데야 할 말이 없다. 미국의 총기 사건이나 마약에 대해서는 사전 지식이 필요하다.

미국에서 학교 다니면서 학생이 총기 사건으로 죽을 확률은 한국에서 교통사고로 죽을 확률에 비해 1/100에 달하지도 못한다. 그렇다고 교통사고 무서워 문 밖에 나가지 못하고 집안에만 있을 수는 없다. 마약도 잘 알고 조심해야 한다. 부모도 학생도 제대로 알고 또 제대로 가르쳐야 한다. 그래서 유학이 도피성이어서는 안 된다는 소리다. 집안에서 새는 바가지가 나가면 새지 않겠냐는 말도 있다. 거듭, 거듭 되풀이하지만 몸과 마음과 교육이 제대로 준비되지 않은 학생을 유학 길에 내어놓는 것은 자식 가지고 도박하는 셈이 된다. 물론 총기 사건이나 마약을 두둔하려 들거나 옳다고 하는 것은 결코 아니다. 그것이 문제인 것은 사실이다. 그러나 그 문제를 이해하고, 그 문제가 내 문제가 되지 않도록 각 방면으로 조심하는 자세는 꼭 필요하다. 또 그런 곳으로 유학을 권한다고 '당신은 찬미주의자'라고 보는 것도 옳지 않다. 물건 사러 장에 가서 내게 필요하고 내게 유용한 것을 고르고 사듯이 세계로 향한 문을 열고 세계 각 곳에서 내게 필요하고 유익한 것을 골라 갖거나 사는 자세가 필요한 것이다. 아니, 필수이고 서둘러야 한다.

산업혁명 당시 가장 먼저 산업혁명을 일으켰던 영국이 앞장서서 발전하고 있다면, 어떻게, 어떤 이유로, 왜, 언제, 누가 이런 혁명을 받아들이고 사회는 어떻게 변해 갔는가 하는 것을 빨리 가 보고, 조사한 다음 우리에게 좋고 필요한 것은 받아들이고 아닌 것은 버리고 하여 우리도 변하는 세태에 앞장서는 것이 옳은 자세인 것은 두말할 필요가 없을 것이다.

20세기 말, 21세기 초 세계가 IT혁명에 들어가 있다면 그 최첨단을 가고 있는 실리콘 밸리에 가서 누가, 어떻게, 왜, 어떤 방법으로 앞서고 있는가를 먼저 보고 배울수록, 또 배워서 우리에게 필요한 것을 우리 것으로 만드는 그런 자세가 옳은 자세가 아닐까?

우리가 싫든 좋든, 원하건 원하지 않건, 배가 아프건 안 아프건 간에 미국이 지금도 세계의 패권을 쥐고 있는 것을 부정할 수 없다. 따라서 정치, 경제, 교육, 문화 하다 못해 영화 한 편을 내 놓더라도 미국의 영화가 더 비중을 받게 되는 것은 사실이다. 미국이 가장 좋고 훌륭한 시스템이나 상황이어서가 아니고 지금 당장은 그보다 더 앞선 곳이 없기 때문이다. 세계는 어쩔 수 없이 미국의 정치, 경제, 문화를 보고 따라가고 있는 형편이다. 그보다 더 나은 방법을 알지 못하는 것도 이유가 된다. 한동안은 일본의 경제 체제가 더 나은 모양이라고 혹시나 하기도 했었지만, 지난 10년간 불황에서 헤어 나오지 못하는 일본을 보니 역시 미국식 경제 체제가 더 자리잡아 가고 있다. 공산주의도 힘없이 무너졌다.

이런 때 찬미다 반미다 하며 흑백 논쟁에 빠져서 아까운 시간 보내기보다는 무엇이, 무슨 힘이 미국의 원동력이 되고 있는지, 우리는 거기서 무엇을 배워야 하는지 따져 보고 조사해 보고 우리에게 맞는 것은 수입하고, 우리에게 나쁘고 해될 것은 버리고 하는 자세가 더욱 요구되고 있다.

　　나는 미국에 오래 살기도 했지만 거기 사는 동안 세계 여러 나라를 많이 다녀 보기도 했다. 그리고 귀국한 지금, 자연히 우리나라에 필요하고 좋은 것들을 세계 어디에서든지 받아들이기 바라는 것은 대한민국의 후예로 당연한 귀결이다. 가장 앞섰다고 보는 미국에서 좋은 점이 많이 보이는 것도 어쩔 수 없는 결과다. 그렇다고 찬미다, 반미가 아니다 하며 결말부터 내리는 것은 옳은 자세는 아닌 듯 해 보인다. 미국이 자국의 이익만 생각하고 따진다고 불평을 많이 한다. 어느 나라는 그렇지 않던가? 만약 우리나라나 우리의 정부가 우리의 국익보다 남의 국익을 먼저 챙긴다면 말이나 될 노릇인가? 자신의 국익만 따진다고 남보고 나무랄 일이 아니다. 내 실속 차릴 일이다. 우리 정부가 우리 국가의 이익을 따진다고 탓할 사람 없다. 세상이 그렇게 되어 있는 것이다.

　　하버드나 예일 같은 대학을 갖고 있는 미국의 교육제도를 배워서 우리도 우리에게 맞는, 사회에 유익하고 도움되는 전인교육, 인성교육이 가능한 교육제도를 만드는 데 중점을 두어야 한다. 보고 배우자는 곳이 미국이라고 해서 찬미다 반미다 하며 따지는 것은 우리에게 필요한 실속을 차리기도 어렵고, 한마디로 폐쇄적이며 유치한 발상이라고 하면 내가 너무 비약한 것일까?

21세기의 알렉산더 대왕은
빌 게이츠이다

얼마 전 그리스를 여행할 기회가 있었다. 3000년 전의 찬란했던 인류역사가 아직도 폐허 속에서 숨쉬고 있는 것 같아 어떤 특이한 인간애 같은 것을 느끼게 해 주었다. 그러나 내게 가장 와 닿았던 부분 중의 하나는 2400년 전 당시의 전 세계라고 볼 수 있었던 지역을 휩쓸었던 알렉산더 대왕의 이름이 여기 저기서 튀어나오는 것이었다. 그는 그리스인은 아니었다. 그러나 그의 스승이었으며, 알렉산더의 원정 때 따라 다니며 동식물을 구분하고 분류했던 아리스토텔레스는 그리스 사람이었다. 세계가 알렉산더를 대왕이라고 부를 만큼 그의 이름을 날리게 된 뒤에는 어려서부터 그를 가르친 훌륭한 스승 덕이 아니었을까 하는 생각도 하게 했다.

영토 확장에 그야말로 전무후무한 위대한 영웅이었던 알렉산더 시대처럼 얼마 전까지만 해도 세계는 영토 확장에 매달려 살고 죽었다. 그러나 20세기말부터 서서히 나타나는 인물들, 21세기의 영웅들은 영토권을 갖고 싸우는 것이 아니고 경제권, 지적 재산을 가지고 각축을 벌이고 있다. 오늘날 그에 가장 앞장선 사람은 빌 게이츠라고 자타가 인정한다. 전 세계인의 방안에는 그가 내어놓은 윈도우들이 부지런히 작동하며 점령하고 있다. 그 역시 그의 재산에는 그리 연연하지 않는 듯하다. 열심히 일해서 벌어들인 돈은 세계의 어린이나 가난한 사람들을 위해 퍼 주기에 바쁘고 자신의 자식에게는 자신이 번 돈을 물려주지 않겠다고 한다. 그러면서 열심히 소프트웨어 개발에 뛰고 있다. 마치 알렉산더 대왕이 영토 확장을 위해 뛰었듯이.

이처럼 지금 세계는 총칼로 힘을 겨루기보다는 머리로, 돈으로 힘을 겨루게 되었다. 영토 확장에 이렇다 할 재주가 없는 우리에게는 천만다행이 아닐까 싶다. 왜냐면 우리는 세계 어느 나라보다 충분하고도 넘치게 가지고 있는 자원이 바로 고급 기술과 교육을 받은 인적 자원이기 때문이다. 21세기는 우리의 것이 될 수 있다. 우리의 것이 되어야 한다. 우리는 좋은 위치적 조건뿐 아니라 훌륭한 인적 자원을 갖고 있기 때문이다. 인구수에 비하여 박사 학위 가진 사람의 숫자는 우리나라가 단연 세계 1위라고 한다.

우리나라에서 빌 게이츠 같은 사람이 하나나 둘 생긴다면, 아니면 꼬마 빌 게이츠들이 여기 저기 나타나기만 한다면 21세기의 세계는 우리 것이 될 수 있는 것이다. 그래서 우리의 교육 개혁은 시급하다. 기회를 놓치지 말아야 하기 때문이다. 지금 우리의 교육은 다람쥐 쳇바퀴 돌듯이 계속해서 붕어빵 찍어내듯 하는 데만 모든 전력을 기울이고 있기 때문에 이런 속에서는 빌 게이츠가 나올 수 없다. 만약 그가 서울서 태어났다면 아무리 빌 게이츠라도 붕어빵 틀에 말려 들어가 똑같은 붕어빵이 되어 버리고 말았을 것이기 때문이다. 제 아무리 잘난 알렉산더 대왕이나 빌 게이츠, 혹은 아인슈타인도 지금의 우리나라에 태어났더라면 빛을 보지 못하고 모두 붕어빵으로 끝났으리라고 나는 장담한다. 알렉산더는 아리스토텔레스 아래서 교육을 받았고, 게이츠는 하버드를 다녔었다. 천만다행이다. 이제라도 우리의 교육이 빌 게이츠 같은 사람이 나올 수 있도록 바꾸어 준다면 우리 대한민국의 장래는 앞으로 탄탄대로를 달릴 수 있다.

수능 점수로 단련된 대한민국

초등학교 4학년인 조카 녀석이 엄마에게 묻는 소리를 들었다.

"엄마, 엄마는 나보고 공부 잘하는 아이들하고 놀라고 하시는데, 영기는 공부는 잘하지만 성격은 정말 아니거든요. 내가 책을 안 갖고 와서 같이 보자니까 싫다는 거예요. 헌수는 공부는 못해도 자기 책을 보라고 내게 주는데 그래도 영기하고만 놀아야 하나요?"

대답이 궁해진 엄마가 아들보고 그건 고모님께 물어 보란다. 우리는 이 어머니가 무슨 걱정을 하고 있는지, 공부 잘하는 녀석이 왜 다른 잘하는 아이를 피하는지 너무 잘 안다. 초등학생 때부터 수능 점수 잘 받기 위해서는 나보다 영 못하는 아이는 걱정이 없지만 나와 비등비등한 아이라면 그 애를 누르지 않으면 내가 밀리리라는 것을 은연중에 알게 해야 하는 것이다. 초등학교 시절부터 우리는 그렇게 단련되어 가기 시작해야 한다. 아니면 뒤지고 밀릴까 봐 그렇다. 그렇게 쌓아올린 버릇과 습관이 어른이 되었다고 없어질 리가 없다. 그러니까 국회의원에 출마한다든지 대통령에 출마한다면 남 헐뜯고 깎아 내리는데 기를 쓰고 덤빈다. 국회의사당 안에서 주먹까지 휘두르며 소리지르고 싸운다. 나 역시 남이 모두 쳐다보는 국회에 나가서 떠들지 않을 뿐이지 양보할 줄 모르고, 걸핏하면 새치기하고, 양보 운전보다는 끼어 드는 운전 잘하고, 교통 신호 무시하기 잘한다. 법대로 살면 나만 손해 보는 게 아닌가 싶어 남들은 어떻게 하는가 눈치도 잘 본다.

우리나라 청소년의 대부분이 우리나라는 부정 부패가 만연하고 있다고 인정하고 있단다. 그런데 기가 막힌 노릇은 그들의 반 이상이 자신도 기회가 주어진다면 부정 부패하는 일에 가담하리라는 것이다. 우리의 선배가 보고 배워 가르치고 있는 것을 우리 후배가 따르지 않으리라고 생각하는 것은 오산이다. 누가 내게 돈주겠다는 사람이 없어서 그렇지 내게도 만 원짜리로 가득 채운 사과 상자를 준다면, 이것저것 해보고 싶었지만 못했던 짓거리들을 할 수 있을 것 같아 가슴이 두근거릴 것 같다.

미국에 살 때는 그런 것은 상상도 못했다. 내가 신호등 지키지 않으리라는 것은 상상조차 해본 적이 없다. 왜냐하면 신호등 어기면 딱지 뗄 것이 분명하고, 돈 든 상자를 받으면 징역 가서 일정한 시간 살아야 하는 것이 분명하기 때문이다. 예외를 보지 못했다. 클린턴 대통령도 여자 친구 사귀고 거짓말했다가 곤욕 치르는 것을 보았고, 닉슨 때 애그뉴 부통령이 1만 달러(우리 돈으로 치면

1300만 원) 수입을 보고하지 않고 그에 마땅한 세금을 내지 않았다고 쫓겨나는 것을 보았다. 그러니까 법의 힘을 알고, 법을 이길 생각은 하지 못했다.

우리는 정치인이나 유명 인사들이 엄청난 죄를 짓고 감옥에 갈 때는 그 사람들 이젠 끝장났구나 싶은데 얼마 지나지 않아 예나 다름없이 잘살며 나다니는 것을 본다. 그러니 법이 별것 아닌 듯 생각하게 된다.

무슨 수단을 써서라도 수능 점수 잘 받아서 일류대 나와 줄 잘 타고 승승장구하면 무서울 것 없는 내 세상이 되리라고 믿는 것이 우리인 것 같다. 수능 점수 잘 따 출세하면 국회 나가서도 주먹 휘두르고 큰소리쳐도 망신스러운 줄 모르는 것이 아닌가? 비싼 세비로 양복 쪽 뽑아 입고 목에 핏줄 세워 가며 소리치는 국회를 보다가 넥타이도 매지 않고, 양복도 안 입고, 풀먹여 깃을 세우지도 않은 셔츠 걸치고 열심히 일하고 다니는 빌 게이츠를 보면 우리는 어디서 무엇이 잘못 되었나 하는 생각이 든다. 타인에 대한 배려는 고사하고 무조건 남이라면 깎아 내리고, 그 위에 올라서야 하는 교육을 우리는 지난 반세기 동안 해 왔고 받아 왔는데 그 이상을 기대한다면 개천에서 용 나는 것을 기대하는 것과 같은 노릇이 아닐까?

그나마 구세대는 형제지간이라도 많아 어느 정도의 양보나 타협을 알았는데, 신세대는 형제지간도 없이 아이 하나나 많아야 둘 기르다 보니 그 상태가 더욱 심각하다. 초등학교, 아니 유치원이나 그 이전부터도 아이가 공부만 한다면 부모는 자식을 떠받들고 모시는 형편이다. 이 아이들이 커서 어른이 될 때는 지금보다도 더 이기주의적인, 나밖에 모르는 세상이 되는 것이 아닐까 심히 염려된다.

우리나라의 교육열은 자타가 공인하는 바이고 높은 학력 수준은 세계가 인정해 주고 있다. 그런 지성인들이 사는 나라라면 삼천리 금수강산을 꽃밭 가꾸듯 가꿀 듯한데 세계 환경기구가 발표하는 보고서마다 경악을 금할 수가 없다. 조사 대상 64개국 중 끝에서 둘째가 우리나라라고 한다. 세계환경보고서는 자연환경보호 차원에서 볼 때 세계 142개국 중 우리가 136위라고 한다. 우리 집 쓰레기를 몰래 길에 내다 버리고, 산이나 들에 놀러 가면 먹고 떠들고 논 후에 쓰레기와 오물은 다 내버리고 오는 우리가 어떻게 높은 학력, 교육열을 가진 국민인지 의심스럽다. 나는 그 가장 큰 이유가 우리의 잘못된 수능 위주의 교육, 일류대 앞에 가서 줄서기 교육이 주이기 때문이라고, 또 그에 따른 우리의 도덕성, 윤리의 부재 때문이라고 본다. 우리의 교육은 위험수위를 오래 전에 넘어 버렸다고 생각된다.

2년 간 우리나라를 방문하고 있는 외국인과 남해안을 여행하면서 이야기하고 있던 중 내가 우리나라를 인적 자원 외에는 이렇다 할 자원이 없는 나라라고 했더니 그 외국인이 깜짝 놀라 대답했다.

"아니 그게 무슨 말입니까? 자원이 없다니요? 이렇게 아름다운 자연이 있고, 물이 있고, 산이 있는데 어떻게 그런 말을 하십니까? 정말로 자원이 없는 나라를 보시지 못한 모양입니다."라는 것이었다.

"그러나 우리는 기름 한 방울 나지 않고 금광도 은광도 없질 않습니까?" 내가 되물었다.

"물값이 기름값보다 비싼 나라에서는 물보다 더 좋고 큰 자원은 없지요. 물이 있어야 농사지을 수 있는 것 아닙니까? 당신네는 그 좋은 물이 있습니다."

듣고 보니 그 말에도 일리가 있다. 나는 기름만 자원이지 물이 자원이라고 생각해 보질 않았는데 정말 사우디아라비아에서는 물이 귀하여, 물 사다가 농사짓느라고 엄청난 돈을 들이고 있다. 밀 한 말을 길러 내기 위해서 들이는 물 값이 밀 값보다 더 든다니 말이다.

우리가 잘 알고 가까이 지내는 사우디 왕자는 물줄기 찾아 우물 파는 것이 그의 직업인데 파는 우물마다 나오라는 물은 나오지 않고 기름만 나와 울상인 것도 사실이다. 그래서 나는 내 생각을 바꾸었다. 우리나라는 몇 가지 자원이 있는데 첫째는 인적 자원, 둘째는 산, 셋째는 강, 넷째는 바다, 다섯째는 그렇게 어우러진 자연, 이렇게 다섯 가지라고. 그러고 나니 또 걱정이다. 이 다섯 가지가 그나마 손꼽고 있는 자원인데 인적 자원을 잡아 쥐고 좌지우지하는 교육이 도무지 불안하고, 그렇게 지난 50년간 교육받은 인적 자원은 모두 마구잡이로 산 깎아 내리고, 물 흘려 버리고, 강을 오염시키고, 바다를 망치고, 자연을 있는 대로 훼손하고 있는 것이 아닌가 싶어서이다.

우리 아파트는 커다란 호수를 바라보고 있어 나는 아주 흡족해하고 있다. 그전에 살던 곳은 앞을 봐도 남의 아파트 벽이고, 뒤를 봐도 다른 아파트 건물이었다. 여기서는 앞은 큰 호수이고 뒤는 그리 높지 않은 산언덕이다. 이사 들어온 다음날 남편과 함께 사람들이 낚시를 하고 있는 호수로 산책을 나갔었다. 그러나 첫 산책이 마지막 산책이 되었다. 우리 아파트에서 바라 볼 때는 참으로 아름답고 그림 같아 호숫가를 찾아갔던 것인데, 거기는 낚시하러 온 사람들이 버리고 간 쓰레기, 음식물, 오물로 어지럽고 더럽기 짝이 없었다. 낚시하는 대공들은 낚시하고, 한쪽에서는 음식 끓이고 지져 먹고, 또 그 옆으로 가서는 용변을 아무 데나 보아 냄새가 진동을 하고, 어떻게 이런 모습을 교육열 높고, 높은 교육 수준 가진 문화인들의 나라라고 볼 수 있는가?

나는 이런 이기주의의 가장 큰 이유가 서울대 앞에서부터 한 줄로 늘어서서 목숨 내걸고 싸워 받아야만 하는 우리의 수능 점수, 교육정책에 있다고 본다. 남보다 내가 잘나야만 하는, 나밖에 모르는 교육열에서부터 싹트고 뿌리 뻗은 것이라고 생각한다.

어미 새도 새끼가
날갯짓만 하면 떠난다

미국은 9월에 새 학년이 시작된다. 우리 아이가 대학을 가던 해 여름, 그러니까 고등학교는 5월 말경에 마치고 3개월간의 방학을 보내고 9월에 대학을 가게 되어 있었는데, 그 여름 7월쯤이었던 것 같다. 우리 집은 숲 속에 묻혀 있다시피 해서 창 밖으로 녹음이 한창이었다. 이층 우리 안방 창턱에 산비둘기 한 쌍이 둥지를 틀기 시작했다. 산비둘기는 보통 우리가 부르는 도시의 비둘기와는 달리 몸집이 작은 회색의 새인데 서양인들은 이 새를 모닝 도브라고 부르는 길조의 새여서 잡거나 죽이지 않는다. 평화의 상징으로 그려지는 새이기도 하다. 이 산비둘기들 중 한 쌍이 우리 창턱에 열심히 나뭇가지나 지푸라기들을 물어다 둥지를 만들어 갔다. 집이 다 지어진 후에는 어미 새가(나는 그것이 어미 새인 줄 알았다.) 둥지 안에 들어앉아 마치 알이라도 품는 듯이 보였다. 알을 낳는 것을 보지 못했던 나는 알도 없는 빈집에 앉아 새끼 까는 연습이라도 하는가 했었다. 우리는 그 창문을 열 생각은커녕 창문 근처를 지나갈 때면 숨죽이고 조심히 지켜보았다. 그리고 우연히 어미가 움직일 때 그 어미 밑에 있는 두 개의 알을 볼 수 있었다. 연습이 아니고 어느 새 알을 낳아 품고 있었던 것이다. 알을 품고 있는 어미 새가 도무지 둥지를 떠나질 않는 듯이 보여 걱정이 되었다. 아무리 어미라 해도 먹고 마셔야 살지 마냥 그러고 앉아만 있으면 굶어 죽을까 봐 염려되어서였다. 마침 우리 아이의 친구 마크의 아버지가 새를 연구하는 새 박사여서 마크의 아버지께 여쭈어 보았다. 우리가 혹시 밥이나 물이라도 주어야 되는 게 아닐까 싶어서.

"걱정 마십시오. 어미가 알을 품고 있는 듯이 보이지만 자세히 관찰해 보시면 어미와 아비 새가 번갈아 품고 있을 겁니다. 그것이 산비둘기의 생태지요. 단지 어미 새나 아비 새가 다 비슷한 색깔인 데다 크기도 비슷하여 어미 혼자 품고 있는 듯이 보일 뿐입니다. 실은 아비 새가 조금 더 큽니다. 자세히 살피시면 알아보실 수도 있습니다. 서로 돌아가며 품어야 먹고 마셔 영양 보충하지요."하는 것이었다.

정말 자세히 보니 마크 아버지의 말씀이 맞았다. 그래서 우리는 걱정 접어 두고 계속 지켜만 보았다. 그렇게 알을 품기 시작한 지 보름 정도가 지난 후 알들을 깨고 새끼 두 마리가 나왔다. 부모 닮아 예쁜 새끼를 상상하고 있었던 우리는 벌거벗은 몸둥이에 거뭇거뭇한 털 몇 오라기 달린, 주둥이 하나만 유난스레 큰 새끼들의 모습에 실망도 했지만 그 새끼들에게 열심히 벌레들을 잡아다 먹여대는 부모 새의 정성에 감탄도 했다. 새끼들은 무럭무럭 자라 며칠 후엔 털이 온몸을 덮게 되더니 제법 날개도 펴며 새다운 모습을 드러냈다. 우리 집 창틀 밖에는 벚꽃나무가 있었는데 그 가지가 창틀 가까이까지 자라서 산비둘기의 둥지에서 한 50㎝쯤 되는 곳까지 뻗치고 있었다. 바람이 불면 잎이 달린 가지가 새둥지 옆에서 흔들흔들, 너울대기도 했다. 새끼들이 날개를 폈다 접었다 하기 시작하자 부모 새는 둥지에서 벚꽃나무로 팔짝 팔짝 날았다. 마치 새끼들에게 날 수 있다고, 날아 보라고 가르치고 있는 것 같았다. 그리고 드디어 새끼 새가 둥지에서 팔짝 뛰어 나뭇가지 위로 날라 간신히 앉았다. 그것을 본 어미 새는 신이 나서 그런지, 아니면 이젠 됐다는 뜻인지 구구하며 날아가 버렸다. 그리고 부모 새는 다시 돌아오지 않았다. 새끼 새 두 마리는 이 가지에서 저 가지로 다시 둥지로 몇 번 오락가락 하고 있었다. 그리고 우리 아이가 대학으로 떠나던 바로 그 날, 이 두 마리의 산비둘기도 떠나 버렸다. 처음엔 동그랗던 둥지는 그 사이 부모 새와 새끼 새들의 발길에 납작해지고 볼품없이 되어 버렸다. 나는 한꺼번에 아이와 새들을 모두 보낸 허전함에 뻐근한 목구멍과 시큰한 코허리, 그리고 서운한 눈물을 흘렸던 기억이 아직도 새롭다.

　새도 사람도 홀로 설 때가 되면 그렇게 내보내야 하는 건지 모른다. 홀로 설 수 있도록 준비시키는 것이 부모의 책임이고 역할인지도 모르겠다. 우리는 때에 따라서는 고등학교 졸업하기 이전에 떠나 보내야 할 경우도 있겠고 또 장가, 시집갈 때까지, 어떤 때는 그 후에까지 같이 끼고 살기도 한다. 그러나 앞으로는 우리도 일찍 홀로 서기 시켜서 내보내야 한다고 나는 생각한다. "그만하면 충분히 자랐으니 이제는 네 두 발로 살아 보도록 해라."하고 내 보내는 용기, 떠나는 용기가 필요하다고 본다. 새들도 새끼가 날갯짓하게 되니까 홀로 서도록 하질 않던가!

9월 11일 테러 이후 미국이 이민법을 강화하여 예전에는 6개월간이었던 관광체류 기한을 30일로 단축한다는 발표가 있었다. 또 학생비자도 미국에 관광비자로 가 있는 동안 바꾸는 것은 안되고 외국 유학생들이 입학 전 본국에서 학생비자를 받아서 입국해야 한다는 조치였다. 우리나라 뉴스나 신문 보도에 의하면 이제는 유학도 쉽지 않게 되었다고 하고 있었다.

관광 가 있는 동안 마음 바꾸어서 하는 것이 유학이 아니다. 유학은 오랜 시간과 세월을 두고 차근차근 준비해야 한다. '일단 관광비자 얻어서 간 후 미국 땅에 떨어졌으니 거기서 해 보면 될거다' 하고 시도할 간단한 일이 아니다. 유학을 위한 모든 절차를 제대로 밟고 법대로 따라야 하는 자세가 우리 문화에도 절실히 필요하다. 법대로 따라하지 않을 때 오히려 무리가 생긴다.

많은 경우 어머니가 따라가서 아이가 연수하거나 공부하는 동안 옆에서 봐 주려면 한 달 갖고는 어렵다. 그러니 6개월 관광이 필수라고도 한다. 그러나 새들도 때가 되면 둥지에서 아기 새를 밀어낸다. 비록 이런저런 생각 못하는 새일지언정 홀로 설 때가 되었다 싶으면 어미 새로부터 밀려나는 것이다.

홀로 서기는 인간만의 숙제는 아니라고 생각한다. 나는 국가도 국민의 홀로 서기를 도와야 한다고 생각한다. 우리의 교육인적자원부도 마찬가지이다. "대학이 혼자서는 제대로 하지 못할 것이다" 싶어 규제를 하고 있는 것이 우리 정부의 수립 시기부터 지금까지 계속이다. 좀 걱정이 되더라도 대학의 자율에 맡기는 용기가 필요하다. 대학에 경제적 자원이 필요한 만큼 해 주지 못할 경우에는, 특히 사립대학의 경우는 대학이 알아서 생존 경쟁에 살아 남을 수 있도록 제재를 풀어 주어야 한다. 신통치 못해 도태하게 되는 대학은 도태하도록 내버려두어야 한다. 자유 경쟁 시대이고 자본주의 사회에서 교육만은 교육인적자원부가 꽉 잡고 하라는 대로 해야 한다는 것은 시대에 역행하는 것이라고 본다.

중고등학교 역시 마찬가지이다. 나는 우리나라의 사립 중고교와 공립 중고교의 차이를 알 수가 없다. 미국을 보면 공립은 완전히 무상이다. 책값도, 점심 값도 내지 않는다. 그러나 사립의 경우는 엄청나게 비싸서 연간 2만 달러에서 3만 달러 가량이 든다. 그러니까 그런 돈을 내고라도 사립에 가고 싶은 사람은 가라는 것이다. 우리나라의 사립 중고교 숫자가 공립 중고교보다 훨씬 많다고 한다. 그러나 사립과 공립의 차이가 없다면 구태여 사립이 무슨 의미가 있을까 싶다. 대한민국이 사회주의 국가나 공산주의 국가가 아닌 만큼 돈 들여서라도 내 자식 비싼 학교에 보내고 싶다는 부모에게 그런 권리를 부여하는 것이 왜 안되는지 모르겠다. 우리는 걸핏하면 위화감, 위화감하며 위화감만 들고 나오면 모두 할 말을 잃는데 사람은 같을 수가 없다. 생긴 것이 모두 다르듯 재주도 다르고, 돈벌이 방법도 다르고, 살림도 다르게 산다. 구태여 교육만 같아야 한다고 보지는 않는다. 같은 교육 받아야 한다고 떠들어 평준화하고 보니까 결과가 무엇이던가? 모두가 하향 평준화가 되어 버리지 않던가! 구 소련이 인간은 빈부가 없이 같아야 한다고 공산 혁명을 했다. 그 결과가 어떻던가? 모두가 가난해지는 결과가 되어 버렸고 결국 그 체재는 무너졌다. 우리의 교육 체재가 구 소련같이 완전히 무너지지 않게 하려면 나는 하루 속히 정부가 제재의 손을 하나씩 하나씩 풀어 주어야 한다고 본다.

우리 아이가 다녔던 세인 알반은 매년 생기는 두 명, 혹은 세 명의 빈자리를 편입 요강에 따라 학교가 원하는 학생들을 뽑고, 학생들은 그 몇 안되는 자리를 위하여 응모하고 있었다. 학생은 학생이 원하는 학교로, 학교는 학교가 원하는 학생을 찾고 고를 수 있어야 하는 것이 아닐까?

미국도 물론 교육에 문제가 많다. 나라가 크고 인구가 많고 가지각색의 인종이 살다 보니 우리에 비할 바가 아니다. 그러나 그들의 생각은 사람이란 어차피 모두 같을 수는 없으니 기본은 모두 가르치도록 하되 15%정도의 엘리트를 잘 키워 내는 한은 그 15%가 미국을 끌어갈 힘과 책임을 지고 있다고 보고 있는 것 같다. 사립은 사립의 자율에 맡긴다. 한푼도 내지 않아도 되는 공립에 비해 연간 2만~3만 달러는 내야 하는 사립에 대해 이래라 저래라, 많이 받는다 적게 받는다 관여를 않는다. 우리도 우리의 사립은 사립에게 자주권을 주어 홀로 서기가 되도록 이끌어야 하리라고 본다. 우리의 사립 대학들이 나는 안쓰럽다. 등록금도 마음대로 올릴 수 없고, 학생 수도 마음대로 못하고 기부금 제도도 안 된다. 그렇다고 정부가 모자라는 부분에 대한 재정적인 지원을 해 줄 위치도 되질 못한다. 때에 따라서는 품을 떠나지 못하는 새를 이제는 떠나라고 밀어낼 줄도 알아야 하는데 우리는 혼자 서 보겠다는 새를 그냥 끌어안고 같이 망치자고 드는 것 같기도 하다.

얼마 전 KDI가 교육에 관해 제안한 연구보고 안건들이 나는 다 좋아 보인다. 그래도 교육인적자원부는 아니라고 하는데 어쩌면 교육인적자원부에도 혼자 서 보려는 학교들을 그리할 수 있도록, 그래서 자유경쟁을 해 보도록 맡기고 밀어 보는 용기가 필요한 것은 아닌가 싶기도 하다.

한국에서 태어난 죄 밖에 없어요

1970년 당시 우리는 필라델피아에 1년간 살고 있었는데, 한국을 다녀오게 되었다. 마침 크리스마스 때가 되어서 비행기가 붐비지 않을까 싶었는데 한국으로 가는 비행기는 그런 대로 사람이 많았던 것으로 기억된다. 그런데 한국에서 미국으로 오는 비행기는 나와 승무원이 다인 듯이 기내가 텅텅 비어 있었다. 그때는 우리 항공사가 없었던지 지금은 다 사라진 팬남이나 TWA같은 비행기로 다녔다. 승객도 거의가 외국인들이고 한국 사람들은 많지 않았다. 크리스마스에 나는 미국으로 돌아오면서 크리스마스는 식구들이 다 모인다는 미국 최대의 명절인데 왜 이렇게 비행기가 비어 있을까 하고 의아하게 생각했었다. 내가 미국으로 간 지 4년이 되는 때인데도 나는 아직도 미국의 풍습을 제대로 이해 못했던 때문이었다. 나는 제 딴에는 미국에 대하여 잘 알고 있다고 믿고 있었다. 미국 사람들은 크리스마스 이브라고 하는 12월 24일부터 식구들이 모여 25일은 모두 문닫고 지내기 때문에 여행하는 사람이 없다. 나 같은 외국인들이나 유태인들을 제외하고는 모두 우리의 설날이나 추석처럼 모여 지낸다. 그러니까 아무리 바빠도 24일이면 모두 이동이 끝나고 25일은 조용한 날이 되는 것이다. 길에 자동차도 별로 다니지 않을 정도로 한산하다. 덕분에 나는 생각지도 않았던 거대한 비행기를 나 홀로 전세 내다시피 타고 왔던 기억이 있다.

요즈음은 크리스마스날이나 그 전이나 후, 특히 미국 학교들의 방학 때가 되면 비행기 스케줄 잡기가 보통 어려운 것이 아니다. 미국은 5월말이나 6월초에 여름방학 시작해서 8월말에 끝이 나고 크리스마스 전에 시작한 크리스마스 휴가는 설이 지나고서야 끝난다. 그리고는 다시 3월에 열흘에서 2주 정도의 봄방학이 있다. 그때 미국 가는 비행기나 미국서 오는 비행기는 일반석이나 이등석을 막론하고 자리잡기가 보통 어렵지 않다. 유학생들이 대거 이동하는 시기이기 때문이다. 나도 비수기인 3월에 미국을 다녀오려고 나섰다가 자리를 잡기 어려워 곤혹을 치러야 했다. 비행기 안은 학생들로 붐비고 있다. 새로 문을 연 인천 국제공항이 밀려오고 나가는 유학생으로 가득하다. 유학생이 전체 학생의 1%도 안 된다고 정부는 말하지만 서울의 어떤 지역 중학교 교실들은 반 이상이 비었다는 이야기를 여러 사람에게서 들었는데 어느 말이 맞는지 모르겠다.

기숙사가 있는 미국의 사립 중고등학교란 학교는 한국 학생이 없는 곳이 없다. 아니, 한국 학생들이 너무 몰려와 그중 좋은 학생을 추려 내느라고 여념이 없다. 몇 자리 남지 않은 곳을 두고 한국 학생끼리 수십 대 일의 열띤 경쟁을 하고 있다. 미국의 사립학교들이 한국 학생들에 의해 호황을 누리는 셈인지도 모른다. 멀고 먼 뉴햄프셔의 산골 학교에서부터 텍사스 벌판의 시골 학교까지 구석구석 기숙사가 있는 학교마다 한국 학생이 없는 곳이 없고 더 이상 받을 자리가 없다는 바람에 가디안(보호자)을 구해 유학 보내려는 부모들로 아우성이다. 유학, 조기 유학이 먼 이야기가 아니고 당장 시급한 현실 문제가 되고 있는 것이다. 이런 현상을 뒷짐지고 물러서서 눈감고 아웅 하듯이 모른다고, 대책이 없다고 할 것이 아니다. 우리 교육의 개혁도 개혁이지만, 부모나 학생들의 유학을 향한 시급한 요구를 무시할 수만은 없는 형편이 되어 있다.

기막히게 야무지고 똑똑한 중학교 2학년짜리 학생이 내게 이런 이야기를 했다.

"나는 우리나라에 태어난 죄 밖에 없어요. 우리나라도 내가 1년간 유학 가 있었던 캐나다 같이 교육시킨다면 왜 내가 유학 가고 싶겠어요? 사실 부모님께 미안해요. 돈이 엄청 드니까요. 그래도 부모님은 자식은 나 하나뿐이니까 내가 정 원한다면 가라고 하세요. 저도 부모를 떠나고 싶지는 않아요. 하지만 학원에 가서 밤 열두시까지 해야만 하는 이런 교육은 정말 싫거든요. 나는 친구들과 사귀고도 싶고 놀고도 싶어요. 캐나다에서 사귄 친구들이 얼마나 부러운지 몰라요. 지금 내가 중학교 2학년인데 솔직히 우리 영어 선생님한테서 배울 것은 미안하지만 없어요. 그래도 저는 문법 때문에 영어학원 다니고 있거든요."

우리나라에서 태어난 죄밖에 없다는 아이의 말이 내 마음에 충격을 주었다. 내가 대학교 입학시험 치를 때 그 당시 입시 제도가 너무 싫어서 "나는 대한민국에 태어난 것이 죄이다."하며 체력 검사장에서 목놓아 울었던 기억이 있다. 그때는 체력 검사라는 것이 대학 입시에 끼어 있었다.

우리의 아이들이 이런 생각이 들지 않도록, 나는 대한민국에 태어나 너무 좋고, 다행이고, 고맙다는 생각이 들도록 되어야 하는 건데, 대한민국에 태어난 죄밖에 없다는 말을 들은 학생의 어머니가 이런 말을 했다.

"부모로서 아이가 저런 말을 하는 것을 들으니까 자식에게 미안하기 짝이 없습니다."

누군가는 "그건 너무 했다. 그 정도는 아니다."고 할는지도 모른다. 혹은 그 어린 학생을 조상의 은덕도 모르는 배은망덕한 자세라고 할는지도 모른다. 그러나 1, 2년도 아니고 지난 50년 이상을 우리의 교육을 이끌어 온 정부나 교육부, 문교부, 교육인적자원부를 생각하고 지금의 모든 병폐를 생각해 보면 나는 이 아이의 말이 틀리지 않다고 본다. 나도 한때 그리 생각했었으니까.

나라가 가난하다고, 부모가 가난하다고 탓하는 것이 아니다. 전쟁이 터졌다고 탓하는 것이 아니다. 제대로 된 좋은 교육을 받게 좀 해 달라고 호소하고 있는 것이다. 등록금을 내도 좋은 사람은 내고라도 하향 평준을 면하게 해 달라는 것이다.

방학 때마다 밀물, 썰물 밀리고 쓸리듯 왔다 갔다 해야 하는 우

리의 유학생들을 이제는 바른 방향을 찾아 주고, 가르쳐 줄 때도
되었다. 아니 시기가 늦었는지도 모른다. 오히려 서둘러야 할지도
모른다.

당신 인생의 목표는 어디에 있는가?

우리의 교육열은 지구상에 둘도 없이 높다고 자타가 공인하고 있는 바이다. TV뉴스에서 이제는 유치원부터 가르치는 것도 늦다고 여덟 달짜리 기저귀 찬 아기에게, 아직 걸음마도 못하는 아기를 앉혀 놓고 선생님 모셔다 공부시키는 모습을 보고 너무 놀라 벌린 입을 다물지 못했던 기억이 아직도 거짓말 같기만 하다. 서울 강남의 일부 유치원들은 1년 전, 아니 그 이전부터 줄서서 들어가기 위해 기다리고, 제비뽑고 난리라고 한다. 우리나라의 사교육비가 너무 높아서 나라 망치게 되겠다고 우려하는 소리도 여러 번 들었다. 한 살 반짜리부터 받는 영어 유치원이 인기란다. 선생들은 아기 기저귀 갈아 가면서 가르쳐야 할 판이다.

높은 교육열이 나쁜 것은 결코 아니다. 교육열은 높을수록 좋다고 생각한다. 단지 그 방향이 잘못되고, 내 자식, 내 새끼, 내 잇속만 챙기려 드는 이기적인 교육열이 문제이다.

세계 대부분의 국가들은 뜨뜻미지근한 국민들의 교육열 때문에 고심들을 하고 있다. 21세기는 급속히 발전하는 IT, 유전공학, 전자공학, 인터넷 세상이다. 마땅히 교육열 높은 우리나라는 삽시간에 우리 국민 대부분이 인터넷에 연결돼 뛰고 있는데, 다른 나라 국민들은 느긋하고, 느릿하고, 낮잠 즐기느라 여념이 없어 오히려 정부들이 고민한다. 교육열을 살려 보려고 열심히 부채질하고, 호소하고, 달래 보고, 애써 본다. 교육열 높은 것이 고민인 곳은 우리나라뿐일지 모르겠다.

이 열기를 잘 이끌고 지도해서 파괴적으로 흐르는 이기적인 교육열에서 건설적인 교육열로 바꾸기만 한다면, 우리가 세계를 잡고 큰소리칠 수 있는 절호의 기회가 될 수 있다고 본다. 4천만 우리 국민의 두뇌와 세계 인구의 4분의 1이라는 숫자를 우리 주변에 둔 입지적 조건이 그야말로 보기 드문 기회를 우리에게 부여하고 있다. 이들에게 우리가 즐겨 먹는 초코파이를 한 달에 하나씩만 판다 해도 기가 탁탁 막히는 돈벌이이다. 우리들이 잘 만드는 핸드폰 하나씩 판다면 대한민국은 세상에 둘도 없는 부자 나라가 될 것이다.

이런 입지적 조건은 우리 한반도 땅을 우리에게 준 신의 선물 같은 것이지만, 이 기회를 잡아 도약하려면 건설적인 교육열, 이기주의가 아닌 교육열을 갖는 것이 전제 조건이다. 조건의 50%에 해당하는 위치적인 이점은 얻었으나 교육으로 얻어지는 인적 자원 면에서는 그 나머지 50%를 구축할 수 있을지, 아니면 오히려 기회를 놓치고 망치게 하는 요인이 될는지는 우리들의 손에 달렸다. 기회가 온 것은 확실한 사실이다. 세계를 좌지우지하는 실력있는 국가로 나서려면 그 기반부터 탄탄히 다져야 한다. 개천에서 용이 나질 않기 때문이다. 이 절호의 기회를 잡아 내 것으로 만들 전제 조건을 나는 제대로 된 교육이라고 보기 때문에, 또 그 교육은 하루아침에 이루어지는 것이 아니기 때문에 마음이 다급해진다.

　높은 교육열 덕분에 높은 학력 가진 인적 자원이 얼마인데 그런 소리를 하느냐고 반문할는지도 모른다. 그렇다. 우리에게는 높은 학력 가진 인적 자원이 세계 어느 나라보다 많은 것이 사실이다. 박사 숫자도 세계 최고다. 그러나 지금 세계는 신용사회가 정착되어 가고 있고 투명사회를 지향하고 있다. 아무리 높은 학력의 인적 자원이 있다 한들 신용이 없고, 투명치 못하면 소외되는 세상이다. 게다가 한 가지 더 남은 필수 조건을 무시할 수가 없다. 영어 구사 능력이다. 물론 누구나 다 영어를 해야 하는 것은 아니다. 그러나 외국인들이 들어와 일하고 장사하는 데 불편해서 진땀 흘릴 지경이 되어서는 우리의 도약에 어려움이 있다는 이야기이다.

　지난해에 나는 일본과 그리스를 여행할 기회가 있었다. 나는 일본말도 못하고 그리스말도 못한다. 그러니까 두 곳에서 다 영어를 쓰려고 했다. 남편이 회의에 들어가 있는 동안 나는 혼자 이곳 저곳 다니기를 즐긴다. 일본서 길을 나서니까 영어가 통하지 않아 무척 애먹었고 전철이나 버스 타기가 걱정스러웠다. 영어로 설명해 줄 사람을 찾을 수가 없었기 때문이다. 그리스에서는 두 서너 사람

중에 하나는 영어를 하니까 마음놓고 겁 없이 돌아다닐 수가 있었
다. 경찰 정도의 교육을 받은 사람은 모두 영어를 할 줄 알았다.

　거꾸로 외국인이 여행차, 혹은 사업차, 혹은 지사를 내기 위해
우리나라를 방문하고 있다고 치자. 자기가 찾아가고자 하는 곳을
다섯 사람, 혹은 열 사람을 붙잡고 물어도 모두 영어 못한다고 하
면 외국인들이 얼마나 땀빼겠는가! 외국인을 유치하기 위해서는
길 찾는 간단한 문제에서부터도 영어가 필수가 되어 가고 있다. 지
난 10년 사이 싱가포르, 아일랜드, 네덜란드가 급 발전, 상승세를
타고 있다. 불과 몇 년 사이에 평균 국민 소득이 3만 달러를 맴돌
게 되었다. 그 이유는 간단하다. 정부가 외국인들이 와서 기업을
하기 좋도록 모든 편의를 봐 주었고, 영어 잘하는 교육을 받은 인
적 자원이 많이 있었기 때문이다.

　미국에서 30년 간 살다가 1996년도에 귀국했을 때, 내가 떠났던
1966년도에 비하여 눈부시게 발전한 우리나라를 보고 기쁘고 감
격하여 목이 메였던 기억이 아직도 새롭다. 눈에 보이는 발전은 상
상을 초월할 지경이었다. 언젠가 서울 수서 역에서 전철을 갈아타
려고 층계를 올라 가다가 위에서 내려오는 청년과 부딪혔다. 미국
에서 습관적으로 했던 말 "미안합니다."가 내 입에서 절로 나왔다.
젊은이는 나를 위아래로 훑어보더니 미안하다고 하기는커녕 사나
운 표정으로 "육시랄 X." 하는 것이었다. 외국 같으면 남자가 으레
먼저 "미안합니다. 다친 데는 없습니까?"라고 별것 아닌 것도 친절
히 묻는 것이 보통인데, 우리 조국에서는 어머니뻘도 더되는 나에
게 들어본 적도 없는 말을 쉽게 뱉어 내는 젊은이에게서 충격을 받

왔다.

　전철 타고 갈 길이 머니 안으로 들어갔으면 싶어서 입구에 몰려선 남학생들에게 좀 비켜 달라는 뜻으로 "실례합니다."했더니 학생들이 "야, 실례한다잖냐.", "임마, 비키라는 소리야.", "어, 실컷 실례하시죠."하고들 떠들었다. 그 후로 나는 좀처럼 미안하다든가 실례한다는 말을 잘하지 않는다. 세계 여러 나라에서는 그런 말 않는 것이 큰 실례인데도 불구하고.

　엘리베이터에서 탄 사람이 다 내리기 전에 먼저 타는 나라도 세계 모든 국가들 중 우리나라뿐일 것 같다. 세계 어느 나라에서도 그런 것을 보지 못했다. 우리 모두 왜 그럴까? 66년도에 내가 미국으로 떠날 때까지만 해도 우리는 동방예의지국이라고 자랑했다. 그 말이 맞는가? 우리가 해방되고 반세기가 넘었는데 그 동안 우리는 예의라고는 깡그리 사라진 나라가 되었다.

　글 못 읽는 사람은 문맹이라고 하고 컴퓨터 못하는 사람은 컴맹이라고들 한다. 도덕이 없는 사람은 미국에서는 모랄 일리터릿(moral illiterate) 즉 도덕맹인이라고 한다. 우리는 모두 도덕맹인이 되었는데도 그 사실조차도 모르고 있는 것 같다. 왜 그럴까?

　나는 우리의 교육이 그 중 가장 큰 책임을 져야 한다고 생각한다. 우리는 서울대를 정점으로 수능시험 점수 갖고 한 줄로 줄 세워 대학 입학하는 입시제도 때문에 우리의 어린이들이, 젊은이들이, 어른들이 모두 도덕맹인이 되었고, 되어 가고 있고, 앞으로도 될 것이다. 내가 너보다 한 점이라도 더 받아야 좋은 대학가고, 원하는 과에 갈 수 있고, 내가 너보다 한 시간이라도 더 앞서 공부해야 너보다 잘난 학교에 갈 수 있기 때문이다. 대한민국 국민들의 일생 일대 목표는 수능 점수 잘 받아서 서울대 가는 데 있다. 그러기 위해서는 나 외의 모든 인간은 다 나의 경쟁자요 적이다. 지난 50여 년간 우리는 그렇게 교육해 왔고 지금도 그렇게 교육시키고 있다. 서울대 가기 위해서는 운동도 접어 둬야 한다. 봉사 활동도 뒷일이다. 과외 활동도 공부에 방해가 된다. 자식이 공부만 한다면 부모는 벌벌 떨고, 쉬쉬하고, 해 달라는 대로 다 해주고, 보약 먹이고, 사 달라는 것 죄다 사준다. 내 말이 틀렸던가?

나 역시 그렇게 자랐다. 미국 유학 갈 때까지 밥 한 번 해보지 않고 학교만 다니다 미국 갔다. 미국 가보니까 거기는 중고등학생은 물론 초등학생까지도 다 자신이 식사를 챙겨 먹을 줄 알고, 돈벌이도 모두 할 줄 알고, 운동도 한 두 가지는 하고, 우리나라 부모들에 비하면 그곳 부모들은 훨씬 수월해 보였다. 자기 일은 자기들이 알아서 했다. 한마디로 독립심이 강했다. 혹시 우리는 우리의 아이들을 공주님, 왕자님처럼 기른 데다가 공부만 한다면 고맙고 황송해서 오냐오냐해 가지고 자기만 알고 남은 몰라라 하는 식으로 기르고 있지는 않은지 깊이 따져 볼 일이다.

나를 포함한 우리의 교육은 아주 이기주의적이기만 하고 약육강식에 물들고 젖어 있다. 그러면서도 그런 줄조차 모르고 자랐다. 나도 미국 가서 결혼하고 아이 낳아 기르고, 그 아이가 자라 대학을 가고, 졸업하고, 그리고 난 뒤 한국에 나와 본 후에야 내가 잘못이 많았었구나 하는 것을 조금씩이라도 깨닫게 되었다.

지하철에서 "실컷 실례하라."고 떠들었던 남학생이나, 내게 못할 말을 했던 청년이나, 길을 막고 승하차하는 아저씨와 아주머니들, 모두 자신이 하는 행동이 제대로 교육받지 못한 행동인 줄 안다면 그리하지 않았으리라 믿어진다. 그것이 실례이고, 무례하고, 남을 배려할 줄 모르는 일이라는 사실조차 미처 모르고 하는 행동이라고 본다. 남의 권리도 내 권리만큼 중한 줄 알고 자라야 하는데 그렇지 못한 때문이다. 그러니까 우리나라의 산과 들, 강과 바다는 오염 물질과 쓰레기로 덮이고 있는 것이 아닐까?

미국의 유명한 벤처회사 루슨트 테크놀러지를 우리는 잘 알고 있다. 그 회사는 특히 벤처해서 돈 많이 번 한국인을 사장 중 한 사람으로 끌어들여 우리나라에 알려지면서 더욱 유명하게 되었다. 그런데 작년 한때 100달러를 넘던 주가가 70달러, 80달러로 떨어졌다. 유명하고 탄탄하다는 회사의 주가가 내려가자 많은 사람들이 이때다라고 주를 사 들였다. 얼마 지나지 않아 50달러, 60달러로 내려갔다. 이번에야말로 돈 벌 기회다 하고 일손을 멈추고 뛰어들어 산 사람들이 많다. 그러던 것이 9월 11일 테러 이후에는 10달러 선으로 폭락했다. 그 정도 내려가리라고 생각했던 사람은 아무도 없었다. 모두 아연실색하고 도대체 어쩐 일인가 하고 배경을 찾았다. 대답은 의외로 간단했다. 루슨트 테크놀러지가 최근에 와서 신용을 잃었기 때문이라는 것이었다. 그만큼 신용이 중요한 곳이 자본주의 사회다. 루슨트가 다시 신용을 회복하려면 각고의 뼈를 깎는 노력이 있지 않는 한 쉽지 않으리라고 한다. 신용은 기업의 산소나 마찬가지이다. 국가도 그렇다. 사람도 그렇다. 신용을 잃고 나면 사람이건, 국가이건, 기업이건 만회가 힘들다.

88년도 올림픽 때도 그랬지만 월드컵 때에도 외국인들이, 특히 유럽인이나 미국인들이 올 것이고, 이들이 오면 뷰티풀, 원더풀, 넘버원을 떠들어 댈 것이다. 우리는 늘 칭찬에 약해 있어서 그런 소리를 들으면 정말 우리가 최고인가 보다 싶어 좋아할 줄만 안다. 우리는 칭찬에 인색해서 어디 가서 남의 것보고 좋다고, 예쁘다고 떠들 줄 모른다. 그러다 듣는 칭찬이니 감격할 수밖에. 외국인들 특히 미국인들은 칭찬을 무척 잘하지만 비난은 좀처럼 하지 않는다. 칭찬을 그치지 않는다고 잘난 줄 알고 취해 있으면 안 된다. 이것은 문화의 차이이다. 엘리베이터에서 내리는 사람이 다 내리기도 전에 먼저 타는 것은 문화의 차이 때문이 아니다. 그것은 기본 교육이 부족한 탓이다. 문화의 차이라고 볼 것이 따로 있지 기본 교육이 부족한 것을, 도덕성이 없는 것을, 침 뱉고 쓰레기 버리는 것을 문화의 차이라고 덮을 수는 없다.

우리 아이를 기르면서 미국의 교육에 대하여 깨달은 것이 미국은 대학 갈 정도의 학생이면 지도자여야 하고, 지도자를 기르려면 대학은 마땅히 학생의 사람됨을 꼼꼼히 살펴야 한다는 것이었다. 그래야만 이들이 사회에 나가서 맑은 윗물이 될 터이고, 그래야만 아랫물도 맑아질 터이라고 보는 때문이다. 그러니까 교육받은 사람의 책임은 그만큼 크고 중한 것이며 그런 사람을 길러 내야 하는 대학들은 조심스레 그 과정을 밟아 나가는 것이다. 그러니까 미국의 대학들은, 특히 전문가, 지도자를 길러 내는 대학일수록 공부도 보지만 운동도 보고, 과외 활동도 보고, 봉사 활동도 열심히 보는 것이다. 내 잇속이나 내 주머니, 내 뱃속만 챙기는 사람보다는 남과 더불어 살 줄 알고, 뒤진 자를 붙잡아 일으킬 줄 알고, 약자를 돌볼 줄 아는 사람을 찾고 그런 교육을 근본으로 하고 있는 것이다. 그러니까 빌 게이츠 같은 사람들이 나온다. 창의력, 상상력도 기막히지만 가난하고 뒤진 자들을 위해 열심히 그가 번 돈을 내어 놓는 그런 자세들 말이다.

인생의 목표가 수능 점수 잘 받아 서울대 가서 좋은 직장 구해 남이야 어쨌든 나만 잘살면 된다는 것이라면 우리에겐 희망이 없는 것이다. 그러나 애석하게도 우리는 모두가 다 그런 목표에 목을 매달고 있는 것 같아 걱정이 앞선다. 우리의 교육인적자원부가 어서 대안을 마련해 주면 좋겠지만 그렇지 않다면 교육도 문을 활짝 열어서 외국의 교육 기관들이 우리나라에 오고 우리나라의 학생들이 맘대로 외국 교육을 받고 싶은 대로 받아 그나마라도 우리나라 지도자를 양성하는데 숨통을 터 주어야 하지 않을까 싶다. 우리나라의 교육이 이기적인, 나밖에 모르는 교육열에서 남도 배려할 줄 아는 교육으로 바뀌어야 하는 것은 너무도 시급하다. 똑같은 붕어빵 찍어내는 교육에서 벗어나 창의력 있고 상상력을 펼 수 있고 천재성을 발굴하고 키워 낼 수 있는 교육이 너무도 시급하다.

지난 달, 조선일보 1면에 실린 〈2020 미래로 가자, 소득 3만 달러 시대로〉라는 기사에 "학군 좋은 고교에 전학시키려 수백 명의 학부모가 사흘을 노숙하고 초등학교 3학년이 대입 논술 과외를 받는 풍토에서는 3만 달러가 불가능하다. 무엇보다 4000만 명의 교육을 중앙 통제하는 교육인적자원부를 존속시킬지 여부부터 검토해 볼 필요가 있다. 3만 달러 시대는 '인재 혁명'과 동의어이다.

2020 미래는 규격품을 대량 생산하는 교육 시스템을 파괴하라고 충고하고 있다. 토론에서 지금의 학교 교육이 '500원짜리'라는 비유까지 나왔다. 초·중·고교 12년간 암기하는 지식 양은 500원짜리 메모리칩 한 개면 담을 수 있다."는 것이었다.

그렇다. 우리는 500원짜리 칩 하나에 넣으면 되는 지식을 12년 동안 귀하디 귀한 인적 자원인 우리의 아이들에게 주입시키고 그 주입된 우열에 따라 수능시험 치러서 붕어빵 찍어내는 교육을 자그만치 50년이 넘게 해 왔다.

계산이라면 우리나라의 초등학교 4학년이나 5학년보다 느린 우리 아들 브라이언은 그렇게 느린 수학 능력 갖고도 예일대 졸업하고 훠튼에 가서 MBA받고 동시에 펜 대학에서 의과대학을 마쳤다. 우리 아이가 셈이 느리다고 수학을 못하는 것이 아니다. 16년간의 교육 기간을 계산기가 해 줄 수 있는 손쉬운 것들에 매달리는 대신 다른 지적인 개발에 쓴다는 것을 나는 타당하다고 본다. 500원짜리 메모리칩에 들어갈 수 있는 지식을 외워서 선다형 시험으로 우열 가리느라고 상상력, 창의력 튀는 꿈나무들을 12년간 학교에서 학원으로, 학원에서 또 다른 학원으로 밥 먹고 쉴 틈도 없이 돌려대는 것이 이상적인 교육은 분명 아니다. 교육은 계산하는 기계를 만들어 내거나 메모리칩에 들어갈 암기력의 주입이 아니고 논리적으로 생각할 수 있는 사람을 만들어야 하는 것이다.

기적적으로 교육인적자원부가 생각과 태도를 바꾸어 2002년도부터 제대로 개혁해 간다 하더라도 우리의 아이들이 몸에 배이게 배워서 자라나게 하려면 지금 중고등학생들은 이미 늦었다고 본다. 초등학교부터나 가능한데 초등학교 학생들을 가르쳐 새로운 사회의 지도자들이 되기까지는 초등학교 6년, 중고교 6년, 대학 4년 이렇게 적어도 16년간의 투자가 필요하다. 그러기 때문에 교육은 백년대계라는 말을 하는 것이다. 그런데도 우리의 교육인적자원부가 1, 2년 안에 쉬이 개혁으로 들어가게 될 것 같지 않다. 지금 자녀를 둔 부모님들은 안타깝다. 내 자식은 이기적인 붕어빵 교육을 받지 않게 하고 싶은 부모들은 자연히 유학의 생각을 떨쳐 버릴 수가 없다. 빌 게이츠 같은 인물이 나오기 힘든 우리의 교육 실정으로 보아서는 나는 그들을 나무랄 수 없다고 본다. 그렇게 해서라도 빌 게이츠는 아니더라도 그와 비슷한, 근사한 인물이 그 가운데 몇 나오기만 한다면 나는 대한민국의 앞날이 크게 기대된다고 보고 있다.

일본은 2002년도 4월 새 학년부터는 초중고교에서 종래의 주입식 교육을 버리고 창의력, 상상력, 사고력 높이는 미국식 교육으로 방향을 바꾸어 가겠다는 기사를 월 스트리트 저널에서 보았다. 또한 과목 수가 너무 많아 아이들의 머릿속을 지식으로 꽉 채우려 들기보다는 과목 수를 대폭 줄여 배운 과제를 소화할 수 있는 시간과 여유도 주기로 했다고 한다. 물론 이에 대해 찬반이 얼마간은 요란할 것이고 결론적으로 어떻게 자리잡아 가게 될는지는 아직 미지수이다. 오랫동안 불황에서 헤어나지 못했던 일본의 교육 혁신 중의 하나라고 한다. 아닌게 아니라 예전에는 별로 없었던 미국으로의 일본 유학생이 최근에 와서 꾸준히 늘어가고 있었던 것도 사실이다.

　이러한 여건들을 생각하고, 만약에 당신의 아이가 내년에 유학을 떠난다면, 혹은 3년이나 4년 후에, 아니면 취학 전의 아동을 두고 계획하고 있다면 꼭 필요한 일, 준비해야 할 일을 같이 의논해 보고자 한다. 나는 일반적으로 모든 부모를 생각하고 쓰지만 부모님들은 내 자식이나 자신에게 맞는 방향을 찾으시기 바란다. 사람마다 생긴 것이 다르듯이 필요한 여건, 조건들이 모두 다르기 때문이다. 따라서 나는 유학하고자 하는 학생들이 영어공부를 어떻게 하면 좋은가, 외국 생활에 적응하기 위해 꼭 필요한 문화에 대한 이해와 그에 대한 포용의 중요성과 함께 내가 만나 보고, 듣고, 느낀 우리의 유학생들과 그들을 가르치는 선생님들의 이야기 등등을 주로 다루고자 한다.

2장 유학 준비 이렇게 하라

생각도 습관도 바꿔야 한다

로마에 가면 로마인처럼 행하라

우리 아이가 대학 졸업하고 휴가 차 우리나라에 왔을 때 내게 물었다. "엄마, 한국 사람들을 만나면 처음이나 둘째 질문이 너 몇 살이냐? 인데 왜 그렇게 내 나이에 관심들이 많은가요?"

미국에서는 운전면허증 딸 때 같은 공적인 경우 외에는 나이 묻는 것이 실례로 되어 있다. 몸무게 물어 보는 것은 더 큰 실례다. 우리나라에서는 만나기만 하면 존대를 해야 할지 하지 말아야 할지 몰라 나이를 묻는 경우가 많고 그렇지 않다 해도 나이 묻는 것이 큰 실례는 아닌 것으로 간주된다.

"네 나이가 묻는 사람보다 많으면 형이라고 모시고 존댓말을 하고, 너보다 더 적다면 동생뻘이라 취급하고 존대를 쓰지 않으려고 묻는 것일 거야." 하고 대답했다.

"그러면 한국에서는 나이 물어도 괜찮아요?"

"너보다 나이가 많아 뵈는 분이면 존대를 하지만 잘 모를 경우는 나이를 물어도 실례가 아니야. 그래도 어른들에겐 묻는 게 아니다."

내 대답을 들은 아이는 그 날부터 제가 만나는 친구마다 나이를 물었다. 그리고는 "야, 너는 나보다 2년이나 어리니까 나보고 형님이라고 부르고 꼭 촌때 해!"했다. 존대라는 말이 한국말이 서툴러 촌때라고 들려 모두 웃었다. 또 몇 달이라도 먼저 태어난 것 같으면 "형님이니 촌때해야지요."했다.

외국인들이 우리나라에 오면 우리 문화에 익숙해지려고 노력하고 또 그것을 보는 우리는 그들의 성의에 인간미와 고마움을 느낀다. 우리가 외국에 가서 살아도 마찬가지이다. 우리는 손님으로 간 것인 만큼 그들 문화의 차이점을 존중해 주고 이해해 줘야 한다. 미국에서 왔더라도 "미국에서는 나이 묻는 것이 큰 실례인데, 내 나이 왜 물어?"하기보다는 "아, 한국은 나이 묻는 것이 실례가 아니니 나도 나이 물어 존댓말할지 말을 놓을지 알아야겠구나."하는 것이 더 바람직한 태도이다.

미국이나 영국, 호주, 캐나다, 뉴질랜드 등으로 어학 연수나 유학을 가는 학생들이 부쩍 늘다 보니까 기숙사로 가는 아이들도 많지만 또 외국인 가정으로 홈스테이를 가는 경우도 많다. 책을 위한 자료 수집을 위하여 미국을 다니면서 한국 학생들이 있는 보딩 스쿨도 돌아보고, 학생들을 맡은 선생님들과도 만나 이야기를 나누고, 또 학생들뿐 아니라 학생들을 맡아 홈스테이를 한 경험이 있는 미국인 가정들과 한국 교포의 가정들과도 많은 이야기들을 주고받았다. 그런데 참 기이한 현상을 발견했다. 한국 학생을 데리고 있었던 외국인들은 열이면 일곱 정도는 학생이 부지런하고, 열심히 공부하고, 말도 잘 듣고, 착하다고 대답한다. 한국 학생을 데리고 있었던 교포들은 그와는 다른 소리들을 한다. 외국인들과는 반대로 열이면 일곱 정도는 한국 학생들은 교양이 없고 자기밖에 모르고, 참을성이 없고, 매너가 없다는 것이다. 그렇다고 학생의 부모에게 그런 소리를 하기는 참 어렵더라는 것이다. 부모들이 사전에 알아서 아이들을 좀 훈련시켜서 보내 주었으면 좋겠지만 도무지 그렇지를 않아 얼마나 애를 먹었는지 모른다는 것이었다. 그리고 제발 책을 쓴다면 유학 보내기 전에 미국의 문화나 풍습을 배워 갖고 와야 한다고, 그래야 학생들도 편하고, 데리고 있는 부모도 편하고, 또 외국에 내놓기에도 자랑스런 일이 아니겠냐는 것이다.

"어차피 여기 몇 개월 살고 나면 영어는 누구나 하게 됩니다. 영어 잘하는 것이 문제가 아니고 아이들의 사람됨이 더 중요하지 않습니까? 매너도 없고 저밖에 모르는 아이가 후에 어떤 좋은 인물이 되겠습니까? 꼭 좀 일러주세요. 학생이나 학생의 부모에게 '당신 아이는 게으르고, 저밖에 모르고, 집안 일도 거들 줄 모르고, 하나에서 열까지 내가 다 해주기만 원합니다.' 하는 이야기를 하기는 어렵지 않겠습니까? 책을 쓰신다면 부탁합니다. 제발 이곳의 생활이 어떤지 좀 배워 가지고 준비를 시킨 후에야 유학이든지 연수든지 보내라고 좀 전해 주십시오."

이런 이야기들을 교포 어머니마다 한다. 외국인과 교포들이 왜 이렇게 서로 다른 소리를 하는 것일까? 나는 그것에 대해 이런 저런 생각을 해 보았다.

첫째 ; 외국인들은 동양 아이들은 자기네와 다른 문화를 갖고 있으리라 짐작하고 미리부터 좀더 너그러운 자세가 되어 있기 때문은 아닐까?

둘째 ; 우리 교포들은 아무래도 고국에서 온 아이들이 좀더 성숙하고 의젓해서 어디 내놓아도 한국에서 온 유학생으로 자랑스럽기를 기대했었는데 그 기대에 미치지 못하여 실망한 것은 아닐까?

셋째 ; 유학이나 연수 간 학생들이 외국인 가정에 들어가면 모든 것이 생소하고 어렵고 눈치가 보여서 좀더 얌전히, 눈치껏 행동하는 것은 아닐까?

넷째 ; 한국인 교포 집에 간 학생들은 주인이 한국인이니 만큼 자기 부모와 비슷하여 한국에서 하던 대로 공부만 한다면 오냐 오냐, 공주마마 왕자마마 모시듯 할거라는 생각에 그리하는 것은 아닐까?

다섯째 ; 우리의 자녀들이 정말 유학이나 연수 가서 그곳 사람들의 사랑과 귀여움을 받게 행동하고 처신하고 있을까? 내가 그리 가르쳐서 보냈던가?

여섯째 ; 혹시 유학을 보낸 부모는 그 아이를 맡아 주고 있는 집의 부모보다는 자기 자식의 말만 믿고 가슴 아파하고 안쓰러워 별일 아닌 것도 큰일로 만드는 것은 아닐까?

이외에도 아마 내가 미처 생각지 못했던 여러 가지 상황들이 복합적으로 얽히고설켜 있겠지만 한가지 내가 보기에도 확실한 것은 미안하지만 우리의 부모는 자녀들을 너무 교양 없고, 자기밖에 모르고, 참을성 없는, 한마디로 신사 숙녀로 자라야 할 매너가 너무도 부족한 아이로 키우고 있다고 본다.

미국에 가면 교포들이 대부분 교회를 간다. 교회가 한인들이 모이는 집합체인 셈이다. 그곳에서 뛰어대는 어린이들을 보면 신들린 아이들 같다. 교회를 쓰라고 빌려 준 미국 교회는 혀를 내두른다. 누차 말했지만 우리는 자식이 공부만 한다면 부모들이 하도 쉬쉬하고 오냐 오냐 모시느라 그 외에는 신경 쓸 여유도 마음도 없고 그렇게 공부했으니 잠시라도 실컷 네 맘대로 해도 된다는 태도다. 그러니까 아이들의 매너가 깡그리 없어진 것이다.

외식하기 위해 식당에 아이들을 데리고 오는 부모는 식당이 공공 장소인 만큼 다른 사람에게 폐가 되지 않도록 아이들을 가르쳐야 할 터인데 "어이구, 공부 열심히 하는 내 새끼. 지금이라도 맘대로 굴어라."하는 식이다. 우리나라에서는 모두 다 그러니 할 수 없지 하고 지나지만 해외 나가서 식당에 갔다가 소란 피는 어린이들이 한국 아이들일 때는 정말 낯이 뜨겁다. 매너도 하루아침에 되지는 않는다. 공부 열 시간 시키려면 인생살이 공부도 그만큼 시켜야 균형이 맞는 사람이 된다는 것을 잊지 말았으면 싶다. 제대로 훈련시켜 예의 바른 학생일 때 유학 보내고 연수 보내는 건 좋지만, 그렇지 않으면 우리 아이들이 나가서 눈칫밥, 멸시밥 먹게 되리라는 것을 꼭 기억해 주었으면 좋겠다.

외국에서 우리나라 구경오는 관광객들은 뷰티풀, 원더풀, 넘버 원을 연발한다. 그것이 그들의 문화이다. 우리 아이 맡아 기르고도 당신 아이가 이래저래 교양 없고, 매너 없단 소리는 절대 하지 않는다. "당신 아이 아주 훌륭합니다. 열심히 공부합니다. 밤늦게까지 공부합니다."하며 좋은 점만 늘어놓는다. 우리는 공부 열심히 한다는 말만 듣고는 좋아서 "역시 내 새끼."라고 만족한다. 그러나 이 서양인들은 공부만 하는 학생을 좋다고 보는 사람 하나도 없다. 정말로 맹세코 하나도 없다.

아무리 공부를 밤새고 하는 학생이라도 사회성이 없는 아이는 속으로 "참으로 이상한 아이다."라고 생각한다. 공부만 열심히 한다는 말을 들으면 새겨들어야 한다. 이들은 인생이 공부가 다는 아니라고 알고, 그렇게 믿고 사는 사람들이다. 자기 자식이 A 받아오면 더 좋겠지만 B 받았다고 걱정하는 부모들이 아니다. 점수도 중요하지만 인간 됨됨이가 더 중요하다고 보고 바라는 때문이다.

로마에 가면 로마인처럼 행하라고 한다. 우리 자녀들을 외국에 내어 보내려면 가는 나라의 문화에 맞춰 그에 맞도록 행동하게 준비시켜 보내는 것은 필수이다. 우리 자녀가 남의 나라에 가서 따돌림이나 손가락질 받기 바라는 부모는 없으리라고 본다. 그 나라 사람들이 하는 방법이 옳지 않고 틀렸다고 왈가왈부할 일이 아니다. 젓가락이 아닌 포크로 식사하는 것은 틀렸다고 고치라고 할 필요가 없는 것이나 마찬가지이다. 결과적으로 봐서도 서양이나 미국의 문화를 배워서 그들의 문화를 익히는 것이 나쁠 것도 없다. 지금까지는 세계의 주도권을 쥐고 있는 그들의 문화가 기본 잣대처럼 되어 있으므로 그들의 인사 방법인 악수를 배웠다고 내게 유리하면 유리했지 불리할 것은 없다는 뜻이다. 그들의 문화를 우리 자녀가 배우는 것이 싫으면 유학이나 연수 보내지 않으면 그만이다. 일단 보내려면 그들의 문화와 습성을 아이들에게 가르쳐 그곳에 가서 적응하기에 어려움이 없도록 준비시키는 것은 너무도 타당하다고 생각한다.

반 컵의 물

반 컵의 물을 보고 "아, 나는 물이 반잔이나 남아 있다. 다행이다."하는 사람이 있고 "아이고, 이젠 반잔밖에 남질 않았으니 큰일이네. 어떻게 하지?" 하는 사람이 있다. 자식을 유학 보내면서도 마찬가지이다.

"누구나 갈 수 있는 유학이 아닌데 가게 되었으니 얼마나 다행이냐! 이것을 좋은 기회로 삼아 많이 배우고 잘 자라서 너 자신과 사회에 큰 도움을 줄 수 있는 그런 사람이 되어라!" 할 수도 있고 "타지에 가면, 공부도 어렵고 먹을 것은 누가 챙겨 주며, 빨래는 어떻게 하겠느냐! 힘들면 전화하고 엄마보고 싶으면 연락해라. 필요한 것 있으면 미리미리 내게 알려서 늦지 않게 준비하도록 해라. 밥은 꼭 챙겨 먹어야 한다. 속상한 일 있으면 지체 말고 알려라. 엄마가 알아서 해결해 줄 터이니." 할 수도 있다.

미국에서는 초등학교 1학년 때부터 여름방학 동안 캠프를 보내는데 1학년짜리 캠프는 길어야 일주일이다. 대부분의 경우 방학 동안 축구캠프 같은 곳을 보내 일주일 동안 실컷 뛰어 놀고 친구 사귀고 오게 하는 것이 목적이고, 또 하나는 부모 밑을 떠나 보내는 연습이기도 하다. 대부분의 1학년짜리들은 처음 캠프를 가는 것인 만큼 부모도 아이도 걱정스러운 표정들이다. 캠프 주최측에서는 몇 가지 요구가 있는데 그것은 캠프 동안은 부모의 방문을 삼가해 달라는 것과 응급 상황이 있지 않는 한 전화하는 것도 자제해 달라는 것이다. 나는 그들의 요구가 이해되었고 이왕 홀로 서기 하는 공부의 시작이니 타당한 것 같아 요구대로 했다.

우리나라에서는 자식을 잘 떼어놓지 않는다. 유학 갈 때 갑자기 떨어지는 것보다는 초등학교나 그 이전부터 떼어 내는 연습을 조금씩 조금씩 해 두는 것이 좋다. 우리 아이의 경우는 1학년 때는 일주일이었지만 차차 늘어서 초등학교 졸업할 때쯤이면 한 달 가까이 가는 캠프들을 즐겼다. 캠프를 다녀오면 오히려 부모와 더 가까와지고, 그 동안 캠프에서 만난 친구들과 서로 연락하기도 바쁘고, 학교에서 수줍어 사귀지 못했던 여자 친구를 사귀어 보기도 했다.

언제나 긍정적인 태도를 갖는 것은 일생을 두고 자식에게도 부모에게도 플러스가 된다. 또 아무리 어려운 지경에 처하게 되더라도 거기서 긍정적인 면을 찾아 '다행이다', '감사하다' 는 마음을 갖게 되고 그것은 정신 건강에도 아주 좋다.

영국에서 살면서 딸 셋을 낳아 모두 영국 내의 보딩 스쿨에 보낸 친구에게 보딩 스쿨의 장단점을 물었다. 보딩 스쿨은 학교에 기숙사 설비를 갖추고 있는 학교를 말한다. 영국의 귀족들은 자녀를 어려서부터 보딩에 보내기 때문에 으레 자식과 초등학교부터 떨어지겠거니 하지만, 일반인들은 보통 일반 학교에 보낸다. 내 친구의 경우는 딸 셋이 음악에 재주들이 있어서 초등학교부터 음악 영재 같은 아이들을 받는 보딩에 보내게 된 것이다.

"일찍 아이들을 내 보내니까 좋은 점은 아이들이 철이 빨리 드는 거야. 오히려 부모 생각 더하고, 독립심이 일찍부터 생기고 또 강해지고, 생각도 깊어지는 것 같았어. 병이 나고 아파도 아프다고 하면 엄마 아빠가 걱정할까 봐 아프단 소리도 안 해. 학교에서 당신의 아이가 독감을 앓았다는 연락을 받고서야 그 애가 아팠었구나 하는 것을 알 정도였으니까. 어쩌면 내가 기른 것보다는 오히려 학교에서 길러 준 것이 더 낫지 않나 싶은 생각도 많아. 나는 아이들을 딱 규칙생활 하게끔 엄하고 규율 있게 기르지 못했는데, 아이들이 보딩에 가더니 훈련이 잘 되어서 내가 아이들 걱정은 안 해도 되게 성숙해 버렸어. 그러니까 지금껏 아이들 걱정은 안 하고 살 수 있어. 그래서 나는 학교에 감사하고 잘 자라 준 아이들에도 고맙게 생각해. 그러나 요즈음 한국에서 유학한다고 몰려오는 학생들에 대해서는 꼭 좋다고 보지는 않아. 유학 준비가 제대로 된 아이들이 오는 것이 아니고 돈 있다고 몰려오는 아이들이 더 많은 것 같거든. 조용해야 할 곳에서 시끄럽게 떠들어 교양 없이 굴고, 자기밖에 모르고, 학교에서 지키라는 규율에는 참을성이 없고, 그런 아이들을 많이 봐. 물론 잘 알아서 하는 아이들도 있지만 유학을

준비 없이 보내면 아이들이 나쁜 친구 사귀고 마약에 빠질 가능성
이 많다는 것을 부모들이 잘 알아야 해.

 배낭 여행 오는 학생들도 그래. 부모 밑에서만 갇혀 있다가 갑자
기 자유 세상 만나서 그리하는 건지 내 보기엔 자유 분방하고, 마
약도 해 보고, 위험한 짓거리 하는 학생들 많아. 배낭 여행 보내는
것도 나는 부모들이 두 번 세 번 고려해 봐야 한다고 생각해. 갑자
기 부모의 밑을 떠나니까 '내 세상이구나' 하는 자녀들이 많이 있
거든.

 유학을 보낼 때도 우리 아이가 정말 성숙하고 철이 들었나 하는
점을 부모들이 꼼꼼히 점검해 봐야 한다고 생각해. 또 부모와 자식
간의 유대 관계는 헤어져 있는 공간과 시간을 어떤 형태로 유지하
느냐에 달려 있다고 봐. 멀리서 아이의 상황도 잘 모르면서 이래라
저래라 하면 자칫 자식은 우리 부모는 몰라도 너무 모른다고 생각
할 수 있으니까 부모도 부모 나름대로 아이가 가 있는 곳에 대한
공부도 게을리 하지 말고, 아이와 대화가 될 수 있도록 항상 준비
하는 자세가 필요하지 않겠어? 학교에 맡겼으니 나 몰라라 하는
것도 좋은 태도는 아니라고 봐."

 친구의 말에 완전 동감이다. 예를 들어 테네시주에 가서 딸이 공
부하고 있다면 "그곳 사람들은 앤드류 잭슨 대통령에 대해서 어떻
게들 생각하던? 고어 전 부통령의 인기는 어때?"하며 그곳에서 태
어난 사람이나 그곳에서 인기 있는 인물에 대하여 묻는다든지, 딸
의 친구가 콜로라도 스프링스에서 온 학생이라면 "콜로라도 스프
링스라면 미 공군사관학교가 있고 경치가 참 멋지다던데 너도 언

제 한번 가 보도록 하려므나."한다면 자녀는 우리 엄마 유식하다고 생각할 뿐만 아니라 친구에 대해서나 자기가 있는 테네시에 대해서도 더욱 열심히 늘어놓을 것이다. 아이를 내보낸 후에 생긴 시간 여유를 쇼핑 다니거나 골프 여행에다 쏟지만 말고 자식과 함께 나의 성장기간으로 잡는 것이 참으로 유익하다고 본다. 부모들의 그런 자세는 자식에게도 큰 영향을 미치고 "우리 어머니는 참 괜찮다."는 생각을 갖게도 한다.

내가 나이 먹고 보니까 나를 가장 많이 자라도록 해 준 것은 자식이 아니었나 싶다. 유학 보내고 나서 남은 시간을 어떻게 활용하여 자식과 나와의 유대 관계를 지속하느냐 하는 것은 많은 경우 부모의 뜻과 손에 달렸다. 유학 보냈더니 자식 잃었다는 소리가 나오지 않으려면 부모의 자세와 태도가 중요하다. 자식을 잃지 말기 바란다.

첫번 책에서도 누누이 말했지만 남들이 가니까, 돈이 있으니까, 한국에서 적응을 못하니까 하는 것들은 좋은 구실이 결코 아니다. 우리나라 사람들이 아무리 도박을 즐긴다 해도 준비되지 않은 자녀를 해외로 유학 보낸다는 것은 큰 도박이고, 우리는 우리의 자녀를 놓고 도박 할 수는 없다. 지난 번 책에서 우리 아이가 유학을 가서 잘 해낼 수 있는지에 대하여 서른 세 가지 항목을 추려 놓은 것이 있다. 유학을 생각한다면 여러 번 들여다보고 우리 아이와 비교해 보고 아이의 태도나 습관을 유학 성공시키기에 맞는 방향으로 이끌어 갈 필요가 있다.

"우리 아이, 기껏 돈 들여 거기 가서 영어라도 확실히 배워 오라고 유학 보냈더니 가서 영어는커녕 마약만 배워 갖고 왔다."는 이 야기를 가끔 듣는다.

준비되지 않은 자녀를 내보내면 충분히 있을 수 있는 이야기이다. 더구나 LA나 뉴욕으로 보내면 준비가 제대로 된 학생들이라도 위험하다. 뉴욕은 미국이 아니라고 생각해야 한다. LA는 한국의 연속이라고 믿어도 된다. 뉴욕이나 LA에 보내고 영어 잘 배워 오겠지 기대하면 길바닥에서 떠들어대는 영어는 배워 올지 모르나 학교에서 공부에 필요한 영어와는 크게 다를 수 있다.

테네시 산골에 있는 학교, 캔사스 벌판에 있는 학교, 뉴햄프셔 산 속에 있는 학교, 이런 곳에서는 마약이 큰 도시처럼 쉽지 않다. 담당 선생님들이 술, 담배, 마약을 금하면 그 규율을 지킬 줄 아는 준법정신을 철저히 머릿속에 넣은 후에 아이들을 보내야 한다. 그 렇게 키워야 한다. 마약은 둘째치고 술 담배 숨어서 하다가 들키면 영락없이 쫓겨나게 되는 것이 미국의 보딩 스쿨이다. 입에 밥 떠 먹여 주는 일만 빼고는 모두 해 주는 우리의 부모가 없는 상황에서 뉴욕이나 LA 같은 우범자들과 문제아들이 들끓는 속에 자식 보내 놓고, 유학 보냈다가 자식 망쳤다는 소리하지 말기 바란다. 아무리 보딩 스쿨이라도 학생을 24시간 지켜 볼 수는 없는 것이 또 보딩 스쿨이고 그곳 선생님들이다. 아이들의 규율에 대한 준법정신도 유학을 보내기 전에 꼭 점검할 일 중에 하나이다. 반잔의 물이 우 리 집안과 자녀의 장래에 좋은 기회가 되도록 하는 데는 그만큼 준 비와 태도와 각오가 필요한 것도 사실이다.

프라이버시

나는 IMF가 터지기 바로 전에 귀국했는데, 그때 생소하게 들었던 단어들 중 하나가 지금도 생각난다. 그것은 김영삼 대통령이 걸핏하면 썼던 '성역은 없다' 는 말이었다. 당시 내 짐작으로는 아마 그 말뜻이 '높고 낮은 곳, 귀하고 어려운 곳이 없다' 는 의미인 모양이라고 생각했다.

미국에는 누구도 다칠 수 없는 성역이 있는데, 바로 이 프라이버시라는 것이다. 프라이버시에 관한 한 입을 다물어야 한다. 나이가 몇이냐, 몸무게가 몇 킬로나 되느냐도 이에 해당한다. 남의 사적인 일에 관한 한은 스스로 말하기 전에는 아무리 궁금해도 꾹 참아야 한다. 30년을 미국에 살면서 누가 묻지 않으니 내 나이가 몇인지 생각해 보지도 않고 살다가 한국에 오니까 나이가 몇이냐는 질문은 물론이고 남편 월급이 얼마냐고 묻는 사람도 여러 번 만났다. 미국 사람에게 그런 질문을 하면 "넌 오브 유어 비즈니스."라고 대답할 것이다. 그리고 아마 그것이 그와의 마지막 상면이 될지도 모른다. "넌 상관 마라."는 뜻이고 그런 대답은 최악의 경우에 나오겠지만 일단 그런 대답을 했으면 아마 더 이상 친하고 싶지 않다는 의미도 된다.

한국에 돌아왔을 당시 은행에 갔을 때 창구에 서 있는 내 옆에 어느 여자가 바싹 곁에 와서 서기에 내가 어찌해야 좋을지 몰라 당황했던 기억이 난다. 지금은 익숙해졌지만 그때만 해도 이 여자가 왜 내 옆에 이렇게 붙어 서는가, 내 통장에 돈이 얼마나 있나 궁금해서 그런가, 창피스럽게 몇 푼 안 되는 내 통장은 왜 보려고 그러나 했었다. 미국인들은(캐나다나 다른 구미 국가들도 마찬가지지만) 길을 가면서도 발뒤꿈치에 닿을 정도로 가까이 붙어서는 것을 싫어한다. 은행 창구에서 붙어서는 사람은 더욱이나 걱정스러워한다. 왜냐면 그들은 프라이버시라는 것이 있어서 어느 정도의 간격이 있어야만 마음이 풀리기 때문이라고 볼 수 있다.

내가 예쁜 목도리를 했다면 "네 목도리 참 예쁘다. 어디서 샀니?"하고 물어 보기는 하지만 얼마 주고 샀는가는 묻지 않는다. "네 코트 참 멋있다. 색상도 좋구나."하고 미국인에게 말했을 때 상대방이 "그래? 맘에 드니? 칭찬해 주니 고마워. 지난주 블루밍데일에서 샀어. 세일이라 반값에 샀지. 딱 100달러에."할 수도 있다. 자신이 자랑하고 싶어 떠드는 것은 상관없으나 자원하지 않을 때는 블루밍데일로 찾아가서 알아보면 된다.

아는 대학 교수가 딸 혜지를 일 년간 교환 학생으로 미국으로 보냈다. 딸이 가서 홈스테이하는 집은 이혼한 어머니가 열세 살 짜리 딸 리사를 데리고 사는 집이었다. 리사의 어머니는 회사의 중역으로 돈도 잘 벌고 생활도 넉넉하지만 다른 형제 없이 혼자 있는 딸의 친구도 될 겸해서 홈스테이를 원하는 학생을 받기로 했던 것이다. 혜지는 16세로 리사와 잘 지내는 편이었는데, 리사는 가끔 남자 친구를 집으로 데리고 오곤 했다. 또 리사의 어머니도 때때로 남자 친구를 불러 식사를 하기도 하고 데이트를 나가기도 했다. 혜지는 어머니와 딸이 남자 친구를 집으로 불러들이고 데이트한다는 소리를 한국에 계신 부모님께 했고, 한국에 계신 어머니는 딸이 마치 무슨 불륜 관계에 빠져 풍비박산이라도 된 집에 자신의 딸이 있는 것이 아닌가 걱정이 되었던 모양이었다.

홈스테이를 주선해 준 기관에 불만을 표시했고, 또 그 기관에서는 일단 불평이 접수되면 꼭 조사를 해 주도록 미국의 제도는 되어 있다. 모든 사정을 알아 본 기관에서는 오히려 혜지의 불만의 원인이 이해가 되질 않았고, 혜지를 문제 있는 학생으로 간주하게 되었다. 혜지를 맡았던 리사의 어머니의 황당함은 더 말할 나위도 없었다. 솔직히 자기 딸 리사는 혜지보다 어리기는 할지언정 자신이 식사도 혼자 챙겨 먹을 줄 알고, 먹고 나면 의례 설거지해야 하는 줄 알고, 빨래도 다 자신이 해야 하는 줄 알고, 집안 일도 엄마 못지 않게 나누어 하고 있는 아이였던 것이다. 왜냐면 미국의 어머니들은 아들이건 딸이건 다 그렇게 기르고 있기 때문이다.

그런데 밥도 챙겨 주기 바라고 먹고 나선 발딱 일어 설 줄밖에 모르는 혜지를 그 집 엄마는 아마 모르기는 하지만 열심히 참으며 가르쳐 왔으리라 여겨진다. 그리하는 판인데 주선해 준 기관에서 조사를 나왔으니 얼마나 기가 찼을까?

그래도 이 사람들은 계약은 무섭게 지킨다. 그래서 학기가 끝나기까지는 혜지를 집에 있도록 했으나 그 후로 혜지가 리사나 리사의 어머니로부터 어떤 대우를 받았으리라는 것은 쉬이 짐작이 간다. 내가 리사의 어머니라도 다시는 홈스테이는커녕 한국 사람이라면 두 번 다시 보고 싶지 않을 것이다.

우리의 도덕이나 문화의 잣대를 가지고 다른 나라 사람의 도덕이나 문화를 옳다 그르다 하면 안 된다. 미국은, 다른 서구도 대부분 그렇지만 이혼한 여자나 남편과 사별한 여자가 남자 친구 사귀는 것은 당연하다고 생각한다. 딸이 남자 친구를 집으로 데려오는 것도 극히 정상이라고 본다. 오히려 집에 데리고 오지 않고 누구인지 숨기거나 남자 친구가 통 없다면 걱정들을 한다.

리사의 어머니가 큰 회사 중역쯤 되는 여자라면, 열에 아홉은 사리가 분명한 여자였으리라 생각되고, 더구나 딸의 친구 삼아 한국 학생을 하나 두겠다는 것도 딸에 대한 정성과 생각이 깊은 여자인 듯 싶다. 그에 대고 왈가왈부하는 것은 도에 어긋난 일이다. 이 역시 '넌 오브 유어 비즈니스' 인 케이스다.

자식을 보낸 부모는 아이구 내 새끼가 얼마나 고생할까 하며 자식을 두둔하기 전에 먼저 자식이 가 있는 집의 주인을 생각해야 한다. 아무래도 자식은 아직 철없는 아이이고 자식을 돌보아 주는 사람은 삶의 경험이 더 많은 사람이다. 혹시 내 자식이 조금이라도 무슨 불이익이나 해를 당하지 않을까 생각하기 전에 그쪽 부모의 이야기에 귀를 기울일 필요가 있다. 자식에게 사랑을 주는 것하고 자식을 자유 분방하게 내버려두는 것하고는 큰 차이가 있다. 나는 우리 어머니들이 자녀 수능시험과 대학 입시에만 노이로제가 되어 가지고 그에 관한 것 외에는 신경을 쓸 여유나 겨를이 도무지 없는 것이 아닌가 싶은 생각도 든다. 미국의 부모들은 자식이 일찍부터 홀로 설 수 있도록 독립심이 강한 아이로 키우는 데 중점을 둔다. 그러니까 고등학교만 졸업하면 남자아이든 여자아이든 모두 집을 떠날 수 있게 준비가 되어 있다. 시집 장가 들 때까지 어머니가 챙겨 주는 밥 먹고, 어머니가 빨래 청소 다 해 주고, 용돈에 차비에 외식비 전화비까지 타 쓰는 자식은 하나도 없다. 만약에 그렇다면 오죽 능력이 없으면 그리하겠느냐고 망신당할까 봐 고생스러워도 집에 들어와 살지 않는다. 일단 나간 아이는 제가 알아서 하려니 하고 믿고 있지 밑반찬 해서 날라다 주고 김치 담가다 주고 하지도 않는다. 내버려둬야 자신이 해보고, 실수하고, 다시 시도하고 하면서 배우게 되는 것이다.

이들에게 프라이버시는 아주 중요하다. 같은 집에 살더라도 노크 없이 아무 방에나 쑥쑥 들어가지 않는다. 자식의 방에도 문을 두드려서 내가 들어간다는 사실을 알리고 들어간다. 또 자식은 부모의 물건이나 방의 것들에 손대지 않고 부모 역시 자식의 방, 책상 따위를 자식의 허락 없이 뒤지지 않는다. 혹시 "우리 아이는 남의 것은 절대 손대지 않아요." 할지 모르는데, 특히 아이들은 홈스테이하면서 같은 집 안에 살 경우는 네 것, 내 것의 구분을 잘 못한다. 그러니까 "우리 아이는 아니다."라고만 생각지 말고 꼭 아이가 이해하도록 가르쳐야 한다.

또 남의 집을 방문했을 때 그 집 물건을 이것저것 돌아가며 만져보는 것도 실례다. 냉장고 속에 무엇이 들었나 열어 보는 것 역시 실례다. 먹고 싶거나 마시고 싶은 것이 있으면 정중하게 마실 것이나 먹을 것을 달라고 하는 것은 실례가 아니다. 그러나 내가 그 집 식구로 같이 사는 경우는 마실 것을 달라고 하지 말고 대신에 "저 코크가 좀 마시고 싶은데 마셔도 되겠어요?"라든가 "제가 코크 좀 마시려고 하는데 어머님께도 한잔 드릴까요?"하면 된다. 여기서 내가 어머님이라고 주인을 불렀지만 실은 어머님이라고 부르는 것은 아니고, 성이 스미스라면 "미씨스 스미스."라고 불러야 한다.

물어도 좋은 질문인지 아닌지를 잘 모르겠으면 언제나 물어서 해결하면 된다. "스미스 여사님, 저는 여사님이 중학교 다닐 때도 남자 친구가 있으셨는지 궁금한데 그런 것 물어도 될까요?" 했을 때, 스미스 여사가 "내가 꼭 거기에 대답해야 하니?" 혹은 "그런 건 묻는 게 아니란다."하면 알 수 있다. 그러나 대부분의 경우 그런 질문은 즐겁게 가르쳐 주길 좋아한다. 나이를 묻는 것만큼 실례는 아니다. 아무리 궁금해도 몸무게는 묻지 말아야 한다. 그리고 나이나 몸무게는 거짓말로 대답해도 누구나 이해하고 나무라지 않는다.

이처럼 내가 묻고 싶은 질문이 상대방의 프라이버시를 존중하는 것인지 아닌지 모르겠으면 언제나 터놓고 물어 보는 것이 최상의 방법이다. 프라이버시에 관한 질문이 아니라도 마찬가지이다.

"스미스 여사님, 다음 토요일이 내 생일인데 친구들 좀 초대해도 될까요?” 그러면 대부분의 어머니들은 자기 자식의 생일과 마찬가지로 파티를 열어 주고 선물도 사 주고 축하도 해 준다. 그러나 다음 토요일이 내 생일인데 나는 엄마도 없고, 한국의 내 친척들이나 동생이나 친구도 없어 우울하기만 하다고 이마에 주름만 잡고 있으면 주인 되는 사람은 저 학생이 어디가 아픈가, 아니면 우리가 잘못해 준 것이 있어 불만인가 하고 걱정하게 된다.

모든 인간 관계에 있어서 최상, 최대의 방법은 대화의 문을 열어 놓고 있는 것이다. 그래야 오해가 쌓이지도 않고 오해가 있다 해도 풀릴 수가 있다.

“엄마, 리사는 늘 남자 친구를 데리고 와서 내가 딱 질색이에요. 지금도 마이크가 리사와 같이 있어요.”라고 딸이 전화를 했다면 “애야, 리사는 나이도 어리다며 웬일이냐? 너는 절대 남자 친구 사귀지 마라. 알았지? 리사는 몹쓸 아이구나 쯧쯧, 큰일이다. 너는 공부나 열심히 해라.”하며 속을 끓일 일이 아니다. 우리나라도 초등학교 5학년 정도가 되면 많은 학생들이 발렌타인데이 같은 때 좋아하는 남자아이나 여자 친구에게 초콜릿 사 주고 싶어하고 또 사주는 아이도 꽤 많다. 그럴 때마다 말리기보다는 자연스레 받아 주고 성교육을 틈틈이 해 두는 것이 더 상책이다. “우리 아이는 절대 그럴 리가 없다.”고 우길지도 모르는데, 그렇다면 그것은 속으로만 그런 마음을 끓이고 있고 겉으로 내보이지는 못하는 소극적인 성격일 뿐이지 사춘기 초입의 아이가 이성에 대한 관심이 없다면 그것이 오히려 걱정스러운 일일 수도 있다. 오히려 긍정적으로 발산하지 않고 대신 컴퓨터의 음란 사이트에 더 심취될 가능성이 많을 수도 있다.

컴퓨터 이야기가 나왔으니 말이지만 우리나라 어머니들이 알아야 할 것이 하나 더 있다. 음란 사이트 들어가는 것이 단연 세계 제1위의 나라가 또한 대한민국이라고 한다. 나는 왜 우리가 그런 것에서 1위를 달리고 있는지 알 수가 없다. 우리나라 인터넷 인구가 세계 최고를 다투고 있는데 불행히도 그중 80%가 음란 사이트에 빠져 있다는 컴퓨터 전문가의 말에 놀랐다. 그 분 말에 의하면 우리 정부도 사태가 너무 심각하여 모두들 쉬쉬하고 있는 형편이라고 한다. 또 한국의 학생들이 미국으로 연수를 오거나 홈스테이를 한 후에 그 학생이 들어간 사이트를 컴퓨터에서 찾아보면 놀랍게도 중고교생의 80%가 음란 사이트에 들어갔던 로그를 갖고 있다고 한다. 자녀들이 문 닫고 제 방에 들어가 컴퓨터 앞에 여러 시간 계속 앉아 있으면 그 컴퓨터는 거실로 꺼내 놓는 것이 좋다고 본다. 아니, 아예 처음부터 거실에 놓는 것이 더 바람직할지도 모른다. 우리나라는 음란 사이트가 넘버원으로 인기이고 그 다음은 도박 사이트가 차지한다니 걱정이다. 우리가 어디로 가려고 이러는 것인지 답답할 때가 많다. 음란 사이트나 도박 사이트가 그렇게 인기라면 그것은 자식들 뿐 아니라 우리나라 성인 남성들에게도 그 원인이 있으리란 짐작도 간다. 이야기가 다른 데로 흘렀지만 그래도 충격적인 것만은 사실이다.

내가 너무 단순화하는 것인지도 모르지만 우리의 학생들이 공부만, 공부만 하다 보니 대인 관계나 사회성이 자꾸 부족해져서 나가서 뛰어 놀든지 친구들과 대화하고, 토론하기보다는 오히려 컴퓨터와 마주 앉아 게임이나 음란 사이트 찾는 것이 더 편해지는 것인지도 모르겠다. 자연히 술 소비량이 세계 1위가 될 수밖에 없다. 나보고 오만 방자하다고 할까 봐 겁이 나서 이런 소리는 될수록 안 하려 했지만, 내가 볼 때 우리나라 국민은 80% 이상이 대화 기술이 아주 부족하거나 전혀 없다. 미국에서는 같이 테니스 치는 친구들과 앉아도 대화가 활발하게 두 시간, 세 시간씩 지속되고 그 동안 커피나 차는 마셔도 술은 거의 마시질 않는다. 우리 국민의 대화 부족을 나는 절감하고 있고 이것도 우리 교육의 폐단 중의 하나라고 본다.

여하간에 내 자식을 남에게 얼마간이라도 부탁할 때는 미리미리 가르치고 훈련시켜 자식이 외국에 나가 부모나 한국의 명예나 이름을 더럽히지 않고 칭찬 받는 훌륭한 학생으로 있을 수 있도록 치밀한 준비가 반드시 있어야 한다.

실례합니다, 죄송합니다, 고맙습니다

내가 미국으로 유학 갔던 해는 1966년이었다. 그때는 호랑이 담배 피우던 시절과 흡사하여 미국이 어떤 곳인지 별로 아는 바 없이 떠났다. 당시 전화가 있었던 집은 좀 있었지만 TV가 있었던 집은 서울에만 몇 정도였고, 그나마도 TV 방영은 하루에 고작 두 시간, 세 시간하고 있었을 때이니까 지금처럼 아프리카의 오지나 동물의 세계 같은 것은 영화로도, TV로도 보지 못하고 떠났던 때이다. 지금 중고교생들이 유학을 가서 받는 문화적 쇼크는 당시 내가 받았던 쇼크에 비하면 아무 것도 아닐지도 모른다. 왜냐면 요즈음은 초등학생들도 TV, 컴퓨터, 인터넷 등을 통하여 디즈니 랜드가 어떤지 모두 알고 있고 그랜드 캐년이 무엇이고, 어디 있는지, 왜 생겼는지 다 보고 알고 있는 실정이기 때문이다.

당시 나는 얌전하고, 말이 없고, 조용히 웃고, 목소리도 크게 내지 않고…하는 따위가 미덕이라고 귀가 아프게 듣고 자랐는데 미국에서 생활해 보니까 여자나 남자나 모두들 크게 떠들고, 크게 웃어젖히고, 손짓 발짓 온몸을 다 흔들어대며 이야기하는데 그것을 나무라는 사람은 하나도 없어 보였다. 지나다가 어찌 잘못해서 팔꿈치라도 스치면 "오! 죄송합니다."하고 큰소리로 떠들고, 발이라도 걸려 휘청했다면 "아이고! 미안합니다. 다친 데 없어요?"하는데 한마디로 모두들 호들갑 떠는 듯이 보였다. "그까짓 팔 소매 한 번 치고 지난 것이 무슨 큰 잘못이라고 죄송하다니! 하여튼 이 사람들은 말이 홍수로 덮였어! 입을 좀 가만 두면 근질거려서 안되는 모양이야!" 했었다.

남학생들은 걸핏하면 길을 비켜 서 주기도 하고, 장바구니라도 들었으면 무겁지도 않은 것을 들어다 주겠다고 나서고, 문을 열기도 전에 내가 들어갈 문을 열고 서서 먼저 들어가기를 기다렸다가 들어간다. 내가 한국을 떠날 때만 해도 "아침에 여자가 앞을 지나면 재수 없다."는 소리를 남자들이 내놓고 떠들어댈 때였는데 그렇게 자랐던 여자인 나에게 문을 열어 주고 들어가기 기다리는 남자에게 얼마나 황송했을까 하는 것은 짐작이 될 것이다. 자연히 고맙다는 생각이 들어 "고맙습니다."하는 말이 나오기 시작했다. "고맙습니다."가 입에 붙으니까 신기하게도 "실례합니다." 혹은 "죄송합니다."도 따라서 하게 되는 것을 느꼈다. 그렇게 서서히 나는 미국 문화에 동참하기 시작했다. 차를 타려면 문 열고 타기를 기다리는 남학생에게 "고맙습니다.", 식당에 들어서기 전에 문 열고 내가 들어서기 기다리는 남학생에게 또 "고맙습니다."를 계속 연발했더니 그 남학생이 말하기를 가까운 친구 사이에는 그렇게 "고맙습니다."를 계속하면 사이가 멀어지니까 안 해도 된다고 가르쳐 주기도 했었다.

　우리의 학생들이 미국, 영국, 호주 등지의 외국인 집에서 홈스테이를 하게 될 때 주인에게 아주 사랑 받을 수 있는 비결을 하나 가르쳐 주려고 한다. 이것은 아주 간단하고 누구나 할 수 있는 것이기 때문에 꼭 알아두면 좋다.

　서구에서는 돈 있는 집안, 세력 있는 집안, 좋은 가문의 집안일수록 여성을 우대하는 경향이 짙다. 어머니가 들어오시려 하면 얼른 뛰어가 문을 열어 드리고, 어머니가 들어오신 후에 문을 닫고, 어머니가 앉으시려고 하면 의자를 편하게 자리 잡아 드리고, 어머니가 차려 놓으신 식사 특히 저녁 식사는 아주 맛있게 잘 먹었다고 칭찬해 드리고, 그러면 이 사람들은 이 학생이 아주 가정교육을 잘 받은 아이라고 생각한다. 게다가 주인 어머니의 마음에 드는 이상으로 더 필요한 것도 없다. 어머니가 기쁘면 남편도 따라서 즐거울 것이고 부모가 신이 나면 자식들도 이 유학생이 와서 우리 집이 즐겁다고 생각할 것이다.

　그렇다고 내일 모레 유학 떠나는 자식에게 "너 미국 가면 홈스테이하는 집 어머니께 잘해라. 문 열어 드리고 음식 맛있다고 해라." 하고 가르쳤다고 내 책임 다했다, 이제 우리 아이는 가서 사랑 받고 잘 있을 거다 생각하면 오산이다. 이런 기본적인 매너라는 것은 몸에 배어야 신사가 되는 것이지 어쩌다 한번 "아차, 내가 문 열어 드려야지!"하고 문 열어 드렸다고 서구의 신사가 되는 것은 아니다. 적어도 수개월, 아니 어려서부터 우리 아이들에게 어머니와 여자를 잘 대접하는 습관을 들여 줘야 밖에 나가서도 자연스레 나오게 마련이다. 머릿속에서만 해야겠다 생각한 것은 외국이라고 절로 되지는 않는다.

혹시 내 말에 설마하는 사람이 있을지도 모른다. 미덥지 않다면 미국이나 영국 뉴스가 나오는 TV를 보면 금방 알 수 있다. 이곳의 정치가들은 하나같이 자신이 가장 매너있는 사람으로, 신사로 보이기를 원한다. 또 정치가 정도의 위치에 있는 사람이라면 남을 위한 배려가 늘 몸에 배어 있어야 한다. 선거전이 벌어지면 어느 후보가 부인에게 더 극진한지 시합이라도 벌이는 것 같다. 지난번 대통령 선거때 부시는 '내 일생에 최고로 잘한 일은 내 아내와 결혼한 것이었다.'고 했다. 그러자 고어는 만인이 보는 앞에서 부인에게 열정적인 키스를 해 보여줌으로써 눈을 끌었다. 이들은 부인과 같이 나서게 되면 부인을 곁에 가까이 두고 같이 가거나 층계를 오르게 되면 앞세워 준다. 우리 처럼 남자가 앞서고 여자는 뒤따라가는 것은 볼 수가 없다.

독자들 중에는 "아이구, 닭살이다!"하는 분이 있을 것이다. 그렇다면 그런 분은 그냥 한국 내에서 키우시면 된다. 앞으로 세계는 싫으나 좋으나 서구 문명이 얼마간은 지배하게 될 것이고, 그런 세계에서 그 시대에 걸맞는 신사로 자라는 것이 해될 것은 없겠다 싶으면 그런 자세를 미리 가르치는 것도 나쁠 것은 없다. "한국에서 온 저 학생은 어린 신사야." 혹은 "저 한국 학생은 정말 교양과 매너가 좋아."라고 칭찬 들어 손해 볼 것은 없을 터이니까.

엘리베이터 문이 열리면 탄 사람이 다 내리고 타는 것은 물론이다. 그것도 중학생 정도가 되었으면, 특히 남학생이라면 나이가 많건 적건 여자들을 먼저 타게 기다렸다 뒤따라 타는 것도 서구인들의 문화 중 하나이다. 엘리베이터에서 내릴 때도 마찬가지이다. 아무리 바빠도 여자들 먼저 내리게 길을 내어 주고 난 후에 내려야 하는 것이 이들의 신사도이다. 어떤 때는 사람이 많은 엘리베이터에서는 여자 먼저 내리게 할 것이 아니고 앞선 사람이 남자건 여자건 먼저 내렸으면 싶은데, 너무 좁을 때는 사실 그리하기도 하지만, 웬만하기만 하면 이들은 번거롭더라도 여자 먼저 내리게 하는 것이 신사도인 줄 안다. 우리의 자녀들도, 특히 사내 아이들은 그렇게 잘 가르쳐 보내는 것을 권한다.

물론 엘리베이터만은 아니다. 문 열고 닫을 때, 차에 타고 내릴 때, 우리는 노약자를 먼저 우대하는 미풍이지만 이들은 여자를 우리가 노약자 대하듯 한다. 그러나 아무리 나이든 분이라도 남자일 경우는 노약자로 대우하지 않는다(병자의 경우는 예외이지만). 나이든 분들일수록 옛날 기사도 정신이 더욱 살아 있어서 여자나 어린이를 우대하는 데 더 나서기 때문에 그러한 그들의 자존심은 건드리지 않는 것이 더 바람직하다.

우리 아이가 돌이 지나고 말을 배우기 시작했을 때 TV 앞에 앉아서 미국 어린이들을 위한 프로 〈쎄서미 스트리트〉를 보면서 몇 번이나 '쿠스미', '쿠스미' 소리를 하고 있었다. 도대체 무엇을 보고 무슨 흉내를 내는 것인가 싶어 아이를 지켜보았더니, 아이는 기침 한번 하는 척하고는 손을 입에 대고 '쿠스미', 또 조금 있다가는 다시 기침 소리내고 '쿠스미' 하고 있었다. 아마 TV에서 기침하고 나서 '익스큐스미' 하는 것을 보고 자기도 기침한 후에는 손을 입에 대고 그 소리해야 되겠구나 싶어 연습하고 있는 모양이었다. '익스큐스미'를 발음할 때 앞의 '익스'는 액센트를 받지 않으므로 잘 들리지 않는다. 따라서 뒤음절 '큐스미'는 크게 잘 들린다. 그러니 우리 아이가 '큐스미'만 듣고 흉내내고 있었던 것이다. 나는 속으로 웃었다. 그리고 아이의 행동을 그냥 내버려두었다. 아이는 그렇게 조금씩 사회를 배워 가는 것이다. 아무리 별것 아닌 '익스큐스미'도 그런 연습 후에 나오는 소리이다. 여러 번, 수없이 보고 난 후에 습득하게 되는 것이다. 미국 땅에 떨어졌다고 그냥 나오는 소리가 아니다. 그러니까 어려서부터 우리도 기침할 때는 손으로 입을 가리고 하고, 기침 후에도 "죄송합니다."를 시켜 버릇하면 어떨까?

미국에서는 누가 기침을 하면 기침한 사람은 "익스큐스미."하지만, 기침한 사람 옆에 있던 사람은 "블레쓰유"나 "게준트하이트" 같은 소리를 한다. 게준트하이트는 독일어로 '건강하기를…'의 뜻이고, 블레쓰유는 기침하는 동안 숨이 막히지 않게 기원한다는 의미에서 유래되었다고 한다. 하여튼 이 말도 미국인들은 몸에 배어 꼭 해야 되는 줄로 안다. 브라이언이 한국에 나와서 돌아다니며 "실례합니다", "고맙습니다" 소리는 잘하는데 "블레스유" 소리를 뭐라 해야 하는지는 미처 몰랐다.

"엄마, 누가 기침하면 한국말로는 뭐라 해야 해요?"

우리 아이는 한국 사람들은 아무 소리 않는 걸 모르고 있으니 당연한 질문이었다.

"글쎄. 한국에서는 아무 말도 안 해도 돼."

"그럼 기침해도 가만히 있어요?"

아이는 오히려 그게 이상스러운 모양이었다.

"감기 조심하세요 하면 될 것 같구나."라고 대답했다.

그 후로 우리 아이는 누구든 기침만 하면 "감기 조심하세요."라고 말한다. 이것도 나쁜 습관은 아닌 것 같다. 남에게 작은 호의라도 보이는 것이 나쁠 리가 없을 테니까.

누구든 고맙다고 "땡큐"를 하면 꼭 "유아 웰컴"을 되받아 해 줘야 하는 것도 잊지 말고 몸에, 혀에 배도록 해야 하는 말 가운데 하나이다.

내가 기침할 때 누가 옆에서 감기 걸릴까 봐 걱정이 돼서 "블레쓰유"하면 멀뚱멀뚱 아무 대답 없이 있지 말고 내게 그런 신경을 써 준 사람에겐 곧바로 "고맙다"고 또 인사해야 하는 것도 잊어서는 안 된다. 그러니까 고맙습니다(Thank you.), 실례합니다(Excuse me.), 천만에요(You are welcome.), 감기 조심하세요(Bless you.) 등은 입에 달고 살아야 하는 것이 이들의 문화인 것을 잊지 말기 바란다. 또 실은 우리도 어쩌다 남과 부딪치면 화를 내고 욕을 하기보다는 "죄송합니다. 괜찮으세요?"하는 것쯤은 배워서 나쁠 건 없지 않나 싶기도 하다.

어머니는 언제나 상좌에

우리나라 사람들만큼 먹는 데 기를 쓰고 전력을 다하는 사람도 세계에 또 없을 것 같다. 인구에 비해 식당 수가 많기로도 세계 으뜸간다고 한다. 사실 우리의 음식이 세계 어디에 내놓아도 맛으로서는 잘 모르겠지만 (맛은 각 사람의 기호나 취향에 따라 다르므로 객관적이기가 어려우니까) 건강에 좋기로 따진다면 소금기를 좀 줄이고 덜 맵기만 하다면 가장 우수한 식단이라고 나는 믿는다.

음식 자체는 세계적으로 보아도 아주 우수한 음식인데, 먹는 사람들의 에티켓은 세계적이기보다는 아주 한국적이라고 볼 수 있다. 물론 우리나라에서 우리끼리 먹고사는 데야 무슨 문제가 있으랴만 세계는 바야흐로 일일 경제권에 들어가고 지구촌이라고 부르는 마당에서 외국인들과 같이 먹고 마시고 일하고 하는 것이 일상이 되어 가고 있는 요즘 우리의 문화만 좋다고 고집할 수는 없다.

한정된 지면에서 식생활의 에티켓에 대한 모든 것을 이야기하기는 어렵다. 나는 유학 가거나 연수 갈 학생들을 위한 글을 쓰고 있으니 만큼 기본적이고 그들에게 꼭 필요한, 지키지 않으면 상대방에게 실례가 되고 무례가 될 수도 있는 그런 케이스들만 주로 다루려고 한다. 이왕이면 우리의 자녀들이 외국에 나가 생활하는 동안 손가락질 받거나 멸시받지 않도록 하려면 꼭 알아야 하는 기본적인 것들을 뜻한다.

우리가 가장 쉽게 실수하는 것 중의 하나가 음식물을 입에 넣고 말하는 것이다. 씹혀진 음식이 입안에 보이는 것은 그리 보기 좋은 모습은 아니다. 길바닥에 토해 놓은 음식을 입에 담았다 싶을 정도로 보기가 민망하다. 입안에 음식물을 가득 넣고 입을 크게 벌리고 웃거나 말을 하는 사람의 입 속을 본 사람들이 많을 것이다. 결코 아름다운 모습은 아니다. 입안에 음식이 들어갔으면 크건 작건 간에 입을 다물고 그것이 다 삼켜졌을 때까지 다시 입을 벌리지 말아야 한다. 서구의 어머니들은 어려서부터 이것을 아주 철저히 가르친다. 아이가 입에 음식을 넣고 말을 하면 엄하게 꾸짖는다. 아무리 급한 이야기가 있어도 음식물을 입에 넣고 말해서는 안 된다. 다른 것은 몰라도 이것은 꼭 지켜야 한다. 음식물을 씹을 때도 입을 벌리고 씹는다면 입을 다물고 씹을 때까지 훈련을 시킨 후에야 유학을 보내도 보내야지 그렇지 않으면 우리 자녀는 외국인들에게 따돌림을 받을 터이니 명심하기 바란다. 혹시 그들은 "음식 입에 넣고 말하지 말고 입 다물고 씹으라."는 소리를 당신 자녀에게 하지 않을지도 모른다. 그 대신 이것은 아주 기본이 되는 에티켓이기 때문에 그것조차도 지키지 않는다면 저 아이의 부모는 도대체 자식을 어떻게 길렀나 하는 생각을 뒤에서 할지도 모른다. 입에 음식 넣고 말하거나 입 벌리고 씹는 것은 변을 보고 뒤 닦지 않는 만큼이나 실례가 된다는 것을 꼭 명심하고 이것만큼은 무슨 일이 있어도 자녀들에게 꼭 훈련시켜서 외국에 내보내기 바란다. 아무리 어린 학생이라도 그 학생은 학생의 부모와 나아가서는 우리나라를 대표하고 있다. 부모 망신, 국가 망신시킬 필요야 없지 않은가! 외국 영화나 TV 시트콤, 혹은 쇼에서 우리는 입에 음식을 넣었기 때문에 말을 못하고 손가락으로 좀 기다려 달라는 표시를 하는 것을 종종 본다. 입에 음식 넣었으니 대답할 수가 없다. 음식물을 입에 넣었는데 질문을 받았을 경우 대답을 못해도 괜찮다. 오히려 질문한 사람이 "미안하다. 기다릴 테니 천천히 대답해도 된다."고 할 것이다.

　식사가 끝나고 나서는 괜찮지만 식사하는 동안 팔꿈치를 상위에 놓고 먹거나 말하는 것도 어머니들은 꾸짖는다. 음식을 준비한 어머니에 대한 공손한 태도가 아니라고 보는 때문이다. 그것도 염두에 두어야 한다. 다 먹고, 상 치우고 이야기를 나누고 있을 때는 팔꿈치를 올려놓아도 아무 상관 않는다.

　우리의 아이들이 실수 잘하는 또 한 가지가 있다. 트림이다. 우리의 문화는 트림에 대하여 별 거부감을 보이지 않는다. 옛날에는 잔뜩 먹고 끄윽 하고 트림하는 것이 예의였다고도 한다. 서구의 문화는 그렇지 않다. 미국 사는 30년 간 방귀 뀌고 '미안합니다' 하는 사람은 하나도 보질 못했다. 그런데 트림하고 나서 '미안합니다' 하는 말을 하지 않는 사람도 보질 못했다. 그만큼 트림에 대해서 그들은 민감하다. 아무리 작은 트림이라도 꼭 "익스큐스미"를 한다. 우리의 자녀들 중에는 장난 삼아 일부러 트림을 더 크게 소리내어 하는 아이들이 있다. 이 점도 세계인이 되기 위해서는 조심해야 할 항목 중의 하나이다.

미국의 어머니들은 어려서부터 아이들을 훈련시켜서 초등학교 학생 정도가 되면 자신이 아침 식사는 챙겨서 먹을 수 있도록 장려한다. 또 자기가 먹은 그릇은 꼭 자기가 싱크대에 갖다 놓아야 하는 줄 알도록 키운다. 저녁 식사처럼 모든 식구가 다 같이 앉아서 먹게 되는 경우는 상 놓는 일, 상 치우는 일을 아이들이 다 분담하여 나누어 한다. 우리의 자녀들처럼 차려 놓은 밥상에 앉아서 먹고 나서 싹 일어나면 안될 노릇이다. 같은 식구로 행동하는 만큼 우리의 아이도 일의 분담이 필요하다.

끼니때마다 주인 어머니에게 "저는 무엇을 할까요?"라고 묻는 것을 잊지 말도록 하고 어머니가 시키는 대로 일하게 훈련시켜야 한다. "너는 오늘 저녁상을 차려라."하면 접시 놓고, 물 컵 놓고, 포크 나이프 등을 제자리에 놓으라는 뜻이다. 이때도 역시 무엇을 어디에 놓아야 할지 모르면 물으면 된다. 미국 어머니들은 친절히 가르쳐 준다. "걱정 마라. 내가 할 테니 넌 공부나 해라."하는 어머니는 한 사람도 없다. 때로는 "오늘은 처음이니까 리사에게 도와 달라고 해서 배워라." 할 수도 있다. 그러면 리사가 가르쳐 주는 대로 늘어놓으면 된다. 모르는 것을 아는 척 할 필요가 없다. 혼자 속으로 끙끙거릴 필요는 더욱 없다. 그들이 사는 방식이 우리와 다르다는 것은 그들도 알고 있다. 그들은 언제나 "너 참 잘했다. 그렇게 하면 된다. 내가 너희 나라 갔다면 난 너만큼 결코 하지 못할 텐데 너는 정말 잘한다."하는 칭찬도 잊지 않는다. 칭찬은 그들이 가르치는 방법 중의 하나이기 때문이다.

상을 차릴 때는 대부분의 경우 큰 접시를 가운데 놓고 왼쪽에 포크를, 오른쪽엔 칼과 숟가락을 놓는다. 정식으로 상을 차릴 때는 포크 옆에 빵 접시를 놓고 오른쪽 위에 물 컵과 술잔을 놓는다. 한 사람 분의 식탁만 차렸다면 헷갈리지 않지만 여러 사람의 식탁을 차리다 보면 식사하기 위해 앉았는데 왼쪽에 있는 빵 접시가 내 것인지 오른쪽에 있는 빵 접시가 내 것인지 모를 수가 있다. 가장 좋은 방법은 역시 묻는 것이다. 실수하여 오른쪽 접시를 쓴 후에 깨달았다면 "내가 모르고 당신 접시를 썼습니다. 바꿔도 되겠습니까?"하면 된다. 이럴 때 모르는 것을 묻는 것은 결코 실례가 아니다.

서구식 식사는 식사 중간 중간에 접시를 치워야 하고 새 접시를 내 놓을 때도 있다. 그러면 역시 "제가 무엇을 하면 될까요?"하고 묻는 것은 마땅한 예의다. 어머니를 모든 식구들이 다 나서서 도와야 된다고 생각하면 된다.

내가 먹던 숟가락이나 포크를 상 가운데에 있는 식구 모두를 위한 접시에 대는 것은 금물이다. 접시에는 꼭 커다란 숟가락이나 포크가 있으니까 그것으로 덜어 먹어야 한다. 우리는 식탁 위에 접시들을 늘어놓고 모두 자기가 먹던 숟가락 젓가락으로 퍼다 먹는데 이것은 우리나라에서만 하는 풍습이다. 다른 나라는 그렇게 하는 나라가 없다. 왜냐면 병든 사람이 자신의 수저를 공용의 음식에 넣는다면 같이 먹는 사람이 모두 그 균에 감염되기 때문이다. 이 점은 우리나라도 고쳤으면 하고 바라게 된다. 같은 그릇에 찌개나 나물을 놓고 다같이 먹는 것이 더 정겹고 좋다고 할지는 모르지만 혹시 모르는 사이에 서로 세균을 주고 받기가 너무 쉽기 때문이다. 그 때문에 우리나라는 헨리코백터균에 감염된 사람이 80%나 될만큼 세계에서 가장 많고 또 A형 간염도 그리 전달이 될 수 있다. 위험하기 그지없다. 우리 식당이나 가정에서도 공용의 음식에는 따로 수저를 놓았으면 좋겠다. 우선 외국에 가서는 조심해야 한다. 내 침이 묻은 숟가락이나 포크가 남의 그릇이나 접시에 가서는 안된다는 생각을 깊이 가져야 한다. 남이 가지고 있는 병균을 내 입에 넣기 싫은 만큼 내가 갖고 있을지 모르는 병균도 남에게 주어서는 안 된다. 사실 국민 보건을 생각할 때 우리나라 전체가 이에 대한 캠페인을 한다면 우리 국민들에게도 많은 도움이 될 것이고 병원비도 줄 것이며 조금 더 건강한 사회도 될 것이다. 적어도 해외로 나가는 우리의 아이들에게는 가르쳐서 내보내야 되는 것 중의 하나이다.

가족이 다 모여서 저녁 식사를 하게 되면 어머니와 아버지가 자리를 잡고 앉은 후에 아이들이 앉게 되어 있다. 그러나 가족 사이에서는 꼭 지키지 않아도 되니 눈치껏 집안 풍습에 따라 하면 된다. 그러나 집에 손님이 오셔서 같이 식사하게 되면 꼭 어머니와 아버지가 같이 와서 앉기를 기다려서 앉도록 하는데, 그때는 부모님이 앉으라는 자리에 앉아야 한다. 부모님은 손님을 상좌에 앉힐 것이므로 아이들의 자리가 바뀔 수도 있기 때문이다. 또 그때는 손님이 먼저 권하는 자리에 앉고, 부모님이 앉고, 아이들이 앉는다. 손님 중 여자 손님이 있으면 아버지가 의자를 앉기 좋게 해 드릴 터인데, 만약 여자 손님이 여럿이면 다른 여자 손님을 앉기 좋게 도와 드리는 것은 남학생의 몫이 될 수도 있다. 그럴 때 또 어머니의 자리도 보아 드리면 어머니는 자랑스레 생각하실 터이니 마음에 새겨 두었다가 해보는 것도 좋다. 여학생은 그런 것에 신경 쓰지 않아도 된다.

식사가 끝나고 어른들이 이야기들을 계속 하면 아이들은 식탁을 떠나도 되는데, 반드시 "저 실례해도 되겠습니까? (May I be excused?)"를 묻고 부모님의 양해를 받은 후에 나가야 한다. 그렇지 않고 다 먹었으니 나가도 되겠지 싶어 나가 버리면 부모님은 "혹시 저 애가 어디 화가 났나, 무슨 일이 있었나?" 걱정하게 된다. 양해 받고 일어서는 습관을 꼭 길러야 한다.

우리는 식사할 때 열심히 떠먹고 급히 일어서는 것이 습관이지만 서구인들의 식사시간은 길다. 식사시간이 하루의 일을 마치고 오늘 있었던 일, 하고 싶었던 이야기, 내일 이야기들을 나누는 대화의 시간이다. 천천히 먹으면서, 즐기면서, 대화하면서 보낸다. 단지 입에 음식이 들어 있으면 입을 벌려서는 안 된다. 또 어른들이 이야기하고 있을 때 될 수 있으면 끼어 들지 않는 것이 예의이다. 미국의 식사는 대체로 한 시간 내에 끝나는 것이 보통이지만 유럽은 두 시간 이상 끌기도 한다. 급히 서두르지 말고 대화에 같이 참여하면서 먹는 습관을 들이는 것이 좋다. 우리는 사탕을 먹어도 급해서 아작아작 씹어 먹지만 이들은 사탕도 입에 넣고 우물우물 오랫동안 녹여서 없어질 때까지 천천히 먹는 사람들이다.

음식을 만들어 준 어머니에게 "이 생선은 기가 막히게 맛이 있습니다."라든지 "이 파이는 내가 먹어 본 중 최고입니다."하면 어머니들이 아주 좋아한다. 그렇다고 거짓말을 할 필요는 없다. 왜냐면 어머니는 이 학생이 좋아하는 것을 기억해 두었다가 틈나면 또 해 주실 것이기 때문에 내가 정말 좋아하는 것일 때 좋다고 하는 것이 좋다.

내가 학창 시절 초대받았던 집 어머니께 "이 닭튀김은 정말 맛있습니다. 내 입에 꼭 맞습니다."했다가 나는 별로 좋아하지도 않는 닭튀김을 그 집에 갈 때마다 먹어야 했고, 그 어머니는 내게 두 쪽, 세 쪽씩 권하곤 했었다. 비록 학생이라도 외국서 온 만큼 기왕이면 그 아이가 좋아하는 것을 해 주려고 애쓰며 인정을 베푸는 일이니 고마운 일이다.

손쉽게 할 수 있는 한국 요리를 한 두 가지 배워 갖고 가서 홈스테이 하는 집에서 해 보이면 모두들 좋아하고 신기해 한다. 중학생 정도만 되면 미국 아이들은 웬만한 요리는 하니까 우리 아이들도 한 두 가지는 가르쳐서, 연습시켜 보내는 것도 즐겁고 원만한 외국 생활을 하는 데 도움이 된다. 나무 젓가락 같은 것도 여럿 가지고 가서 쓰는 법을 가르쳐도 주고 나누어주면 돈도 별로 들지 않으면서 친근감도 느끼게 되어 좋다. 불고기나 갈비 같은 음식은 인기 끌기도 쉽고 하기도 쉽다. 만두나 잡채는 외국인들이 좋아는 하지만 아이들이 하기가 어려울 것 같다. 음식 재주 있는 아이라면 해 볼 만한 일이다.

김치 같은 것을 소개할 때는 조심해야 한다. 이 사람들은 맵고 짠 음식에 우리만큼 숙달되어 있지 않다. 또 냄새가 강한 음식은 거부감을 일으킬 수도 있다. 그러니까 김치 같은 것을 가르쳐 드리고 싶으면 오래 사귄 후에, 그 댁의 사정을 잘 알고, 학생의 영어 실력도 늘어서 표현이 자유로울 때 시도해도 늦지 않다. 더욱이 김치찌개나 된장찌개 같이 냄새가 진동하는 음식은 모두들 코를 쥐고 도망가게 만든다. 냄새에 관한 한은 각별한 주의가 필요하다.

내가 마늘 넣고 만든 김치를 먹으면 내 몸과 입에서 또 땀에서 마늘 김치 냄새가 사흘은 간다. 우리는 모두 먹고 있기 때문에 냄새나는 것을 모르지만 마늘 넣은 김치를 먹지 않는 외국인은 금방 안다. "아무리 그럴라구!" 할는지 모르지만 이것은 내 말을 믿는 수밖에 없다. 남편이 의사이기 때문에 나는 더 잘 안다. 한국서 온 외과 의사가 가운만 걸치고 수술실에 들어가면 모두들 도망가려고 든다. 그래서 외과 의사는 특히 마늘 넣은 김치를 먹지 않는다. 마늘을 넣지 않고 만든 김치는 맛은 덜 해도 냄새는 훨씬 온순하다. 한국인들과만 지내게 된다면 김치 냄새를 이해하고 또 같이 김치를 먹었을 경우에는 냄새가 나는지 모르니까 무관하다. 그러나 내가 김치 먹지 않았을 때 먹은 사람을 만나면 금방 알 수 있다. 워낙 냄새가 지독해서 그렇다. 미국에 사는 동안 우리는 김치에 마늘 넣지 않고, 어떤 때는 고춧가루도 쓰지 않은 백김치를 잘 담가 먹었다. 그러니까 마늘, 고춧가루, 젓국 넣은 김치를 먹은 한국 사람 만

나면 그 자리에서 냄새를 느낀다. 김치가 몸에 좋고, 건강에 좋고 하니 먹으라고 애써 권할 필요는 없다. 역한 치즈 냄새가 싫어 치즈 먹지 않는 사람들에게 구태여 치즈가 몸에 좋소, 뼈에 좋소 하며 먹어 봐라 할 필요 없는 것이나 마찬가지이다. 나는 미국에 30년을 살고 왔어도 아직껏 고약한 냄새나는 치즈는 옆에 가기도 싫다. 마찬가지인 것이다.

우리나라 김영삼 대통령 때 당시 와 있던 주한 미 대사 레이니 박사는 한국말을 우리처럼 잘할 뿐 아니라 한국 음식도 우리만큼 즐긴다. 미국서도 가끔 냉면을 드셔야 직성이 풀리고 부인은 김장까지 담그곤 했다. 그런 분은 물론 한국 집에서 나는 찌개 냄새, 김치 냄새 다 이해한다. 그러나 80~90%의 외국인은 김치를 접해 본 적이 없으니 조심하는 것이 좋다. 한국 교포들이 집을 팔려고 내놓을 때 가장 어려운 것 중의 하나가 집에서 나는 음식 냄새이다. 우리에게는 구수한 김치찌개, 된장찌개 냄새가 그들의 기호엔 너무 독해서 집 보러 왔던 사람이 코를 쥐고 나가기 일쑤이다. 늘 기억해 두고 조심해야 할 사항 중 하나이다.

또 하나 우리의 학생들이 유념해 두었으면 싶은 것이 있다. 그것은 개고기와 뱀에 관한 이야기이다. 우리나라 사람 중에는 개고기와 뱀을 즐기는 사람들이 있다. 서구 사람들은 이를 마치 야만인처럼 생각하기도 하고 그 중에는 식인종 비슷하게 끔찍하다고 보는 경우도 있다. 우리나라에서 우리끼리 개고기를 먹어도 좋다 나쁘다 토론하고 반박하고 하는 것은 좋지만 손님으로 간 나라에 가서 개고기 먹는다고 자랑할 필요는 없다. 그들을 개화시키려 애쓸 필요도 없다. 내 몸에 좋다 생각하면 나 혼자 조용히 먹으면 그만이다. 우리는 개도 소나 돼지처럼 잡아먹기 위해 기른다고 반박할 필요도 없다. 그들은 돼지나 소를 보는 눈과 개를 보는 눈이 다르기 때문이다. 소나 돼지 특히 양은 길러서 잡혀 먹는 동물인 줄을 알기라도 하는 듯 밥 주는 주인을 보면 눈을 끔벅대며 밥 달라고 따라는 와도 개처럼 반갑다고 꼬리치고, 주인의 손발을 핥아대고, 주인집에 모르는 사람이라도 접근할라치면 주인께 목이 터져라 짖어대서 알리지는 않는다. 그들은 주인보고 반갑다고 꼬리치고 와서 안기고 비벼대는 동물을 잡아먹는다는 생각을 할 수가 없어서 그렇다고 보면 된다.

우리의 아이들이 워낙 영리해서 외국 가면 그들이 얼마나 동물을 아끼고 사랑하는지 보게 되면 알아서 말하고 행동하겠지만 자칫 실수할까 봐 노파심에서 이르는 것이다.

"너희 나라에선 개도 잡아먹는다던데 정말이야?"는 질문을 받을 수도 있다. 그런 뉴스가 나온 적이 있었기 때문이기도 하고 신문이나 잡지에서 보았을지도 모른다. 그러면 어떻게 대답하는 것이 좋을지 생각해 두는 것도 좋을 듯 싶다. 나도 그런 질문 받았던 적이 있기 때문이다.

집에서 먹는 대부분의 식사는 두 개의 포크를 쓸 정도로 간단하다. 그러나 추수감사절이나 크리스마스 때 먹게 되는 식사는 포크가 네 개 정도가 놓일 수도 있다. 그럴 때는 언제나 밖에서부터 안쪽으로 매코스 때마다 먹으면 된다. 먹는 동안 이야기를 하게 되면 접시 위에 칼과 포크를 한자의 8자(八)처럼 놓아두고 이야기하고 다 먹은 후에는 접시 한쪽으로 한자의 2자(二) 모양으로 칼과 포크를 모아 놓으면 다 먹었다는 뜻이다. 이것은 특히 식당에 갔을 때 요긴한 정보이다. 내가 포크와 칼을 八자로 놓고 있으면 식사가 끝나지 않았구나 싶어 접시를 가져가지 않는다. 그러나 식사 중이라도 二자로 모아 놓으면 더 이상 먹지 않겠다는 뜻으로 알고 치워 버린다. 잘 알아서 배부르기도 전에, 음식 먹기도 전에 그릇부터 뺏기지 않도록 할 일이다.

얼마 전 용산 기지에 와 있는 대령 내외의 초청으로 한국인 부부 한 팀과 우리 부부가 같이 식사를 한 적이 있었다. 마침 일요일이어서 바베라 대령 부부는 일곱 살, 다섯 살 난 두 아들과 세 살 난 딸까지 세 아이를 데리고 나왔는데 우리는 이 아이들이 어떻게 식당에서 행동하리라는 것을 알고 있으니까 별로 신경 쓰지 않았지만 우리와 같이 식사를 하려고 왔던 다른 부부는 외국에서 살아 본 적이 없어서 "저 세 어린애들 때문에 오늘 식사는 정신없게 되었구나."라고 생각했던 모양이다. 그런데 식사가 다 끝나기까지 한번도 자리를 뜨거나, 싸우거나, 큰소리 내거나 투정하는 법이 없이 의젓하게 행동하는 졸망졸망한 세 아이를 보고 이 한국 어머니는 지금도 만나기만 하면 그 이야기를 한다.

"나는 너무 놀랐어요. 아직도 잊을 수가 없어요. 일곱 살, 다섯 살 난 녀석은 한참 뛰고 놀 사내아이들인데, 세 살짜리 계집애도 그렇고, 어떻게 훈련시켜서 식사 태도가 그럴 수가 있습니까? 나는 우리 한국 아이들 생각하면 부끄러워 고개를 들 수가 없더라니까요. 그 대령 내외가 우리나라 식당에 왜 안 가 봤겠어요? 우리 식당은 아이란 아이는 다 뛰고 난리법석이지 않습니까? 나도 자식들 기를 때 저렇게 길렀어야 하는 건데 참 잘못했네요."

미국 사람들은 자식이 식당에 가서 제대로 행동하지 않을 것 같으면 아예 훈련이 되기까지는 데리고 나가질 않는다. 또 데리고 가더라도 아이들이 다른 사람에게 방해가 되는 행동을 하면 부부 중 하나가 얼른 아이를 데리고 나간다. 다른 사람이 즐겁게 식사할 수 있도록 배려를 해 주는 것이다. 목청이 터지라고 울어대는 아이를 실컷 울도록 내버려두는 사람은 없다. 또 아이들은 집중력이나 집중 시간이 짧기 때문에 어른들이 한 시간 두 시간 앉아 식사하는 동안 내내 앉아 있기가 힘들다. 부모는 그것을 생각하고 미리 아이의 장난감이나 읽을 책, 연필, 종이 따위를 준비해 온다. 그래도 식사시간이 길어지면 부모 중 하나가 아이들을 데리고 나간다. 공공 장소에서는 남을 배려하는 마음이 늘 떠나질 않는 것이다.

우리의 아이들도 밥 먹다가 돌아다니거나 식사 중 큰소리 내거나 남에게 폐가 되는 행동을 하지 않도록, 특히 유학이나 연수 가는 아이들은 가르쳐서 보내야 할 것이다. 나는 국위 선양도 그런 곳에서부터 나온다고 생각한다. 예절 바르고 친절한 한국의 유학생들이라는 말이 나돈다면 얼마나 우리의 어깨가 올라가고 입이 벙글거릴 일인가!

주인 어머니와 맥도날드 같은 곳에 가서 먹을 때는 특별히 신경쓸 일이 없지만 혹시 정식으로 자리에 앉아 식사하는 식당으로 가게 되면 몇 가지 알아 둘 일이 있다. 먼저 주인 부모님이 테이블을 받게 되면 아이들에게 어디에 앉으라고 할 때까지 의자 뒤에 서 있어야 한다. 또 아버지는 어머니를 늘 상좌에 앉히려고 한다. 그러니까 어머니 자리를 먼저 아버지가 정한 다음 어머니가 앉도록 도와주고 아버지가 앉은 후에 아이들이 앉는다. 아버지가 같이 나오시지 않았으면 어머니 자리를 웨이터가 도와주겠지만 유학생이 남자라면 그 때 도와 드리면 어머니는 아주 흡족해 하신다. 잘 길렀다고 생각하신다.

상좌는 벽을 향한 쪽이 아니고 좋은 경관이 있는 쪽을 향한 자리일 수도 있고, 식당 안을 잘 볼 수 있는 자리일 수도 있다. 어머니를 상좌에 꼭 앉히는 그들의 이유는 "이렇게 아름답고 훌륭한 내 아내입니다." 혹은 "우리 어머님은 이렇게 젊고, 예쁘고, 우리가 사랑하는 분입니다."하는 것을 자랑하려는 그들의 마음이라고 생각하면 된다. 또한 이 어머니들은 고급 식당에 갈 때일수록 예쁘게 보이기 위해서 열심히 단장한다. 온 가족의 사랑을, 남편과 단둘이 왔을 때는 남편의 사랑을 듬뿍 받고 있다고 자랑하고 싶은 것이라고 보면 된다.

여학생을 데리고 데이트 나가게 되도 마찬가지이다. "내가 데리고 나온 이 여성을 보아주십시오. 예쁘지 않습니까?" 하듯이 모든 사람이 다 볼 수 있는 자리에 앉도록 돕고, 남학생은 반대로 "나는 당신의 예쁜 얼굴만 보면 더 바랄 것이 없습니다."하는 듯이 다른 여자의 얼굴이 보이지 않고 자신이 데리고 온 여자의 얼굴만 볼 수 있는 자리에 앉는 것이다. 물론 때와 장소에 따라 다 그렇게 할 수는 없을 수도 있다. 그러나 밑바탕에 깔려 있는 생각은 그런 것이다. 서구 개척 당시 여성이 모자라 여자를 우대하는 습관도 생겼을 것이고, 기사도 정신에서 여성을 먼저 위하는 생각도 생겼을 터이지만, 어쨌든 약자를 먼저 배려하는 이들의 마음이 나는 여기에도 있는 것이 아닌가 싶다.

요즈음이야 여성이 도무지 약자 같지는 않지만, 그래서 풍속도도 많이 변하고는 있지만 그래도 아직까지는 여성을 위하는 모습을 보여 주면 신사도를 가진 사람으로 간주하는 것은 사실이다.

식당에서 주문할 때 무엇을 주문해야 좋을지 모르겠으면 주인 어머니께 여쭈어 보는 것이 좋다. 어머니는 얼마간 같이 지냈으면 아이의 기호를 웬만큼은 알고 있을 터이니까. 또는 "이것이 좋을까요, 저것이 좋을까요?"라고 웨이터나 어머니에게 물어도 된다. 모를 때는 묻는 게 상책이다. 부모님이 자리를 정해주면 앉아서 냅킨부터 무릎 위에 놓는다. 외국인들이 우리나라에 와서 당황할 때가 냅킨이 없는 식당이다. 그 만큼 냅킨은 입이나 손을 닦기 위해 꼭 필요하다. 또 식사 전에 모두 손들을 씻고 왔으리라 믿고 물수건은 주질 않는다. 물수건 주는 식당은 싼 곳이건 비싼 곳이건 본 적이 없다. 한국 식당이나 비행기 내를 제외하고는 말이다.

식사 방법은 집에서나 마찬가지이다. 식당엔 웨이터가 있으므로 꼭 나이프와 포크를 이야기 도중에는 八자로 놓고, 다 먹었으면 二로 놓는 것을 기억해 두어야 내가 다 먹기도 전에 접시를 갖고 가는 불상사가 생기질 않는다.

음식을 먹을 때, 고기나 채소나 모두 나이프와 포크를 써서 한입에 들어갈 정도의 크기로 썰어서 먹는다. 크게 썰어서 이로 떼어먹은 고기 덩어리를 다시 접시에 놓는 것은 실례다. 일단 내 입에 대었던 것은 다시 꺼내면 안 된다고 생각하면 된다. 닭고기와 게 다리 같은 음식은 손으로 먹어도 된다. 그 외의 것은 다 포크와 칼로 입안에 들어갈 크기로 잘라먹는다. 식당에서는 게 다리 같은 것을 먹을 경우 먹고 난 후 손을 닦으라고 레몬 방울을 떨어뜨린 물을 작은 그릇에 담아 줄 수도 있다. 그것은 마시라는 물이 아니고 손 씻는 물인 것도 알아두면 좋다. 수프나 물, 혹은 드링크를 소리내지 않고 마시고 먹는 것도 중요하다. 우리는 국을 먹을 때, 특히 맵고 뜨거우면 숟가락에 떠서 후후 불어 후루룩 소리내며 먹는다. 이건 큰 실례다. 뜨거운 것은 식기 기다려서 한입에 쏙 들어갈 만큼 떠서 넣고는 입을 다물고 먹는 습관이 반드시 필요하다. 국 먹을 때 소리내는 실례는 한국 사람들이 가장 하기 쉬운 실수 중 하나이다. 물이나 차를 마실 때도 마찬가지다. 뜨겁다고 후루룩 빨아들이지 말고 식기 기다려 조용히 마셔야 한다.

식사가 끝나고 나면 잘 먹었다고, 혹은 맛있게 먹었다고 고맙다는 인사를 주인 부모님께 하는 것도 잊지 말아야 한다. 기숙사에 있어도 마찬가지이다. 아침이나 점심은 대체로 가볍게 먹지만 중고교 기숙사의 저녁 식사는 제대로 앉아서 먹기도 한다. 학교에서 먹거나 집에서 먹거나 같은 예의 범절을 지켜야 하는 것은 말할 나위도 없다. 테이블에 선생님이 같이 앉으시게 되면 선생님이 부모님이라 생각하고 행동하면 된다. 모를 때는 언제나 바르게 행동하기 위하여 질문하는 학생을 선생님들도 늘 기억하고, 신경도 더 써주고, 아껴 준다는 것을 잊지 않으면 더 좋을 것 같다.

　우리의 아이들이 외국 나가서 밝고 행복하게, 또 사랑 받으며 자라는 것이 싫은 부모는 없으리라 믿는다. 이왕 손님으로 간 나라인데 그 곳 사람들의 마음에 들게 행동하고 그들의 문화를 익히고 배우고 알고 오는 것이 사대사상이라면 난 할 말이 없다. 그리 생각한다면 구태여 해외 연수나 유학을 생각하거나 계획해 볼 필요가 없다고 본다. 우리의 마음을 여는 만큼 배운다는 것을 꼭 명심해 두기 바란다.

문을 닫지 마세요

홈스테이를 하는 대부분은 아파트가 아니고 일반적인 집에서 살게 되는 것이 보통이다. 또 기숙사도 많은 경우 학생들이 집의 분위기를 갖도록 하기 위하여 개인 집처럼 지어 놓고 있는 경우도 허다하다. 기숙사에 있거나 개인 집에 있거나 생활하는 데는 별 차이가 없다고 알고 살면 된다.

집안 생활에 있어서 우리나라와 서구 문화의 차이 중 가장 돋보이는 것 중 하나가 우리는 집에 들어오면 신발부터 벗는데 이들은 집안에서도 신발을 신고 있는 것이다. 우리는 신을 신고 남의 집에 들어가면 실례가 되지만 미국에서는 신발을 벗고 들어가면 주인이 당황하고 어찌할 줄 몰라 하므로 오히려 실례가 될 수 있다. 이것도 우리가 그들의 문화를 이해하고 나면 우리는 우리대로 장점이 있고 그들은 그들대로 장점이 있음을 알 수 있다.

캘리포니아와 텍사스 같이 더운 지방에서는 맨발에 신발만 신고 다니는 사람들이 많지만 동부나 북부에서는 여름 한철만 제외하고는 꼭 양말과 신발을 신는다. 맨발에 샌들을 신는 캘리포니아 사람이나, 양말과 신발을 다 신은 동북부 사람이나, 밖에서 신던 신발을 집안에서도 그대로 신고 있다. 신발이 답답하거나 발이 아파 벗게 될 경우는 실내화를 신기는 하지만 맨발로 다니지는 않는다. 미국에 살다 보면 그것도 이해가 된다. 우리나라는 길을 걷다 보면 가래침을 밟을 수도 있고, 뱉어 놓은 껌을 밟기도 하고, 연말 연시에는 술 먹고 토해 놓은 음식물 찌꺼기를 밟을 수도 있다. 먼지 많고 더러운 길 밟고 다니던 신발을 신고 그대로 방으로 들어가기가 여간 께림직한 게 아니다.

미국은 땅덩이는 크고 그에 비해 인구는 우리같이 많지 않아 그런지 먼지가 훨씬 적다. 우리 집에 다니러 오셨던 시누이께서 이런 이야기를 해서 웃었다.

"애, 여기 길들은 어찌 그리 깨끗하냐? 길바닥에다 상을 펴고 밥 먹어도 되겠고 길에 떨어진 인절미를 집어먹어도 먼지 하나 붙지 않겠다."

뉴욕이나 큰 도시의 중심가는 물론 그렇지 못하다. 그러나 일반 서민이 많이 사는 교외는 어디 가나 다 그렇다. 그러니까 한 달간 한국이나 유럽으로 여행을 갔다 오더라도 다시 대 청소고 뭐고 할 필요 없이 바로 어제 나갔다 돌아 온 듯이 살면 된다. 먼지가 쌓이는 것을 보질 못했다. 넓고 큰 땅 가진 덕인지도 모른다. 그렇게 깨끗한 길을 다니다가 집안으로 들어오면 밖이나 안이 마찬가지인데 구태여 신을 벗을 필요를 느끼게 되지 않는다.

또 한가지 이유가 있다. 서구인들은 우리보다 냄새에 신경을 더 많이 쓰는 것 같다. 이들에게 신발을 벗으라고 하면, 혹시 내 발에서 발 냄새나 땀 냄새가 나서 남에게 피해를 주거나 내가 창피를 당하지 않을까 싶어 불쾌하게 생각하기 쉽다. 한마디로 우리의 신발 벗는 문화를 모르면 오해하기 쉽다. 몸에서나 발에서 나는 냄새를 막기 위하여 이들은 엄청난 수고를 한다. 학생들도 초등학교 5, 6학년이 되면 벌써 여자아이들은 향수를 뿌리느라 정신이 없고 남자아이들도 콜론을 발라댄다. 냄새 나는 아이를 놓고 겉으로 말들은 않지만 속으로는 모두 싫어한다. "미국에 아이를 유학 보냈더니 향수만 찾는다."하지 말고, 그들의 문화를 배워 가는 아이를 위해 미리미리 준비해 주고 가르쳐 주는 것도 나쁘지 않다. 어차피 따돌림받지 않고 함께 어울려 살려면 "로마에 가면 로마인처럼 행하라."고 하기 때문이다.

요즈음 우리 동네에도 헬스장이 생겨서 아침에 헬스장에 나가 조깅을 한다. 헬스의 좋은 점은 조깅 후에 그곳에서 발 마사지나 어깨, 팔, 다리, 근육 마사지를 할 수 있는 기구들이 있는 점이다. 나도 그런 것에 재미 들여 마사지를 즐긴다.

서구인들은 헬스장에 와서도 샤워장에 들어서기까지는 양말은 커녕 신발도 벗지 않는다. 그런데 아침에 운동하는 사람 중에는 운동 끝나면 신발은 물론 양말까지 벗어서 발가락 사이를 양말로 문지르고 닦아 낸 후 맨발을 발 마사지하는 기구에 대고 마사지하는 사람이 있다. 그 사람이 하고 난 후에 나도 마사지해야지 하고 마사지 돌아가는 기구에 가 섰더니 거기서 나는 발꼬랑 냄새가 역겨워서 그만 두었다.

우리 집들은 맨발로 다녀도 물걸레로 싹싹 닦으면 깨끗해진다. 미국인들은 방마다 카펫을 깐 곳이 대부분이다. 신발에서 묻는 먼지는 카펫 청소하면 잘 빠져 나오지만 맨발에서 묻은 땀과 섞인 먼지는 카펫을 더 찌들게도 하고 잘 빠지지도 않는다. 그러니까 집안에 들어오더라도 신발 벗어 놓고 싶으면 실내화로 바꾸어 신든지 아니면 양말이라도 꼭 신는 것이 예의이다. 혹시 잘못해서 신발에 무엇이 묻었다면, 아니면 잔디 깎고 난 후라 잔디가 신발 바닥에 잔뜩 붙었다면, 꼭 신발을 깨끗이 닦은 후라든지 아니면 다른 신발로 바꾸어 신고 집안에 들어가야 하는 것은 물론이다.

우리는 겨울에도, 특히 아파트에 사는 경우 대부분이 집안 온도를 22~23℃로 해 놓고 티셔츠 하나로 사는데, 서구 사람들은 그렇게 덥게 해 놓지 않는다. 19~21℃로 집안에서도 스웨터 하나 정도는 입어야 좋을 정도로 지내고들 있다. 그러니까 이 점도 미리 알아서 준비해 두는 것이 좋을 것이다. 양말 정도는 신고 있어도 되는 온도이다.

또 하나 큰 차이점은 화장실 문화이다. 미국은 화장실을 보통 배스룸(bath room)이라고 하고, 샤워나 욕조가 없이 용변만 보게 되어 있는 작은 화장실은 파우더 룸(powder room)이라고 한다. 서양 문화는 로마 문화에서 자라 나온 것이라고 볼 수 있는데 로마인들의 목욕 문화는 지금 로마에 가 보아도 기가 차게 엄청나다. 교회 못지 않게 엄청난 큰 건물들이 로마의 목욕탕이었고 이 때문에 영국에까지도 배스라는 도시가 생길 정도가 되었다. 배스는 지금의 헬스클럽 같은 역할을 했던 모양이다. 《벤허》 같은 영화를 보면 그들의 배스 문화를 엿볼 수 있다.

미국의 크고 잘 사는 집을 가보면 그 집에서 가장 화려하고 잘 차려진 곳이 바로 배스룸, 우리가 말하는 화장실이다. 주인 내외가 쓰는 화장실은 대리석, 거울, 양탄자, 돌, 타일들을 깔고, 붙이고, 달아서 멋지기도 하지만 경우에 따라서는 화장실 하나가 30평이 족히 되고도 남는 집도 있다. 이들이 말하는 화장실은 목욕하고, 단장하고, 예쁘게 차리고, 때에 따라서는 여가 시간을 거품욕하며 보내거나, 소용돌이치는 휠풀 속에 들어앉아 쉬거나 사우나를 하거나 간단한 스낵도 할 수 있는 곳이기도 하다. 술 마시는 바가 차려 있는 집도 있다. 그러니까 화장실이 더러운 곳이라기보다는 그야말로 남의 간섭 없이 편히 푹 쉴 수 있는 안식의 장소로 알고 있다고 볼 수도 있다.

우리의 화장실은 뒷간에서부터 자라 나온 셈이다. 그러니까 언제나 화장실은 냄새 나고, 더럽고, 문을 꼭 닫아 두어야 하는 곳으로 간주한다. 또 우리는 화장실을 요란스레 청소한다. 흐르는 물과 락스, 비누로 온 화장실을 말끔히 씻어 내려야 직성이 풀린다. 미국의 화장실은 (도로변 휴게실의 공공 화장실 같은 곳을 제외하고) 개인 집이나 호텔이나를 막론하고 화장실 바닥에 물이 빠져나가는 배수구가 없다. 그러므로 한국처럼 화장실 바닥에 물을 쏟아 청소하려 든다면 집안에 홍수가 나게 된다. 유념해야 할 일이다. 화장실은 깨끗한 곳이라고 생각하느니 만큼 화장실 바닥을 카펫으로 단장한 집도 많다. 그러니 더욱이나 알아서 써야 한다. 화장실 사용시 알아두고 지켜야 할 것들은 대충 다음과 같다.

- 화장실 문은 사용할 때 외에는 꼭 열어 놓아야 한다. 화장실 문이 닫혀 있으면 "내가 사용 중이다"는 의미이다. 그러니까 무심코 화장실 문을 닫아 놓으면 다른 식구들이 쓰질 못하고 기다리게 된다. 우리는 화장실에 누가 있나 하고 노크를 하는데 이 사람들은 방문은 노크하고 들어가지만 화장실 문은 노크하지 않는다. 문이 닫혀 있으면 쓰고 있다는 소리인데 쓰고 있는 사람은 일 보다 말고 노크에 대답하기가 어려울 경우가 많다. 따라서 화장실 문이 닫혀 있으면 노크하는 것도 실례이다. 용무보고 있는 사람에게 빨리 나오라고 재촉하는 의미가 되는 때문이기도 하다.
- 사용할 때는 천장에 달린 팬(fan)을 틀어서 변을 보는 경우는 변 냄새가 빠지도록 하고 샤워나 목욕 시에는 수증기가 빠지게 해 주는 것이 예의이다.
- 남자들은 소변볼 때 덮개들을 모두 다 들고 보거나 대변볼 때처럼 앉아서 일을 보도록 하여 다음 사람이 변기에 앉을 때 튄 소변에 앉지 않도록 배려를 해 줘야 한다.
- 변기 사용 후에는 꼭 물을 내리고 변기 뚜껑을 덮어놓고 나오는 것이 예의이다. 가정에 따라서는 두 뚜껑을 다 덮는 집도 있고 하나만 덮어도 되는 집도 있다. 집주인의 뜻대로 따르는

것이 최선이다. 결코 둘 다 들어 올려놓고 나와서는 안 된다.

- 화장실 바닥에 물을 쏟거나 흘리지 않도록 조심해야 한다. 혹시 잘못하여 흘렸으면 곧 닦도록 해야 한다. 미국 집은 한국 집과 달리 위 아래층 사이가 시멘트로 되어 있지 않고 나무와 회벽으로 되어 있으므로 까딱 잘못하면 아래층으로 물이 새서 돈을 들여야 하는 공사가 될 수도 있다. 꼭 명심해야 한다.

- 샤워할 때는 샤워 커튼을 욕조나 샤워장 안에 집어넣어 물이 밖으로 튀지 않게 조심해야 한다. 한국 학생을 데려다 놓았다가 화장실 바닥이 물바다가 되고 아래층으로 흘러 곤혹스러워 하던 가정들의 이야기는 내가 들은 것만도 한 두 집이 아니었다. 화장실 바닥에 물이 떨어지면 안된다는 점은 꼭 이해하도록 아이들에게 가르쳐야 한다. 홈스테이를 했던 어머니들의 요구 사항 중의 하나이기도 하다.

- 내가 쓴 후에 화장실은 다음 사람이 쓸 때 불쾌하지 않게 깨끗이 정돈하고 모든 물건은 다 제자리에 놓는다. 세면대 근처에 물이 많이 튀었으면 말끔히 닦아서 남을 배려하는 습관을 길러야 한다.

- 열두 살 정도나 그 이상인 학생의 경우는 남학생, 여학생을 막론하고 자기가 쓰는 화장실을 자기가 청소하는 것이 좋다. 많은 경우 미국 집들은 주인 부부가 쓰는 화장실과 아이들이 쓰는 화장실, 또 때에 따라서는 방마다 화장실이 있을 수도 있다. 내가 쓰는 화장실을 주인 어머니가 청소하게 내버려두지 말고 내가 하겠다고 나서서 어떻게 하면 좋을지 가르쳐 달라

면 아주 기특하게 생각할 것이고, 잘 못한다고 탓하지도 않을 것이다. 주인 어머니가 파출부 아주머니는 아니니까 이러한 배려쯤은 환영받을 일이다. 또 많은 미국의 어머니들은 파출부 없이 살고 있으면서 나를 묵게 해 주는 것만도 고마운데 내가 쓸 화장실 청소쯤이야 해서 나쁠 것이 무엇이겠는가? 자식을 유학 보내는 어머니가 "그래, 얼마나 귀한 내 자식인데 화장실 청소시키려고 유학 보내겠나?" 생각하신다면 유학에 대해 다시 고려해 보는 것이 좋다. 다 자식 잘 되기 바래서 하는 소리니까.

집 구조 자체가 우리는 폐쇄적이고 그들은 개방적이다. 어디가 좋다 나쁘다는 소리는 아니다. 그렇다는 말이다. 전통적인 우리의 집을 보면 네모꼴로 생겨서 대문을 잠그면 우리만의 세계이다. 양옥이라고 짓기 시작한 집들도 높은 담장을 둘러 밖의 세상과는 담을 쌓고 있다.

서구의 집은 담도 없고 대문도 없다. 아무리 큰집도 길에서 훤히 다 보인다. 집안에 들어가서도 우리는 대체로 방문이란 방문은 모두 닫고 산다. 미국인들은 모두 열고 산다. 닫힌 방은 잠자러 들어간 방이거나 옷 갈아입으러 들어간 방, 혹은 나 혼자 있게 해 달라는 사춘기 아이들의 방뿐이다. 그 외에는 모두 열어 놓고 있는 것이 좋다. 잠자거나, 옷 갈아입거나 따위를 제외하고는 열어 놓고 있으면 주인 부모가 덜 걱정한다. 방에 들어가 문 닫아 걸고 조용하기만 하면 "혹시 저 애가 어디 아픈 게 아닌가? 속상한 일이 있었던 것은 아닌가? 언짢은 일이라도 있었나? 우리에게 섭섭해서 저리하는 것은 아닌가?"하고 여러 가지 구구한 생각을 하게 한다. 방에 들어가 공부를 하더라도 방문을 조금 열어 놓고 하면 "어머니 저 공부하고 있으니 보셔도 돼요."라는 뜻이다. 그러면 어머니는 안심하고 들여다보고 가기도 하고 노크하고 들어와 잠시 말벗이 되어 주기도 한다.

반대로 다른 식구의 방문이 닫혀 있으면 그 때는 꼭 노크를 하고, 들어와도 된다는 소리를 들은 후에야 들어가야 한다. 대답이 없든지 잠시 기다리라면 그 때는 들어가서는 안 된다. 옷을 벗고 있을 수도 있고 잠을 자고 있을 수도 있는 것이다.

미국 부모들은 파출부의 도움 없이 큰집을 가족들끼리 꾸려 나가기 때문에 식구가 늘면 그만큼 일도 많아진다. 파출부 두고 있는 집이 드물다. 따라서 "제가 무슨 일을 도와 드리면 좋겠어요?"하는 질문을 늘 입에 달고 있는 것이 좋다. 남자 학생인 경우는 주인 아버지가 잔디를 깎거나 나무를 다듬고 있으면 "제가 잔디 깎아 보고 싶은데 가르쳐 주십시오."하면 좋아하고 가르쳐 주기도 할 것이다. 주인 어머니에게도 늘 "무엇을 도와 드릴까요?"하고 여쭈어서 도와 드릴 수 있는 것은 도와 드리는 것이 같이 사는 예의이다.

"그러다 보면 영어공부는 언제하고 학교 공부는 어떻게 하겠어요?" 하시는 우리나라 어머니들의 항의 소리가 들린다. 미국은 공부벌레를 훌륭한 학생, 유망한 학생으로 보지 않는다. 오히려 "당신 자녀는 공부만 너무 열심히 합니다."하는 소리는 걱정과 우려의 의미가 많다. 사람이라면 원만한 대인 관계도 가져야 하고, 남과 잘 어울리는 사회성도 있어야 한다. 제대로 된 인간이 먼저 되어야 한다는 뜻이다. 홈스테이 보내면서 "우리 아이는 공부만 하도록 좀 도와 달라."고 부탁들을 하는데, 홈스테이의 큰 장점은 그들의 생활, 문화를 보고 배우는 데 있다. 공부만이 목적이라면 생각을 달리해야 하는 것이 옳다.

영어 연수 온 한국 남자아이들을 홈스테이 맡고 있는 하딩 여사는 "5학년짜리와 3학년짜리 아이들인데 둘이 서로 형제도 아닌데 잘 지내고들 있어요. 우리 아이들은 아직 취학 전이어서 같이 놀기는 너무 어려요. 특히 5학년 진우는 저녁마다 책상에 앉아서 집에서 보내 온 수학문제를 한 시간씩이나 풀고 또 한자 공부도 매일 밤 해요. 공부하라는 사람도 없는데 어떻게 그렇게 매일 저녁 하고서야 자는지 놀랐어요. 사내아이들은 놀다가 쓰러져 잠드는 줄만 알았는데 진우는 꼭 저 혼자 학습지를 하고야 자던 걸요. 3학년짜리는 아직 어려서 그런지 그렇게 하지는 않아요. 한국 학생들은 모두 그런가요? 정말 놀랐습니다."

우리의 어린이들이 어느 정도 철들 나이만 되면 이렇게 열심히 공부하는 모양이다. 많은 홈스테이 어머니들이 모두 같은 소리들을 한다. "한국 어린이들처럼 열심히 공부하는 아이는 처음 본다."는 것이다. 그 정도면 우리 아이들의 공부 습관은 세계 어디에 내놓아도 걱정 없다. 오히려 부모님은 "우리 아이가 해외 나가서 공부 잘할까?"라는 걱정보다는 "우리 아이가 잘 적응하고, 그곳의 문화를 이해하고, 폭넓은 지성인으로 자랄까?"라는 생각을 갖기 바란다. 잔소리 같이 들리고, 고장난 녹음기 같이 되풀이한다고 하겠지만 공부만 파고들어 좋은 대학 간 아이들, 운 좋아 좋은 대학에 갔는지는 몰라도 그런 학생들이 실패하는 것을 나는 종종 보았다. 대학 들어 간 후에 인생은 시작이나 마찬가지다. 인생은 단거리가 아니고 장거리 경기이다. 마라톤이다. 대학에 가서 잘하고 또 사회에 나가서 더더욱 잘하는 학생이라야 고생한 보람이 있는 것이다. 초등학교 때, 중학교 때 열심히 공부해서 국어, 영어, 수학 A 받는다고 좋아라 자랑할 일이 아니다. 아이들은 밀어붙이면 누구나 어느 정도는 한다. 아이의 먼 장래를 생각하고 보조를 맞춰야지 초등학교나 중학교만 보내고 끝내서야 될 일인가? 아니, 좋은 대학 갔다고 끝나는 것도 아니다. 그 아이가 좋은 대학가서 제대로 해 나갈 저력을 갖도록, 사회에 나가서 제대로 일할 수 있도록 기초를 세워 줘야 한다. 100m 달리고 기진맥진해 쓰러지게 해서는 안 된다.

아침에 일어나면 자고 난 침대 정리하고, 적어도 내가 쓰는 방 청소는 내가 할 수 있어야 한다. 미국 아이라고 다 잘하는 것은 물론 아니다. 그러나 우리나라에서 온 아이가 모든 면에서 모범이 되어서 나쁠 것은 없다. 침대 정리하는 것도 주인 어머니께 여쭈어서 하라는 대로 하면 된다. 우리나라의 침대 정리법과 그들의 침대 정리법은 약간 다르기 때문에 가르쳐 달라면 즐거워한다. "미국은 다르다니 우리나라에서부터 할 필요야 없겠죠."하지 말고, 직접 한다는 자체가 중요한 것인 만큼 유학 보내기 전부터 몸에 배도록 하는 것이 필요하다. 습관이란 하루아침에 이루어지지 않기 때문이다.

유학간 학생들 중 내게 e-mail을 보내 오며 "홈스테이 하고 있는 집에서 너무 일을 많이 시켜서 홈스테이가 싫다."는 소리를 하는 학생도 종종 본다. 우리나라에서 아무 것도 해 보지 않고 자란 학생들로서는 당연한 불평이다. 그런 불평에 유학 보낸 어머니마저 "아이고, 우리 아들, 공부하라고 유학 보냈는데 집안 청소나 하고 있다니! 우리 아이가 파출부냐!"라고 나선다면 문제다. "그래. 열심히 잘해라. 그것도 다 인생 공부란다."하고 격려해야 옳다. 실은 유학 보내기 전에 그런 기본은 가르쳐서 보내야 한다. 또 학생의 자세도 그렇다. 우리나라에서는 공부만 한다면 만사 오케이였지만 세상이 다 그렇지는 않다는 것을 알아야 하고, 적어도 내 몫의 집안 일은 도와야 한다. 그보다 더 할 수도 있다면 그것은 더 훌륭한 사람의 기본 틀을 갖추게 되는 지름길이라고 생각한다.

엄마, 이 스웨터와 바지 색 맞아요?

우리 아들이 대학교를 다니고 있을 때 이런 소리를 했다. "엄마, 우리 대학에 한국 학생들이 꽤 있는데 두 종류로 확연히 눈에 드러나요. 미국으로 이민 온 이민 2세 한국 학생들하고 한국에서 유학 온 한국 학생들 하고요. 뭔지 아세요?"

무슨 소린지 몰랐던 나는 당연히 무엇이 다르냐고 물을 수밖에 없었다. "이민 2세는 다른 미국 학생들이나 다름없이 티셔츠에 블루진이 대부분인데 한국서 온 학생들은 옷차림부터 다르거든요. 그 친구들은 티셔츠나 바지나 고급 디자이너 제품이 대부분이고 자동차를 갖고 있는 학생도 많아요. 차도 벤츠 같은 고급 차들을 갖고 있는 친구들이 많고요. 부잣집 아이들만 유학 오는 것인지 아니면 한국 사람들은 모두 다 잘사는 것인지 모르지만 차이를 한 눈에 알아 볼 수 있어요. 그리고 다른 미국 친구들과 같이 어울려 다니기보다는 자기네들끼리 몰려다니기를 더 좋아하는 것 같아요. 그러니까 한국서 유학 온 학생들 사귀기가 편치만은 않아요."

　물론 돈이 많아 좋고 비싼 옷 사 입히는 것이 나쁠 것은 없다고 본다. 또 우리의 문화가 가짜라도 비싼 옷, 비싼 가방, 비싼 털 코트 입는 것을 우러러보는 경향이 있는지도 모르겠다. 자식을 외국에 보낸 부모의 마음은 가짜라도 비싼 상표 붙은 것으로 입혀 보내야 우리 자식 대우 조금이라도 더 받을 것이라고 생각할지도 모른다. 그러나 미국의 문화는 특히 학교는 학생이 눈에 띄는 비싼 옷 입고 전시 효과 찾는 곳은 아니다. 록펠러 같은 부자일수록, 부시 같은 권력가일수록, 조디 포스터 같은 유명 배우일수록, 다른 학생들이나 다름없는 차림으로 같은 학생 대우받기를 더 즐긴다. 돈 있다고, 유명 인사라고 친구들과 거리감을 갖기 원하지 않는다. 따라서 옷 따위에 특히 신경 쓸 일이 없다. "우리 아이, 옷이라도 잘 입혀 대접받게 해야지."라고 생각했다가는 오히려 역효과를 얻기가 십상이다. 그러나 빨래 하나만은 열심히 해서 입는 곳이 이곳 문화 중의 하나이기도 하다. 청바지는 이틀, 사흘 입어도 무방하지만 속 팬티나 티셔츠는 한 번 입었으면 빨지 이틀 입지 않는다. 운동하느라 두 시간 땀 흘려 뛰었으면 그것도 벗어 놔야지 그냥 입으면 안 되는 줄 안다. 그러니까 운동하고 나서 땀에 젖은 옷을 입고 수업에 들어가거나 남 앞에 서는 것은 큰 실례이니 명심해야 한다. 어떤 학교는 아예 "운동하고 난 후엔 옷 갈아입고 오라."고 규정하기도 한다. 물빨래할 수 없는 옷은 아예 학교로 갖고 가지도 않는다.

학생 신분에 언제 드라이 클리닝 하는 곳 찾아다닐 터인가!

양말 역시 하루 이상 신지 않는다. 운동하고 난 양말은 한 두 시간뿐이었어도 벗어서 갈아 신고 빨아야 한다. 물론 물 많이 들고 비누 많이 들겠지만 이것도 이들의 문화이다. 어제 입었던 옷 이틀 연거푸 입는 법이 없다. 같은 옷을 입으면 왜 어제와 같은 옷 입었을까 의아하게 여긴다.

"엄마, 한국에 오면 신기한 것이 몇 가지 있는데 유행도 그 중 하나예요. 97년도에 내가 나왔을 때는 서울 거리의 여자란 여자는, 특히 10대부터 30대, 경우에 따라서는 어른들도 모두 반짝거리는 구슬을 단 머리핀 꽂지 않은 사람이 없데요. 하도 신기해서 나도 몇 개 사다가 미국 여자 친구들한테 돌렸지요. 98년도에 나왔을 때는 서울 거리에 버버리 목도리 안 한 사람 찾기가 어려울 정도로 모두 같은 목도리들이었어요. 또 한 때는 플랫홈 슈즈(나막신처럼 굽이 앞뒤로 모두 높은 통굽 구두) 안 신은 여자가 없었는데, 요새는 머리에 스트리킹(가닥으로 물감 들이는 것)이나 염색하지 않은 사람 보기가 어렵네요."

서구에도 유행이 없는 것은 아니다. 그러나 학교 안이나 학생들 간에는 유행 찾기가 힘들다. 또 성인 사회에서도 같은 옷을 입거나 같은 장신구를 하는 것은 극구 피한다. 혹시 영화나 시트콤, 혹은 아카데미 시상식 같은 걸 보면 늘 누가 누구와 비슷한 옷 입었다고 오히려 구설수에 오르기 때문에 혹시 내 옷이나 장신구와 비슷한 것이 나오면 어떻게 하나 하는 것이 이들의 걱정 중의 하나일 정도이다.

우리는 우리의 자식이 학교에 가서 왕따 당하지 않게 모든 배려를 아끼지 않는다. 하물며 유학 보내는 부모의 심정이야 오죽 하겠는가? 큰돈 들여 지극 정성으로 보낸 유학인데 그곳에 가서 잘 적응하고 남들 눈에 벗어나지 않으려면 값싸고, 빨기 좋고, 편하고, 학생다운 옷과 신발이 최고이다. 기껏 돈 들여서 아이가 튀거나 다른 학생들이 접근하기 어렵게 할 필요는 조금도 없다. 이왕 로마에 왔으면 로마인처럼 살아보도록 하는 것이 아이들이 스트레스도 덜 받고 부모들의 주머니 사정에도 좋고 두루 좋을 듯 싶다.

우리는 등산을 가도, 스키를 가도, 골프를 가도 마치 직업 등산가나 스키 선수들 뺨치게 옷 하나는 끔찍이 차려 입는다. 이곳 학생들은 스키를 가도 청바지에 두터운 윗도리 갖고 가면 그만이다. 미국 유학 간 자식이 이번 겨울에 스키 여행 간다는데 하며 큰돈 들여 머리끝부터 발끝까지 요란 떨 필요 없다.

서울서 헬스장에 가보면 남자나 여자나 외출 때 신었던 색 있는 양말을 그대로 신고 운동하는 사람들을 본다. 이런 것 저런 것 따지지 않는 미국 사람들이지만 운동할 때에는 반드시 운동용 흰 양말을 찾아 신는다. 축구나 농구, 테니스 하러 간다면 검정이나 회색, 파란색 등의 외출용 양말 대신 땀이 잘 흡수되고 두툼하고 흰 스포츠용 양말을 신는 것도 이들 문화 중의 하나다. 유학을 가면 싫어도 운동을 해야 할 터이니 스포츠용 양말 준비는 꼭 필요할 것 같다.

아무리 캐주얼이 이들의 생활이더라도 그리하면 안 되는 때가 있다. 초대받았을 때, 예를 들면 가까운 사람의 결혼식이거나 추수

감사절, 혹은 크리스마스 디너 같은 장소라면 옷을 어떻게 입고 오라는 이야기를 미리 해 준다. 또 그런 이야기가 따로 없으면 미리 묻는 것이 좋다. "옷은 어떻게 입고 가면 좋습니까?"라고 묻는 것은 상대방의 준비에 대한 배려를 보이는 것이기도 하므로 오히려 고마워한다.

주인은 학생인 신분을 고려해서 "아무 것이나 입어도 된다."고 할 수도 있고 "셔츠와 타이"면 된다고 할 수도 있다. 주인이 열심히 준비한 추수감사절, 크리스마스 혹은 일요일 저녁 식사 같으면 넥타이 매고 자켓(양복 윗도리)을 입는 것이 예의다. 때로는 "옷은 블랙 타이입니다."라고 초대장에 써 있을 때도 있는데, 그때는 정장을 하고 와 달라는 것이다. 보통 학생 신분에는 별로 그런 곳에 초대될 일이 없겠지만 알아두어 나쁠 것도 없다. 아무리 미국이 캐주얼한 나라라고 해도 주부가 종일 일해서 차려 놓은 저녁 식사 초대에 티셔츠 바람으로 가는 것은 실례다. 그러나 때로는 "마당에서 바비큐하겠다."고 초대할 때가 있는데 그런 곳엔 정장이 아니고 캐주얼로 가는 것이 보통이다.

록 콘서트가 아니고 클래식 음악회나 오페라, 연극 같은 곳엔 넥타이 차림을 기대한다. 학교 내의 행사인 경우는 다른 학생에게 물어서 하는 것이 좋다. 교내 행사는 항상 캐주얼한 것이 대부분이기 때문이다. 교회 갈 때는 티셔츠 입고 가지 않는다. 넥타이를 매고 갈 정도로는 차려야 한다.

미국서 아이를 키우며 보니까 초등학교 때부터 아이가 내게 묻는 질문이 "엄마, 이 스웨터와 바지가 색이 맞아요?"이다. 이들의

문화는 옷은 간편하고 깨끗하면 되지만 색이 맞지 않으면 입질 않
는다. 블루진에 티를 좋아하는 이유 중 하나도 그런 경우 색상 걱
정 없이 어느 옷이나 입을 수 있기 때문이다. 차려 입어야 할 때에
는 가격이나 디자이너는 상관 않지만 색상은 꼭 염두에 둔다. 이들
은 색이 어울리지 않는 옷이라면 아무리 비싸고 좋아도 입으면 안
되는 줄 안다. 또 우리 아이만 보아도 초등학교 시절부터 색에 민
감하게 자랐기 때문에 고등학교 정도가 되면 자기가 알아서 제법
잘 골라 입는다. 우리들은 일반적으로 색에 대한 트레이닝이 별로
없다. 미술관도 좀 다녀 보고 해서 예술에 관심을 높여 보면 우리
의 옷뿐 아니라 우리 집안 꾸미는 일이나, 우리 도시계획이나 국가
꾸미는 일에도 알게 모르게 선진국 냄새가 묻어 날 것을 의심치 않
는다.

딸보다 아들 유학 보낼 때
더 조심해야 한다

우리의 아들이나 딸을 외국에 내보내면서 가장 중요하고 관심 가져야 할 부분이 가고자 하는 나라의 성문화에 대한 이해일지도 모른다. 그럼에도 불구하고 우리는 영어 단어 하나라도 더 외우는 것이 중요하다 싶어 정작 중요한 성교육에 대해서는 등한시하기가 일쑤이다. 언뜻 생각하면 그것이야 뭐 따로 이해하고 자시고 할 것이 있겠느냐, 요즈음 아이들은 이에 대해 너무 잘 알고 있고 우리 세대와는 달리 성교육에 대해서도 학교, 가정, 인터넷 등으로 충분히 알고 있어서 내가 더 가르칠 것도 없다 생각할지도 모르겠다. 그러나 동양권과 서양권의 성에 대한 인식이 엄청난 차이가 있느니 만큼 그에 대한 이해가 없이 유학을 간다는 것은 전쟁터에 군인 내보내면서 총을 주지 않는 것과 비슷하다고 해도 과언이 아니다.

이 점은 유학 가는 학생이나 유학을 보내는 부모나 깊이 생각하고, 새겨듣고, 명심하고 또 명심하여 완전히 이해하고 가야 한다.

일본 회사들이 미국에 가서 지사 차리고 경영하면서 가장 애먹는 것 중의 하나가 미국의 성문화에 대한 이해 부족이다. 일본 굴지의 회사들이 미국 여직원들이 제소해 오는 성차별, 성희롱 때문에 엄청난 소송을 받았고 또 보상을 해야 했다. 또 성희롱 때문에 제소되어 곤욕을 치른 것도 한 두 번이 아니다. 현대자동차가 알라바마에 공장을 세운다고 하는데, 현지 여직원을 채용할 때에는 성차별과 성희롱에 있어서 각별히 신경써야 한다. 애써서 돈 번 후에 소송 비용, 변호사 비용대느라 애먹지 않도록 말이다.

한국 사회의 성에 대한 이해와 서구 사회의 성에 대한 이해에는 큰 차이가 있다는 정도는 누구나 다 알 것이다. 그러나 우리의 자녀들이 외국에 나가서 그 차이점을 모르고 경솔히 행동했다가 퇴학은 물론 패가망신할 수도 있다는 것을 염두에 두기 바란다.

혹자는 "그런 일이 만에 하나나 되겠어요?" 할는지 모른다. 그러나 한국 학생들이 가 있는 대학이라는 대학은 거의 다 그런 경험이 한 두 번 이상 있었고 그로 인해 피해 받은 학생도 알려지지 않았을 따름이지 엄청나게 많다는 사실을 기억해 두기 바란다. 한국 학생들 중에는 돈 많은 학생, 혹은 부잣집 자녀들이 많고 성에 대한 이해가 부족하다는 것을 알기 때문에 한탕 벌기 위해서는 "한국 학생을 잡아라."는 이야기가 나돌 정도인 것도 사실이다. 이런 것은 한동안 미국 사회에서 문제도 되고 말썽도 되었던 '데이트 강간(아는 친구 사이에 일어나는 강간 행위)' 에 대하여 파헤쳐졌던 사실들 중 하나이기도 하다. 유학을 간 자녀들이 성공적으로 유학을 마치기 위해서는 보내기 전부터 성에 대한 교육을 철저히 시키고, 또 틈틈이 자녀들의 나이가 들어감에 따라 그에 맞춰 올바른 성지식을 갖도록 해주는 것은 부모의 책임 중에서도 가장 큰 책임의 하나이다.

미국 학교에서는 우리 아이가 학교 다닐 때만 해도 중학교에 가서야 있었던 성교육인데 에이즈 때문에 초등학교로 내려와 요즈음은 초등 5학년 정도면 성교육을 시작하고 있다. 우리나라에서는 언제 어떤 성교육을 시키는지 나는 잘 모르지만 우리의 학생이나 부모님들이 그에 대하여는 잘 알리라 짐작하여 내가 가타부타할 일은 아니다. 또 성교육은 이렇게 혹은 저렇게 시켜라 하는 것은 내가 할 이야기도 아니다. 그러나 우리나라에서 성교육을 다 받아서 자녀들이 성에 대하여, 아기 가지는 것에 대하여, 에이즈에 대하여, 성병에 대하여 훤히 꿰뚫고 있다고 해도 서구의 성에 대한 인식과 우리의 이해가 다른 점에 대해서는 꼭 알고 가야 한다. 이것은 여학생이나 남학생이나 마찬가지이다. 또 서구나 미국이 성에 대해 문란하지만 우리나라 학생들은 그렇지 않으니 걱정하지 않아도 된다고 생각하는 것도 오산이다. 서구는 서구대로 우리 보기엔 문란한 듯 하면서도 지켜야 하는 스탠다드가 있다. 우리는 우리대로 성에 대하여 아주 금욕적이고 터부시하면서도 기혼 남성의 바람 피는 숫자는 세계 상위권을 다투고 있지 않나 싶기도 하다. 그러니까 염두에 둬야 할 것은 누가 옳고 그르냐, 누가 더 잘나고 못났나를 따질 것이 아니고 우리의 자녀가 가는 곳의 성문화를 미리 알아두고, 배워 갖고 가서 우리의 자녀들에게 불이익이나 불행이 닥치지 않도록 미리미리 준비시켜 놓는 것이다.

혹시 "얘, 미국 가면 까딱 여학생 잘못 건드렸다 큰코다칠 수 있다니까 너는 남자애들하고만 놀아라."하면 그것도 미국에서는 동성애가 아닌가 싶어 의심받을 수도 있다. 남학생이 여학생에게, 여학생이 남학생에게 끌리는 것은 아주 당연하고, 절대로 그것이 잘못되었다고 생각지 않는 것이 서구 생각이다. 남자든 여자든 양쪽 성을 다 친구로 잘 사귀는 것이 그들이 원하고 바라는 바이다. 따라서 아주 어릴 때를 제하고는 아들 녀석이 여자 친구는 없이 계속 남자 친구들과만 어울려 다니면 부모는 은근히 크게 걱정하게 된다. "혹시 우리 아들이 게이(남성동성애인)가 아닌가?" 싶어서. 여학생도 마찬가지이다. 남학생 사귀지 못하는 딸 둔 어머니들의 걱정은 대단하다.

"엄마, 내 친구가 한국 갔다 와서 한국엔 동성연애자로 꽉 찼더라고 하던데, 그래요? 한국에 동성애자가 그렇게 많아요?" 라고 우리 아이가 어렸을 때 물은 적이 있었다. 내겐 황당한 질문이었지만 아이에겐 당연한 질문이었다. "맞다. 그리 볼 수도 있겠구나." 싶었다.

미국에서는 남녀가 손잡고 다정하게 다니는 것을 많이 본다. 그러나 남자와 남자, 여자와 여자가 손잡고 다니거나 껴안고 다니는 것은 결코 볼 수가 없다. 동성연애자 외에는 그렇게 하지 않기 때문이다. 나도 미국에 사는 30년 간 다른 여자와 손잡고 다녀 본 적이 없다. 아무리 친하고 단짝이라도 그렇다. 딸이 어머니 같은 사람을 부축할 수는 있어도 같은 나이또래 여자들이 팔짱끼거나 손 잡거나 어깨동무하고 다니는 것은 보기 어렵다.

남자들도 마찬가지이다. 아니 남자는 더더구나 그렇다. 나이든 아버지의 손도 아들이 붙잡지 않는다. 혼자 설 수 있다는 자존심을 보여야 하기 때문에 병약해도 웬만하면 기대려 하지 않는다. 아무리 친한 친구라도 어깨동무하지 않는다. 절대 하지 않는다.

이런 문화에서 자란 사람이 우리나라에 와서 보면 전철이나 버스에 남자는 남자끼리, 여학생은 여학생끼리이고, 여학생들은 손 잡고 다니기 좋아하고 남학생들은 어깨동무하고 다니기 좋아한다. 술집에 남자들끼리 가는 것은 예사이다. 그러니까 한국에 갔더니 "동성연애의 천국이 바로 여기로구나."라는 생각이 드는 것이다.

이런 문화를 모르고 미국에 유학 간 8학년짜리 여학생이 외로웠던 차에 다른 여자 친구를 사귀고 좀더 가까이 하고 싶은 마음에 그 여학생의 손이라도 잡으면 미국 아이는 당황하여 손을 뿌리칠 수도 있고, 오해하여 다른 친구들에게 "저 한국서 온 아무개가 약간 이상하더라."는 이야기를 퍼뜨릴 수도 있다.

남학생들도 물론 마찬가지이다. 아무리 친해서 간을 빼 주고 싶더라도 게이라는 이름표를 달기 싫으면 참고 어깨동무 따위는 자제해야 한다. 남의 물건에 손을 대어서는 안될 뿐 아니라 남의 몸에도 손을 대서는 안된다.

"그건 너무 살벌하다. 어떻게 그렇게 정이 없이 사느냐?"고 할지 모르는데 문화의 차이라는 것은 누차 거듭 말하지만 이런 것이 좋다, 나쁘다를 따지는 것이 아니고 차이점을 알고 이해하고 다른 문화를 존중해 주는 것이 성숙한 사람의 자세라는 것을 잊지 말기 바란다. 이것이 좋고 저것이 나쁘다는 것은 나 혼자 내 속에만 넣고 있으면 되었지 그것을 내보여 우열을 가릴 냥이면 외국이나 세계로 나갈 필요가 없다. 그냥 우리 울타리 안에, 우물 안에 안주하면 된다. 참다운 성장은 나보다 다른 것을 얼마나 많이 잘 포용할 수 있느냐에 있다고 해도 과언이 아니다.

동성연애라고 오해받는 것은 말대로 오해일 뿐, 시간이 지나고 미국 사회에 익숙해지면 대부분 저절로 해결이 되게 되어 있다. 그보다 크고 심각한 문제는 다른 데 있다.

애지중지 키운 딸을 외국으로 유학 보내면 우리나라의 부모님들은 걱정이 더 크다. 그래서 예전에는 더욱이나 딸들은 유학 보내기를 꺼려했었다. 지금은 그런 걱정이 호랑이 담배 피던 시절로 간 듯이 느껴지기도 하지만 그래도 딸 가진 부모는 걱정을 안 할 수가 없다. 곱게 기른 딸을 성도덕이 문란하기 짝이 없는 곳으로 보내는 데 괜찮을까 염려하는 것이다. 만약에 당신의 딸이 영리하여 해야 될 것과 해서는 안될 것을 분명히 아는 아이라면 오히려 미국이 더 안전할 수도 있다. 왜냐면 미국은 그래도 아직까지는 우리나라보다 여성의 권리를 보호하기 위해 앞장선 나라이기 때문이다.

초등학교부터 시작하는 미국의 성교육은 여자가 'NO' 하면 그것은 십계명이나 마찬가지로 지켜야 하는 것으로 되어 있다. 여자가 'NO' 했는데도 섹스를 요구하면 강간에 걸린다. 미국의 교육받은 남자들은 (성적 변태자들을 제외하고는) 그에 대하여 철저히 교육을 받았기 때문에 아무리 욕심이 나고 욕정이 나도 여자가 'NO' 하면 정신이 번쩍 들 정도는 되어 있다. 그러니까 유학 보내는 딸에게 안되는 것에 대해서는 끝까지 'NO'를 지키도록 가르쳐야 한다. 'NO' 했는데도 섹스를 요구하면 그 남학생은 퇴학은 물론 감옥에 갈 수도 있다. 엄청난 보상을 치러야 하는 경우도 있다. 그러니까 어쩌면 딸을 가진 부모는 어느 정도 안심할 수도 있다.

문제는 아들을 가진 부모가 더 심각하다. 아들이니 유학 보내도 걱정 없다 생각했다가 큰코다치는 경우가 허다하기 때문에 더 조심해야 한다. 우직한 우리 아들들은 여학생이 꼬리치고, 아양떨고, 자존심 살려주는 소리 늘어놓으면 "저 여자 애가 날 무척 좋아하나 보다." 싶어 입이 벌어지고 침을 꼴깍꼴깍 삼킨다. 또 여학생 역시 이 동양서 온 학생이 맘에 있어서, 좋아서, 사귀고 싶어서 그럴 수도 있다. 그래서 여학생에게 끌려 키스도 하고, 사귀고 하다 충동에 이끌려 자제력을 잃고 일을 벌일 수도 있다. 우리의 성문화에서는 여자가 'NO' 하더라도 그것은 체면일 뿐이고 사실은 원하는 것이라고 생각하기도 한다. 그러나 끝판에 가서 아무리 개미 만한 목소리라도 'NO'를 했는데 범했으면 일은 벌어진 것이다. 또 여학생들 중에는 동의해서, 같이 좋아서 섹스를 했어도 끝나고 나니 후회되어 "나는 NO했는데도 저 동양 학생이 강요해서 강간당했다."고 할 수도 있다. 그러면 무슨 수로 아니라는 증거를 댈 것인가! 강간이라는 죄의 벌은 심각하다. 한마디로 여자가 꼬셔서 했다는 핑계가 통하지 않을 것이니 아들을 유학 보낼 때도 'NO'인 것은 철저히 가르쳐 보내야 한다.

대부분의 보딩 스쿨들은 마약은 물론 술이나 담배에도 손을 못대도록 되어 있다. 그러니까 자녀들을 마약, 술, 담배에 가까이 하지 않도록 부모도 근본적으로 철저히 가르쳐야 하지만 이성에 대한 교육도 소홀히 해서는 안된다.

대학에 가면 학생들이 너나 할 것 없이 술들을 마셔 본다. 부모에게서, 고등학교에서 독립된 자유를 만끽해 보려는 십대 막판의 몸부림인지도 모른다. 술이나 마약과 어울어진 섹스는 열 배, 백 배 더 위험하다.

술을 마시고 정신이 몽롱해진 상태에서 여학생이 남학생에게 섹스하자고 말 그대로 덤벼들 수도 있다. "여학생이 하자고 요구해서 섹스했다."면 우리 아들은 죄가 없으려니 하는 것은 오해이다. 술에 취한 여학생은 여자가 아무리 옷을 벗고 덤벼들었다 해도 건드려서는 안된다. 왜냐면 술이 깬 후에 이 여학생은 "저 남학생이 내가 술 취한 것을 알면서도 나를 범했다."라고 하면 그것도 강간에 걸린다. 아무리 여자가 꼬리 아니라 별것을 다 내 흔들어도 술이 취했으면 건드리지 말아야 한다. 대학에 들어가 술 취해서 한 행동 때문에 '데이트 강간'이 사회적으로 크게 문제가 되자 변호사들은 이런 조언을 했다.

"섹스를 꼭 해야겠으면 동의서를 작성하여 쌍방이 사인을 하고, 적어도 두 명 이상의 증인 사인을 받기 전에는 해서는 안 된다."는 것이다.

우리 남자들은 좋게 보면 순진하고 어찌 보면 무식(?)하고 우직해서 여자들이 이것저것 흔들고 덤비면 잘못 덤비기 쉽고 또 그로 인해 큰 피해를 입기도 쉽다. 한국 유학생이 많은 캘리포니아 지역에서는 돈 있어 보이는 한국 유학생을 유혹해서 섹스한 후에 강간했다고 우기며 "쫓겨나거나 망신당하기 싫으면 돈으로 해결하라."는 사례가 많다고 한다. 또 동부의 대학들도 우직한 한국 남학생들이 강간으로 교내에서 제소당해 그 사고 처리에 애먹은 케이스를 학교마다 한 두 건씩은 다 갖고 있다. 하버드, 예일 같은 명문대에서부터 이름조차 들어보지 못한 곳까지 모두 다 그런 기록들을 갖고 있다.

"우리 아이는 다행히 술 담배 안 하니까 염려 없어요."라고 안심하는 사람도 있을지 모른다. 장담하건대 미국 대학생들 중 99%가 술을 마셔 보았고 그중 반 가까이는 토하고 병날 정도로 마셔 본 경험들을 한 번씩은 갖고 있다. 그런 상황에서 "우리 아이는 아니다."라고 고집하지 말고 자식을 믿더라도 교육은 시켜 놓는 것이 더 상책일 것 같다.

미국도 성의 순결을 지키려고 노력하는 부류가 없는 것은 아니다. 그것이 좋다고 생각들은 한다. 특히 에이즈 후부터는 그런 물결이 커지기도 했다. 그러나 유학을 보내는 사람에게는, 유학을 가는 학생의 입장에서는 알아야 할 것 제대로 알고 가서, 제대로 처신할 수 있도록 만반의 준비를 하고 가도록 해야 할 것이다.

3장 유학간 우리 학생들 어떻게 생활하고 있을까?
인성교육, 전인교육의 현장을 찾아서

미래를 향한 아이들

　1966년 미국 유학 길에 올라 김포를 떠나 동경, 샌프란시스코, LA, 등등 다섯 번인가 여섯 번 멎고, 갈아타고 하여 도착했던 아틀란타 공항은 별로 크지 않았다. 공항 로비 한복판에 가방을 내려놓고 그 위에 걸터앉아 있었던 나를 데리러 나왔던 코스튼 부인은 단번에 생면부지였던 나를 알아보고 반가와 했었다.

　그리고 36년이 지난 오늘 나는 동아시아의 허브를 꿈꾸는 인천을 떠나 델타항공의 허브가 되어 있는 아틀란타에 도착하여 옛 모습은 하나도 남지 않은 아틀란타 공항에 새삼 놀라지 않을 수 없었다. 만약 오늘 내가 아틀란타에 내려 로비에 가방을 놓고 그 위에 앉아 기다렸다면 나를 찾기가 마치 지푸라기 속에 떨어진 바늘 찾기만큼 어렵게 생겼다. 공항 전차 타고 이 터미널, 저 터미널 뒤져야 할 판이니 말이다. 그 사이 세계가 얼마나 바뀌었는지 66년도에 다섯 번인가 여섯 번을 서고, 갈아타고 했던 비행 노선이 이제는 인천에서 아틀란타까지 대한항공 직행이 있을 정도가 된 것이다. 이미 인천이나 아틀란타나 21세기를 열심히 뛰고 있는 모습이었다. 아니 날고 있는 모습이었다.

나는 한국 유학생들이 많이 몰리기로 유명한 미 동북부 지역에서 오랫동안 살았기 때문에 그곳의 보딩 스쿨들을 여러 번 갔었다. 그러나 이번 탐방에는 내가 잘 알지 못하고 가보지 못했던 지역도 관찰하리라 마음먹었다. 따라서 미국으로 떠나기 전에 며칠 밤을 꼬박 새워 가며 기숙사가 있는 학교 이곳, 저곳을 연락하고 미리 면담시간을 잡아 놓은 후 그에 따라서 내 일정표도 정했다. 시차 때문에 면담시간 잡는데 새벽 2시, 3시, 어떤 때는 아침 4시, 5시 까지 계속 전화통에 매달려 있어야 했고, 일단 미국에 와서는 빠듯한 시간 안에 이곳 저곳 약속한 스케줄 맞추느라고 잠을 세 시간 이상 자 보기가 어려웠다.

그런 고된 일정 속에서도 내가 계획했던 대로 모든 일을 끝내고 돌아올 수 있었던 가장 큰 이유는 그 동안 내가 보고, 듣고, 느끼고 배운 것이 상상외로 많고 큰 때문이었다. 나는 한국 학생들이 유학을 많이 가고 있다고 생각은 하고 있었지만 그 실체가 어떤지, 유학간 학생들이 어떻게 적응하고 있는지에 관해서는 자세한 자료가 통 없었던 터였다. 그도 그럴 것이 유학 가는 학생들마저 중학교, 고등학교를 떠나면서 유학 간다는 이야기조차 않고 가는 것이 우리의 실정이다 보니 어떤 정확한 숫자나 통계는 실상 없지 않을까 싶기도 하다.

　실제로 내가 가서 보고 깨달은 바는 한마디로 충격이었다. 한국 유학생이 없는 보딩 스쿨은 찾을 수가 없었다. 아무리 듣도, 보도 못했던 촌구석이나 산 속, 혹은 허허벌판에 있는 학교라도 보딩 스쿨이면 한국 학생이 적게는 다섯 명, 많게는 20명 내지 30명은 다 있었다. 한 학년에 20명밖에 없어 학교 전체를 통틀어 봐야 80명밖에 되지 않는 작디작은 학교에도 한국 유학생이 다섯 명 정도는 있는 것이 보통이었다. 초등학교 4학년부터 보딩이 되는 학교도 있고 9학년부터 12학년까지만 하는 학교 등등으로 종류도 많았지만 보딩을 받는 학교의 특색도 모두 각양 각색이었다.

　개개인으로, 친인척을 통해 혹은 가디안을 통해 가 있는 케이스가 얼마나 되는지 그것은 정말로 더 알기 어렵다. 보딩의 경우는 각 학교들이 자기네 학교에 한국 학생이 얼마나 되는지 대충은 가르쳐 주기 때문에 알 수 있었을 뿐이지 개인적인 입장에서 유학 가 있는 학생을 알 방도는 없을 것 같다. 내가 주변에서 보고 알고 있는 것만도 꽤 되고, 미국에 살면서 직업적으로 한국 학생들을 다섯 명에서 많게는 열 명까지 데려와 공부시키고 있다는 사람들의 이야기도 많이 들었다. 물론 미국만은 아니다. 호주로 밀려 나가는 유학생들도 많다고 들었고, 뉴질랜드의 한인들이 많이 사는 지역의 공립학교는 교실의 반 정도가 한국 학생인 곳도 꽤 있다고 한다. 이런 것들을 모두 감안한다면 미국의 보딩 스쿨들이 모두 하나같이 한국 학생들을 수용하고 있다는 것이 마땅한 귀결인지도 모를 일이다. 단지 내가 그 실정을 제대로 파악하지 못하고 있었을 뿐이다.

시골 비행장에 내려서 차를 렌트해 가지고 산골로 200킬로나 300킬로 달려가야 찾을 수 있는 산골 동네의 학교. 학교 외에는 가게도 없고, 그 흔한 맥도날드조차 없는 시골 속에도 아주 현대식 건물에 갖출 것 다 갖춘, 모든 설비가 제대로 되어 있는 그런 학교 자체에도 놀랐지만 그런 곳에 와 있는 우리나라의 유학생들의 적응해 가고 있는 모습에는 코끝이 찡할 때가 한 두 번이 아니었다. 거기에서 나는 미래를 향해 달리는 든든한 우리의 후배들을 볼 수 있었다.

일제를 피해 독립운동하러 미국으로 중국으로 떠났던 우리 선배들을 우리는 기억한다. 그중 많은 사람들이 돌아와 독립 후 우리나라 건국에 많은 공헌들을 했다. 나는 우리의 교육 시스템을 떠나 이 산골 구석에 유학 와 있는 어린 후배들을 보면서 일제 때 우리나라를 떠났던 선배들을 생각했다. 어쩌면 이 후배들이 언젠가 우리가 필요할 때 우리에게 도움을 줄 수 있는 힘이 될는지도 모르겠다는 그런 생각을 떨칠 수가 없었다. 내가 너무 비약했을까?

나는 유학생들의 이야기도 듣고 싶었고 한국 유학생들을 데리고 키우고 가르치고 있는 학교의 선생님들과도 대화하고 싶었다. 또 그들의 조언이나 충고도 듣고 싶었고 장래도 토론해 보고 싶었다. 좀더 긴 시간과 여유가 있었다면 더 좋았으리라 싶은 아쉬운 마음이 없지도 않지만 그런 대로 나는 내가 시도했던 바는 많이 이루었다고 본다. 또 내가 배우고, 보고, 듣고, 느낀 점들을 독자 여러분과 나누고 싶고 내 이야기가 여러분의 자녀들 교육에, 교육 진로를

정하는 데, 유학을 꿈꾸고 계획하는 젊은이들에게 조금이라도 도움이 되었으면 더 바랄 것이 없겠다.

　미국의 특징 중의 하나는 크고 다양하고 포용성이 넓다는 점일 것이다. 미국의 사립 초, 중, 고등학교 역시 그 나라만큼 다양하고, 가지각색이고, 자기네와 다른 점에 대해 관대하고 이해가 크다. 내가 일부러 여러 종류의 학교를 고루고루 보아야겠다고 시도했었던 것은 아니다. 단지 내 일정에 맞게, 내가 가는 지역들에서 찾아가기가 비교적 쉬운 학교를, 한마디로 해서 내 발길 닿는 곳에 놓인 학교들을 찾은 것뿐인데 그 중에 비슷한 학교는 하나도 없이 마치 서로 다른 학교들을 일부러 찾기라도 한 듯이 모두 달랐다. 학생 수가 1000명이 넘는 큰 학교가 있는가 하면, 9학년부터 12학년까지 다 합쳐 봐야 80명밖에 안 되는 작은 학교도 있었다. 또 남학생들만 500내지 600명 모아서 군대식으로 엄하게 훈련하며 공부시키는 학교가 있는 반면, 여자 대학의 부속 고등학교로 여고생만 길러 내는 학교도 있었다. 큰 도시의 부자 동네 속에 들어가 엄청난 교육비 받으며 운영하는 학교가 있는가 하면, 설립 때부터 산골의 가난한 어린이들을 위해 무료로 교육을 시작하여 지금껏 든든한 봉사 재단의 힘으로 운영되고 있는 학교도 있었다. 물론 천주교나 개신교의 후원을 받고 있는 학교도 있었고 어떤 아무런 도움이 없이 독립적이고 독자적인 학교도 있었다. 미국 사람들의 생김새나 인종이 모두 다양하듯 학교의 성격들 역시 다양하고 풍부했다. 어쩌면 미국 50개 주에 펼쳐져 있는 공립학교가 모두 비슷비슷한 것이어서 이에서 탈피하기 위하여 개성들을 나타내고 있는 것이 사립학교가 아닌가 싶기도 하다.

이렇게 다양한 학교의 특성들을 이해하는 데 도움이 될 듯 싶어서, 또 우리의 유학생들이 가 있는 곳이 어떤 곳인가 깨닫고 생각하는 데도 기여할 것 같아서 몇몇 학교들을 소개해 본다. 물론 이것이 다는 아니고 전체적인 그림도 아니다. 보딩이 있는 학교만 해도 내가 가진 책에 리스트가 400이 넘는다. 보딩이 없는 학교는 그의 열 배는 되고도 남을 듯 싶다. 그것들을 모두다 다룰 수는 없고 단지 샘플로 내 발 끝에 잡힌 곳만 몇 군데 소개하면서 나머지들은 독자들의 상상에 맡기는 수밖에 없다고 본다.

탈룰라 폴스

1905년부터 매리 립스컴 여사는 여름철이면 탈룰라 폴스라는 곳에 있는 여름 휴양처로 그녀가 살던 아테네 조지아로부터 오곤 했었다.

탈룰라 폴스 지역은 아팔라치아 산맥의 끝자락에 자리하고 있어서 경치가 좋고 급류가 흐르는 강이 많아 지금도 급류 타기를 즐기는 카누 타는 사람들의 천국이며 또 주립 공원 지역에 접하고 있다. 이 산골로 올 때마다 매리 립스컴 여사는 이 산골 동네의 어린이들이 다닐 학교가 없는 것을 딱하게 여기고 자신의 집에서 아이들을 모아 놓고 가르치기 시작한 것이 1909년이었다.

그렇게 시작한 학교가 주 정부의 도움을 받아 반관 반민의 형태로 내려오다가 1970년에 와서 주 정부의 손에서 벗어나 완전 사립

형태의 학교로 다시 돌아갔다. 지금은 조지아주 여성클럽이 학교 재단의 주인이고 동시에 운영자로 되어 있다. 매리 립스컴이 시작했던 학교는 6000평 대지에 교실 다섯 개짜리 건물 하나가 전부였는데 지금은 50만평의 멋진 경관을 자랑하는 대지에 건물만도 22개가 넘는다. 여성클럽이 운영하는 곳인 만큼 여성의 터치가 곳곳에 있어서 건물도 아름답고 깨끗할 뿐 아니라 주변과의 조화도 잘 이루고 있다.

올림픽 규격의 실내 수영장, 체육관, 극장과 첨단 컴퓨터 랩도 갖추고 있다. 클래스 크기는 한 반에 11명 정도이고 혹시 뒤지거나 밀린 학생들을 위해 개인 교습을 열심히 주선해 주고 있다. 든든한 재단이 뒷받침하고 있는 덕분에 학교는 어디를 가든 깨끗하게 잘 가꾸어져 있고 학비도 1년에 1만 6500달러로 가장 싼 곳 중의 하나이다. 재단은 연간 백만 달러 가까운 돈을 가난한 학생들의 학자금 돕는데 쏟고 있다. 학생 145명 전체가 다 보딩이고 집에서 다니는 학생은 없다. ESL 프로그램을 제공하고 있지 않으니 만큼 영어 실력이 웬만큼 되어야 과목을 따라갈 수 있어 영어 실력은 갖추고 가야 한다.

학교가 산 속 외진 곳에 있어서 학교 밖으로 나가 보았자 갈 곳이 없다. 도시에서 떨어져 있는 만큼 학교로서는 술이나 마약, 담배 따위에서 학생들을 지키기에 편한 셈이고 마약이나 술 담배 걱정되는 우리나라의 부모들에게는 다른 곳보다 안심할 수 있는 곳이기도 하다.

졸업반 학생들을 제외하고는 아침은 꼭 먹도록 되어 있다. 7시에서 7시 30분 사이에 식당에 가서 아침 먹고, 7시 30분부터 8시 사이에는 방을 정리한 다음 각자의 클래스로 간다. 클래스는 8시 15분부터 오후 3시 10분까지이다. 그 중간에 40분간의 점심시간이 있다.

공부가 끝나면 4시 15분부터 5시 15분까지는 낙엽 치우기, 마당 쓸기 따위의 일을 해야 한다. 운동을 해야 하는 학생은 안 해도 된다. 일이 끝나면 기숙사로 돌아와 씻고, 옷 갈아입고 5시 45분에는 저녁 식사를 하러 간다. 6시 30분부터 7시 55분까지는 자유시간이고 8시 5분부터는 기숙사에 돌아가 9시 40분까지 공부 시간이다. 아래 학년은 10시에 취침이고 상급생들은 11시가 취침 시간이다.

대부분의 기숙사 생활은 이 학교뿐 아니라 다른 학교들도 대동소이하다. 일단 이 학교의 하루 스케줄을 보면 다른 학교들도 다 비슷하리라 생각하면 된다.

주말에는 학생회에서 결정하는 대로 댄스가 있든지, 영화를 보든지, 다른 학교로 운동 관람 가든지, 자연 답사, 등산, 승마, 카약 타기 등을 하기도 하고 박물관이나 미술관을 가기도 한다.

긴 휴가 때는 기숙사가 문을 닫으므로 학생들은 집으로 가든지 친구네 집으로 가든지 하여 학교를 떠나야 한다. 교파 없는 교회가 캠퍼스 안에 있어서 일요일에는 교회에 갈 수 있다.

6학년부터 12학년까지 7학년인 셈인데 전체 학생 수는 145명이다. 그러면 각 학년에 20내지 21명 정도가 되는 셈이다. 그러니까 학생들이 모두 서로 잘 알아서 가족 같은 분위기에서 생활하고 있고 한국 유학생의 숫자는 10명 가까이 된다.

탈룰라 폴스에서 김양과 함께

　이 학교에서 내보내는 책자를 들추면 맨 앞장에 매리 앤 킴이라
는, 2000년도에 졸업하고 버지니아 주립대에 가서 의예과를 다니
고 있는 한국 학생을 내놓고 있어서 내게는 아주 인상적이었다. 김
양은 졸업 당시 고별사를 한 학생이고 학과 점수가 4.0으로 우수
한 학생이었던 모양이다. 따라서 이 학교는 한국 학생을 아주 반가
와 한다. 여기 김양이 한 말을 책자에서 옮긴다.

　"보딩 스쿨을 생각하고 있는 학생들에게 하고 싶은 이야기는 이
렇습니다. 모험을 두려워하지 마십시오. 친구와 가족을 떠난다는
것이 쉽지는 않습니다. 그러나 이곳에서 얻게 되는 기회나 보상 그
리고 대학 가기 전에 독립할 수 있는 기회를 생각하면 값이 있고도
남습니다."

브랜든 홀

경제적으로 도약하고 있는 아틀란타의 부자들이 모여 사는 지역에 자리한 브랜든 홀은 부촌에 있는 탓인지 아니면 학교의 특수성 때문인지 미국 내의 사립학교 중에서도 가장 비싸서 한 해 등록금과 기숙사비가 자그만치 3만 6800달러인데다 개인 교수가 필요한 경우는 과목당 7150달러를 더 내야 한다.

이 학교의 목표가 "머리는 영리하지만 언어 장애, 집중력 장애, 난독 장애 등의 이런저런 장애 때문에 제대로 효과를 보지 못하는 학생들을 개별적으로 집중하여 가르쳐 자신의 잠재력을 충분히 끌어내도록 하는 데 있다."고 한다. 그냥 보통 공립학교로 갔다면 대학에 갈 수 없을지도 모르는 학생들을 동기 유발시키고, 훈련시키고, 필요한 학습 기술을 습득시켜 성공시키는 것을 주제로 하는 셈이다. 그런 프로그램을 갖고 가르쳐서 이곳 졸업생들은 100% 대학에 진학하고 있다고 한다. 이런 특징이 유난히 비싼 학비를 받는 이유이기도 하다.

4학년부터 12학년까지 있으며, 보딩은 남학생만 받고 있다. 학생 수는 190명이며 한국 유학생도 12명이나 된다. 보딩은 남학생만 받는 만큼 한국 학생들은 모두 남학생들이다.

1년에 3만 6000달러가 넘는 돈을 내고 어떤 학생들이 오는가 싶었지만 꼭 돈 많은 집만은 아닌 것도 같았다. 초행길이라 혹시 약속 시간에 대어가지 못할까 봐, 또 이곳의 교통 사정을 잘 모르는 바라 시간의 여유를 너무 두고 왔던 탓에 한 시간이나 일찍 도착했다. 근처에 있는 24시간 여는 간이식당 '와플 하우스'에 들어가 커피와 와플을 주문하고 웨이트레스에게 혹시 브랜든 홀 가는 길을 아느냐고 물었더니 40이 될까 말까 싶은 여자가 반색을 하며, 네 아들도 브랜든 홀에 보내려고 하느냐? 네 아들은 몇 학년이냐? 어느 학교에서 오느냐? 우리 아들이 바로 거기 다닌다는 것이었다. 나는 놀라지 않을 수 없었다. 이 간이식당은 하루종일 웨이트리스로 일해 봐야 몇 푼 벌 수 없는 곳인데 여기서 일하면서 어떻게 그렇게 비싼 곳에 자식을 보낼 수가 있을까 싶어서였다.

"공립학교에 보내면 등록금도 없는데 왜 사립학교에 보내고 있나요?" 내가 물었다.

"우리 아이는 머리는 참 좋은데 주의가 산만하고 집중력이 없어 고민하다가 브랜든 홀에 보내기로 했어요. 거기서는 아이에게 100% 신경을 써 주니까 아이의 태도가 확 달라져서 지금은 만족하고 있지요." 웨이트리스로 일하는 어머니의 대답이었다.

"학비 내기가 힘들지 않으세요?"

"왜 안 그렇겠어요? 그 애 등록금 내느라고 내가 여기서 뛰고 있지 않습니까? 그래도 아이의 기회는 일생에 한 번밖에 없는데 그 기회를 놓치면 영 후회할 것 같아 힘들지만 해 보기로 했지요."

"돈 값은 하던가요?"

"물론이지요. 아이의 태도가 바뀌었고, 공부도 잘하고, 친구들과도 잘 어울리고, 두루두루 우리는 행복해요. 내가 힘이 좀 들더라도 아이의 장래와 비교한다면 그것쯤 못하겠어요?"

나는 한국 어머니를 이 미국 간이식당에서 보는 것 같았다. 그래서 아이의 이름을 물어 보았다. 보나마나 생긴 것으로 보면 한국 아이는 아닌 것이 분명하니 그렇다면 유태인이 아닌가 싶어서. 아니나 다를까, 아이의 이름이 마크 코헨이라고 하는 걸 보니 유태인이 분명했다. 이 여자는 여기서 하루 종일 서서 일해야 1년에 만 달러 벌기도 쉽지 않을 것이다. 그렇게 해서라도 남편을 도와 아들의 등록금을 내려는 것이다.

브랜든 홀의 입학 담당을 맡고 있는 스티븐 보이스 씨는 "브랜든 홀은 많은 경우 선생과 학생이 1:1로 수업을 하므로 비싸기 때문에 이곳에 와서 1년 내지 2년 동안 지도 받은 후에 학생의 자립 능력이 생기면 다른 학교로 옮겨가는 방법도 좋다."고 설명하고 있었다. 또한 한국서 온 학생들의 경우도 처음에는 영어가 모자라 일종의 장애아나 마찬가지이지만 이 학교의 활발한 프로그램 속에 들어가면 빠른 시일 안에 다른 학교로 전학이 가능하게 된다는 것이었다. 학교의 특수 성격 때문에 SSAT나 토플 요구도 없다. 일단 이 학교에 들어오면 모자라는 학생을 자립할 수 있는 학생으로 만드는 것이 그들의 목표이기 때문이다.

산 마코스

　남한의 열 배가 되고도 남을 크기의 드넓은 텍사스 주 동서남북의 중간쯤 되는 곳에 마코스라는 작은 도시가 있고 그곳에 서 있는 미국 침례교회의 후원을 받고 시작한 학교이다. 따라서 예배도 보고 성경 공부를 하도록 권장하며 또 요구도 하고 있다.

　남학생들은 대부분 얼룩얼룩 무늬가 있는 군복을 입고, 여학생들은 단정한 교복을 입고 있다. 남학생들이 입은 옷이 실제 군인 옷과 같기 때문에 처음 학교에 발을 들여놓으면 학교에 왔는지 어느 군부대에 왔는지 헛갈릴 지경이다. 그러나 요즈음 아이들 같이 훈련과 참을성이 없는 때에 그러한 가치를 내놓고 실행하고 있어 게으르거나 짜임새 있는 생활에 익숙지 못한 학생들에게는 크게 도움이 될 수도 있다.

점심을 먹기위해 줄 선 산 마코스의 학생들

이 학교는 ESL 프로그램을 활발히 하고 있어서 영어가 부족하더라도 학생들을 이끌어 영어부터 가르쳐서 사회의 지도자로 만드는 데 주력하고 있다고 입학 담당자 두프리씨는 말한다. 한국의 학생들은 공부에만 주력하고 그 외의 것에는 소홀히 하는 경향이 있는데, 좋은 대학도 가고 사회의 지도자로 자라려면 학교가 제공하는 여러 가지 교내, 교외 활동에도 참가하고 봉사 활동도 해야 하는데, 아무리 애써도 그러한 한국 학생의 고집스런 생각을 바꾸기가 힘들다고 한다.

"특히 한국의 어머니들은 학생을 데려다 놓고 가면서 '우리 아이는 될 수 있으면 운동도 시키지 말고, 당분간은 음악도 그만 두고, 과외 활동도 쉬고 영어와 공부만 시켜 주세요. 그래야 좋은 대학

갈 실력이 생기고 SAT도 잘 볼 수 있지 않겠어요?' 하는데 제발 그런 생각 좀 바꿔 줬으면 좋겠어요. 여기서는 좋은 대학가고 싶을 수록 봉사 활동, 운동, 악기, 과외 활동이 필요하다고 아무리 설명해도 들리지 않는 모양입니다. 한국 돌아가시면 그 점을 어머니들께 좀 강조해 주셨으면 합니다. 내가 하는 이야기만 갖고는 미덥지가 않은 건지, 신빙성이 없는지 도무지 이해가 되질 않습니다. 당신은 이해하십니까?"

왜 내가 모르겠는가! 외치고 외쳐도 수능 점수에 50년 간 깊이 빠져든 물이라 헤어 나오기가 힘들어 그런 것을.

남학생들은 6학년에서부터 8학년까지의 기숙사와 9학년부터 12학년까지의 두 개의 기숙사로 나뉘어 있고, 여학생들은 8학년부터 12학년까지 기숙사가 있어 모두 세 개의 기숙사가 있다. 여기도 한국 학생이 10명 가량 된다.

좀 뒤지는 학생들을 위하여 특수교육 프로그램도 운영하고 있는데 이 경우는 2000달러의 과외비가 추가된다.

기숙사가 문을 닫는 휴가 동안에는 학생들을 주변 가정에 소개하여 가 있을 수 있도록 주선도 해 준다.

리버사이드 밀리터리 아카데미

리버사이드 밀리터리 아카데미는 미국 내에서 가장 크고 이름난 군대식 학교이다. 7학년부터 12학년까지 540명의 남학생들이 모두 보딩하고 있다. 이런 곳에도 한국 학생이 있을까 했는데 물론 있었다. 약 15명 정도의 한국 학생이 현재 있다고 한다. 5년 후면 역사가 100년이 될 만큼 오래된 학교인데도 건물들은 모두 새 건물이고 깨끗하고 단정하기로는 어느 학교에 비할 수가 없이 먼지 한 톨 보이지 않고 반듯하고 반짝거렸다. 500명이 넘는 남학생들이 있는 학교 같지가 않았다. 학교를 안내한 입학 담당자 데이비스 씨의 말에 의하면 예전 건물은 100년 가까이 쓰고 났더니 낡기도 했지만 중앙 냉난방 시설이 없어서 너무 불편하던 차에 3년 전 모두 헐어 버리고 새로 지어서 지금 이렇게 좋은 새 건물이 되었다고 했다.

그러기 위해서는 엄청난 자금이 필요했을 터인데 등록금 받아서 그런 것을 할 수 있었느냐는 질문에 밀리터리(군대식) 학교이니 만큼 은퇴한 돈 많은 군인들이나 후원자들의 도움으로 지금도 2억 달러 정도의 기금이 있어 거기서 나오는 돈으로 많은 학교 행정을 보고 있으며, 등록금만 받아 가지고는 학교 예산이 당장 적자가 될 것이라고 했다. 유산을 자손들에게만 물리는 것이 아니라 이렇게 학교 등지에 내어놓음으로써 미국의 많은 사립학교들은 운영되고 있는 셈이다. 아마 등록금만 받아 학교를 운영해야 한다면 제대로 된 학교 운영을 위해서는 1년에 4만 달러는 넘게 받아야만 가능하리라는 것이 대부분의 추정이다.

여성클럽은 여성클럽 대로, 군인들은 후배 군인들을 생각해서, 교회는 앞으로 다가오는 세상의 교회를 위하여, 모두 다 특성들을 살려 가고 있는 것이 부럽기도 하고 자랑스럽기도 했다. 외국인인 것을 떠나서 그들 역시 나나 마찬가지의 사람들이지만, 교육을 위해서 각별히 생각하고, 유산을 남기고, 기부금을 내고 하는 모든 자세가 부럽고도 자랑스런 것이다.

이곳의 학생들은 미국의 육군사관학교나 해군사관학교처럼 카뎃이라고 부르며, 군인처럼 철저히 훈련이 되어 침대 하나 개켜 놓은 모습도 똑같이 자로 잰 듯하다. 옷장 속의 옷들도 모두 제 자리에 걸려 있어야 하고 책상 위의 책들도 하나 흐트러짐이 없이 가지런하다. 우리 아이도 이런 곳에서 일 년쯤 있었더라면 내가 잔소리할 필요 없이 제 할 일 제가 알아서 규모 있게 훈련된 학생이 되어 있었을 터인데 하는 생각도 해 보았다. 자세들도 반듯하고 예절도 아주 바르다. 내가 무슨 질문을 해도 정중하게 성의껏 존대하며 대답한다.

필립스 아카데미

사립 고등학교를 다루면서 필립스 아카데미를 빼면 밥상에서 가장 중요하다고 보는 밥이나 국을 뺀 듯이 허전할 듯하여 필립스를 잠시 소개하고자 한다. 이 학교는 지난 번 책에서도 어느 정도 다룬 바가 있다.

1778년에 시작한 학교인 만큼 200년하고도 1/4세기가 되어 가는 학교이고 학생 수도 1100명에 가까우며 입학도 쉽지 않다. 대부분의 사립학교들은 2대 1정도의 응시율을 보이지만 이곳은 6대 1 정도의 높은 경쟁률을 보이고 있다. 외국 학생들은 10%정도 받고 있는데 그 한정된 자리를 가지고 외국 여러 나라에서 모두 응시하고 있어서, 특히 한국 학생들은 더욱이 경쟁이 심한 편이다. 학교에서 볼 때는 한국 학생들이 아무리 훌륭하다 해도 외국인을 위한 쿼터에 모두 한국 학생으로 채울 수는 없는 일종의 규율을 갖고 있기 때문이다. 그래도 한국 학생들이 1백 명 가까이 될 거라고 한다.

필립스 역시 60만 평의 거대한 캠퍼스를 가지고 훌륭한 시설을 골고루 갖추고 있다. 하버드와 가까운 거리에 있는 만큼 하버드 교수의 자녀들도 많이 다니고 있고, 실제로 하버드, 예일 같은 아이비에 많은 숫자의 졸업생들을 매년 보내고 있다.

이 학교에서 상위권에 들어 있으면 소위 우리가 좋아하는 일류 대학을 바라볼 수 있다. 9학년부터 12학년까지 1100명 정도의 학생 중 3/4정도가 보딩을 하고 있다. 남녀공학이고 남녀 수의 차도 거의 비슷하다.

선생 한 사람에 학생 6명 정도의 비율이고 토플 성적이 600점은 되어야 한다. 등록금은 2만 8000달러 정도이다. 학교 캠퍼스만 해도 웬만한 대학 이상으로 짜임새 있고 잘 가꾸어져 있어서 이런 곳에 한 번 다녀 볼 수 있으면 좋겠다는 생각이 들게 만든다.

이왕 필립스에 대하여 알아보는 동안 이 학교의 교과 과정을 들쳐 보았다. 가히 웬만한 대학을 능가하는 다양한 커리큘럼을 제공하고 있었다. 교내에서 배울 수 있는 외국어만 해도 중국어, 불어, 독일어, 희랍어, 이탈리아어, 일어, 라틴어, 러시아어, 스페인어 등으로 9개 국어였다. 여기는 일반 고등학교이지 외국어 고교도 아닌데 그렇다. 통틀어 290개의 교과과목을 가르치고 있다. 웬만한 대학 수준이다. 우리 고등학교들은 15내지 20과목 정도가 아니던가? 그만큼 선택과목이 다양하다. 그러나 한 학기에 택하는 과목 수는 물론 다섯에서 일곱 사이이다.

필립스 아카데미가 생긴 역사도 재미있다. 1778년 메사추세츠주 캠브리지에 살고 있었던 사무엘 필립스와 그의 아내 피비는 일종의 거래를 했다. 사무엘은 지금 필립스 아카데미가 있는 앤도버로 이주하여 남학생들을 위한 고등학교를 세우고 싶었는데 부인은 여학생들을 위한 여학교 세우는데 더 관심이 있었다. 남편은 부인에게 '앤도버로 이사하여 그곳에서 필립스 아카데미 창설하는 것을 먼저 도와달라. 필립스가 자리 잡히고 나면 당신이 원하는 여학교 설립에 내가 적극 돕겠다.' 그리하여 시작된 학교이다. 1778년이면 미국이 독립선언을 한 지 2년 후이고 영국으로부터 정식으로 파리조약에 의해 독립이 선포된 1882년 보다 4년 전이다. 미국이 한참 독립전쟁에 휩싸여 있을 때였다. 그 와중에서도 교육의 필요성을 절감하고 세워진 학교가 필립스이다. 필립스를 세운 후 사무엘이나 피비는 여학교를 세우기 전에 사망했는데, 1829년 그들의 유지를 받들어 애보트라는 여학교가 태어났고 이 두 학교는 오랫동안 훌륭한 일꾼들을 배출해 냈다. 1973년에 와서 필립과 애보트는 합치기로 하고 남녀공학이 되었다.

필립스 아카데미의 도장격인 씰에는 라틴어로 'Finis origine pendet' 가 쓰여 있는데 그 뜻은 '결실은 시작에 달려있다' 는 의미이다. 필립스 부부가 심은 씨의 열매인 것이다.

로렌스빌

　요즈음 학생들이 열심히 읽는 《해리 포터》 시리즈를 보면 해리 포터가 다니는 보딩 스쿨이 나온다. 영국은 예로부터 보딩 스쿨로 유명한 곳이고 미국의 많은 학교들도 영국의 보딩 스쿨 제도를 따라서 시작했다고 해도 과언이 아니다. 특히 미국 동북부의 오래되고 유명한 보딩 스쿨들은 대부분이 영국식에서 시작했다. 로렌스빌도 아마 그중 가장 많이 영국식 전통을 받아 이어가고 있는 학교 중의 하나일 것 같다. 영화 《죽은 시인의 사회》를 찍은 학교로 알려진 쎄인 안드류스나, 밀톤아카데미, 쎄인 폴 등도 그렇다.

　로렌스빌은 1810년 시작한 학교로 8년이 지나면 200세가 된다. 19세기말에 뉴욕의 센트럴 파크를 디자인한 유명한 건축가 프레데릭 옴스테드가 설계한 이 학교는 아직껏 인근 지역의 명물이 되어 있고 따라서 동네 자체도 고풍을 그대로 담고 있어 관광명소이기도 한다.

이 학교의 졸업생 오웬 존슨이 학교 생활을 주제로 쓴 소설이 1950년대에 《즐거운 세월(Happy Years)》이란 영화로 만들어져 널리 알려지기도 했던 곳이다. 내가 처음 귀국해서 영어 가르쳤던 학생이 이번에 로렌스빌에 가게 되어 특히 더 정이 간다. 특히 이 학교는 다른 학교에 비하여 볼 때 학생의 시험 점수보다는 다른 능력이나 특성을 좀더 고려하고 있는 듯이 보인다.

토플이나 SSAT 성적도 중요하겠지만 인터뷰했을 때 볼 수 있는 학생의 잠재력, 학생의 능력, 사고력, 책을 얼마나 읽고 소화했는지, 그런 점들을 더 보지 않나 싶다. 따라서 시험 점수가 잘 나오는 한국 학생 수는 다른 학교보다 비교적 적지만 아이비 같은 대학 입학 확률은 어느 학교 못지 않게 높기 때문에 하버드나 예일을 꿈꾸는 부모님들은 유의할 필요가 있다고 본다. 누누이 강조하지만 꼭 좋은 토플 성적이나 SAT성적이 명문대 가는 열쇠는 아니기 때문이다.

《해리 포터》의 호그와트가 4개의 기숙사로 갈라져 있듯이 이곳은 780명 정도의 학생들이 스무 개의 기숙사로 편성되어 있다. 각 기숙사마다 일종의 가족 같은 단위를 형성하고, 그 안에 사감 선생님과 부사감 선생님들이 같이 상주하고 있다. 또 기숙사끼리 대항하여 각종 경기도 벌인다.

교실도 우리에게 익숙한 식으로, 선생님이 앞에 서고 학생들이 마주앉는 그런 교실이 아니고 원탁에 선생님과 학생들이 둘러앉아

세미나 식의 공부를 하고 있다. 머릿속에 들은 것이 많은 학생, 그것을 조리 있게 발표할 수 있는 학생이 돋보이게 되어 있다.

  필립스나 로렌스빌이나 졸업생, 재학생들의 기부금으로 학교 재정이 유지되고 있다. 따라서 미국의 사립학교들은 졸업생들을 우대하고 졸업생들은 계속 모교에 기부를 아끼지 않는다. 역시 부러운 제도 중 하나이다. 등록금은 다른 동부 지역의 학교들과 비슷하여 2만 8000달러 정도이다.

브레나우

아틀란타에서 북쪽으로 1시간 반 가량 가면 게인즈빌이라는 작은 도시가 있고, 그 도시에는 브레나우라는 여자대학이 있다. 이 여자대학의 부속 여자고등학교가 브레나우 아카데미이다. 각 학년이 20명 가까이 되고 학교 전체는 80명이다. 9학년부터 12학년까지이며 모두 보딩이다. 이곳에도 한국 유학생이 8명이고 그중 5명이 우등생이라고 한다.

대학에 붙어 있는 부속학교는 또 그대로 장점이 많다. 대학의 도서관을 쓸 수 있고, AP코스들을 모두 대학에 가서 들을 수 있어서 잘 이용만 하면 좋은 대학으로 진학하는 데 큰 도움이 될 수 있다. 뿐만 아니라 대학이 갖고 있는 식당, 강당, 체육 시설을 모두 같이 공용할 수 있어서 설비는 대학 수준이지만 등록금은 오히려 싼 셈이다. 2002년도 등록금이 1만 7840달러이니 보딩 스쿨치고는 가장 저렴한 축에 속한다.

딸을 유학 보내는 데 걱정이 많은 부모는 이런 여학교를 찾아보는 것도 좋은 생각이라고 본다. 작은 시골 도시인만큼 마약 같은 것의 유혹도 적을 것이고, 학생만 야무지고 철이 들었으면 대학 시설을 이용하여 얼마든지 앞길을 열어 놓을 수 있기 때문이다.

대학은 설립한 지 125년 되었지만, 브레나우 아카데미는 1928년에 세워져서 이제 75세가 되고 있다.

브레나우에서

쎄인 스티븐스 에피스코팔

쎄인 스티븐스는 이번에 내게 가장 큰 충격을 준 학교 중의 하나이다. 학교가 크고 좋아서라기보다는 그곳의 선생님들이 내게 던진 질문들 때문이었다. 보수적이고 어느 정도 닫힌 듯한 분위기를 주는 동북부의 학교들과는 달리 아주 개방적이고 열린 인상을 주는 학교이며 아주 적극적인 국제, 다국적 문화 센터를 열고 있는 곳이었다. 학교의 나이가 이제 50이 조금 넘은 어린 나이인 만큼 더욱 개방적이고 열린 자세인지도 모른다.

전체 학생 수는 430명 정도이며 40%가 보딩이다. 8학년부터 12학년까지이고 남학생, 여학생 수도 비슷하다. 등록금은 2만 4000달러 내외로 동북부보다 싼 편이지만 시설이나 설비는 어느 곳 못지 않게 모두 잘 갖추고 있다. 한국 유학생 수는 10명 정도이다.

내가 방문하겠다고 했을 때 이 학교는 4명의 관련 선생님들을 같은 자리에 모아 놓고 그들의 학교를 설명하는 한편 우리나라의 실정에 대하여 이것저것 물었는데 그들의 질문과 나의 대답은 대략 다음과 같다. (주: SS는 쎄인 스티븐스를 의미함.)

SS : 코리아에서 오려는 학생 수가 계속 늘고 있는데 일반적으로 코리아의 교육열이 높은 것 같다.

저자 : 그렇다. 우리의 교육열은 아마 세계 최고 수준일 것이다. 유태인들과 맞먹지 않을까 생각한다. 우리나라 학생들이 이곳에도 많이 있는가?

SS : 지원자는 해마다 늘고 있는 실정이다. 단지 외국인 쿼터를 코리안만으로 채울 수는 없으니 많이 지원한다고 무한정 늘릴 수는 없다.

저자 : 한국인 학생들 외에 어느 나라 학생들이 많은가?

SS : 우리는 될 수만 있다면 다양한 문화를 학생들에게 주고 싶기 때문에 한 두 명씩이라도 여러 나라 학생들을 받고자 한다. 그래서 각 나라 학생들이 있는 셈이다. 캐나다, 중국, 영국, 홍콩, 온두라스, 인도, 멕시코, 일본, 타이완, 필리핀 등등 물론 코리아도 들어 있다.

저자 : 듣고 보니 일본과 코리아만 빼면 다른 국가들은 언어의 장벽은 그리 크지 않은 것 같은데, 어떤가? 일본과 코리아만이 언어 띠가 다른 것 같은데, 일본과 코리아가 특히 영어를 해야 하는 부담 때문에 언어의 어려움이 있지는 않던가?

SS : 꼭 그렇다고 볼 수는 없다. 일본은 우리와 자매결연을 맺고 있는 학교가 있고 그 학교는 인터내셔널 스쿨이어서 모든 수업을 영어로 하는 곳이다. 따라서 그곳에서 온 학생들은 처음부터 영어가 익숙하여 걱정이 없다. 우리가 알기로는 한국에는 인터내셔널 스쿨이 없는 것으로 안다. 그런가?

저자 : 그렇다. 외국인들을 위한 외국인 학교는 있으나 그곳엔 코리안은 갈 수가 없으니 없다고 보는 것이 타당할 듯 하다.

SS : 왜 한국엔 일본처럼 인터내셔널 스쿨이 없는가? 내 생각엔 대학갈 때 외국으로 유학하고 싶은 학생이나 또 국내에서도 영어로 공부하고 싶은 학생에겐 많은 도움이 될 것 같은데. 여기 계시는 사라 토드 선생님은 중국에 가서 인터내셔널 스쿨을 세워 놓고 오셨다.

저자 : 그런가? 중국에도 인터내셔널 스쿨이 있는가?

토드 선생 : 내가 세운 것 외에 또 여럿이 지금쯤은 생겼으리라 믿는다. 나는 당시 모토로라의 요청을 받고, 모토로라 직원들의 자녀들 때문에 중국에 가서 인터내셔널 스쿨을 설립하는 일을 했다. 미국의 회사들이 직원들을 보내려니 학교가 필요해서 설립한 것이었으므로 처음에는 중국 학생들에게는 문을 열지 않았으나 지금은 중국이 허가하여 그 학교에 들어가기 위한 중국인들의 경쟁이 대단하다. 중국 역시 영어로 가르치는 학교를 위하여 여러 가지로 방안을 모색 중인 것으로 알고 있다. 우선은 우리가 세운 학교 같은 것을 활용하고 있다.

SS : 한국 학생들도 끊임없이 영어권으로 유학을 하려고 애쓰고 있는 것을 보고 있는데 왜 인터내셔널 스쿨 같은 것을 세우지 않는가? 국내에서 그런 학교를 세우면 얼마나 국익에 도움이 되겠는가? 우리는 그 점이 의아스럽다. 얼마나 많은 코리안 학생들이 유학을 오고 있는데 그 학생들을 인터내셔널 스쿨로 보내서 국내에서 공부시키면 엄청난 달러의 유출을 막을 수도 있을 것 같은데….

저자 : 나도 조만간 한국에 그러한 학교들이 생기리라고 믿는다. 우리나라라고 왜 그런 생각이 없겠는가? 바쁘다 보니 정부가 미처 그런 곳에까지 신경을 쓰지 못했을 뿐이라고 본다.

SS : 정부가 왜 그런데 간섭하는가? 정부의 자금 없이 세워야 하지 정부의 도움 받으면 정부의 규제가 심해져서 될 수 있으면 정부의 도움을 받지 않고 세우는 것이 좋다고 본다. 더구나 해외 유학 보내는 부모들은 국내에 우리 수준의 인터내셔널 스쿨이 생긴다면 먼 나라에 어린 자식을 보내기보다는 오히려 돈을 더 내더라도 국내에 두고 싶을 것이 아닌가? 정부에 의지할 일이 아니다. 내 생각엔 충분히 돈 내고 보낼 부모들이 코리아에는 많으리라고 본다. 아무래도 미국 보내는 것보다야 싸지 않겠는가? 우리는 한국에서 학생들이 오는 것을 환영하지만 솔직히 왜 그러는지 이해가 되질 않는다.

저자 : 동감이다. 모두 옳은 소리이다. 정부 운운 한 것은 정부에서 재정적인 지원을 받기 위함이 아니고 학교를 세울 수 있는 허가를 받기 위함일 뿐이다. 내 생각에도 쎄인 스티븐스 같은 인터내셔널 스쿨이 생긴다면 등록금이 몇 배 비싸더라도 보

낼 부모들은 많으리라고 본다. 그러나 저러나 학교를 세우기만 한다고 문제가 해결되는 건 아니지 않는가? 탄탄한 교수진을 외국서 끌어오려면 그것도 간단한 일은 아닐 것 같다. 아마 모든 것을 감안할 때 쉽사리 해결할 일이 아니다 싶어 신중하게 고려하는 것인지도 모른다.

토드 선생 : 그런 것은 염려할 것 없다. 그런 학교를 세울 의향만 있다면 적극 나서서 돕겠다. 교수진은 염려할 일 하나도 없다. 교육자들이 어떤 사람들인가? 교육자라는 사람들은 어린이를 교육시키는 일이라면 모두 서로서로 돕는 사람들 아닌가? 필요하다면 연락만 하라. 더구나 당신은 작가라니 알아보기도 더 쉬울 것 아닌가?

SS : 내가 코리아의 교육부에 있다면 그 점부터 서둘러서, 인터내셔널 스쿨을 여럿 만들어 외화 유출을 막고, 그 돈이 다른 곳에 투자 되도록 유도하는 일이 급선무일 것 같다.

저자 : 혹시 우리 교육부의 방침이 그런 방향으로 가 준다면 당신들께 가장 먼저 연락하겠다. 나 역시 그런 학교는 필요하다고 절실히 느끼고 있는 바이다. 인터내셔널 스쿨을 졸업하고 대학을 어느 곳으로 가든 그 동안 외화의 낭비를 막을 뿐만 아니라 대학이나 대학원을 외국으로 가고 싶은 학생들이 영어 때문에 2중 3중의 고생을 하지 않아도 되니까 그야말로 일석이조인 셈이다.

SS : 당신이 코리아에 가면 무엇보다 그 점을 강조해 주었으면 좋겠다. 우리야 당신네 학생들이 오면 이곳 학생들과의 문화

쎄인 스티븐스의 한국 학생들

적 교류도 생기고, 외화도 들어오고 하니까 손해 볼 일은 아니
지만 코리아의 상황을 생각해서 해 보는 소리이다.

이에 대하여 나는 고맙다는 말 외에는 할 말이 없었다. 거기에
대고 우리나라는 평준화 사상과 위화감 등등 때문에 인터내셔널
스쿨 같은 것 세우는 것이 어렵다고 한다면 그들은 분명히 물을 것
이다. "너희 나라 자유주의 국가가 아닌가? 공산주의라는 중국도
하고 있는데!" 하고.

얼마 전 9시 뉴스에서 방콕이 인터내셔널 보딩 스쿨을 여럿 열어
놓고 한국 학생 유치에 적극 나서고 있다는 것을 보았다. 덕분에
방콕의 인터내셔널 스쿨은 경우에 따라 한국 학생들이 클래스의

반이 되는 곳도 많다는 것이었다. 방콕은 학비가 연간 5000달러 정도여서 한국 학생들에게 아주 인기라고 했다. 영어공부 위해, 유학 위해 해외로 눈을 돌리고 있는 코리아의 교육열을 알고 방콕은 발빠르게 외화 유치에 나서고 있는 것이다. 아이들이 가 있으면 등록금만 필요한 것은 아니지 않겠는가! 외화 버는 방법도 가지가지이지만 외화 유출을 막을 수 있는 방법을 강구하지 못하는 우리가 안타깝다. 오히려 우리나라에 이런 학교들을 많이 세운다면 중국의 많은 학생들이 유학 와서 돈 벌기 좋은 기회가 될 수도 있다고 본다. 지금 중국은 영어 배우기 위해 열광하고 있는 실정이다.

기특한 우리 학생들

내가 방문하는 학교마다 될 수만 있다면 한국 학생들을 만나 보려고 노력했다. 우리의 학생들이 어떻게 살고 있는지, 어떻게 적응하고 있는지, 영어는 잘하고 있는지, 공부는 어떻게 하는지, 친구들과 잘 지내는지, 집 생각이 나서 눈물이나 짜고 있는 것은 아닌지…, 이런 것들이 모두 궁금해서였다.

처음부터 나는 이왕 유학 보내려면 잘 준비시키고, 신중하게 선택하여 내 자녀에게, 학생에게 가장 적합하고 이익이 될 수 있는 방향을 잡으라고 권했다. 따라서 LA나 뉴욕 혹은 시카고 등지의 한국인들이 밀집하여 사는 곳은 될 수 있으면 피하라고 역설해 왔다. 유학생이 계속하여 한국말 하게 되고, 한국 사람과 살고, 한국 음식만 먹고 있다 보면 본래의 목적을 달성하기가 어렵기 때문이다. 또 잡념도 더 들게 마련이다. 이왕 로마에 왔으면 로마인처럼 그들과 먹고, 마시고, 입고, 즐기며 살아 보아야 한다. LA나 뉴욕으로 유학이나 어학 연수 간다면 나는 그에 대해선 할 말이 없다. 또 그랬더니 실패했다는 소리도 듣고 싶지 않다.

내가 돌아본 학교들을 모두 둘러보고 돌이켜 생각해 보건대 이런 곳을 다니고도 유학에 실패했다면 그것은 그 학생에게 무슨 특별한 문제가 있었음에 틀림없다고 생각할 수밖에 없다. 아무리 둘러보고 비교시켜 보더라도 한국의 고등학교에 비하면 캠퍼스나 교실이나 설비가 좋은 것은 둘째치고라도 우선 욕하거나 인격을 무시하고 매를 드는 선생님이 없고, 모두 힘 모아서 학생 돕기에 바쁘다. 선생과 학생 비례가 선생 한 사람 당 적으면 다섯 많으면 10명 정도이니 그럴 수밖에 없다. 또 같이 공부하는 친구들도 대부분 모두 모두 착하고 친절하다.

나도 유학해 봐서 알지만 친절하지 않은 학생은 하나도 보질 못했고 좀 도와 달라면 너무 도와주려고 나서서 걱정이다. 우리는 땅은 좁고 인구는 많다 보니 모두 각박하게 산다. 그러나 미국은, 특히 많은 돈 내고 사립학교로 올 정도의 미국인은 여유가 더 많은 것 같다. 남 돕는 일에 언제나 발벗고 나서길 즐긴다. 그런 곳에서 "나는 이번 이 유학의 기회를 망쳐 버려야지."하는 비뚤어진 마음을 갖기 전에는 실패하기가 쉽지 않다는 소리이다. 처음 일 년, 이 년은 영어가 달려 고생하지만 그 고비만 잘 넘기고 나면 모두 잘 이겨내고 성공적으로 적응하고 있음을 볼 것이다.

그렇다고 너 나 할 것 없이 모두 짐 싸 들고 유학 길에 나서라는 의미는 아니다. 삶과 생활에 목표가 있고, 그것을 위한 각오가 있고, 끈기가 있는 학생이라야 한다. 지난번 《서울대보다 하버드를 겨냥하라》에서도 열거했듯이 33가지 항목은 되짚어 보고, 몸과 마음의 준비는 해야 한다. 그럴 경우 나는 90% 이상이 성공할 것이라고 본다.

이번에 여러 학교를 탐방하면서 이런 학생, 저런 학생 만나 보고 느낀 바가 크다. 우리 국민이 모두 서울대를 바라보듯, 미국에 온다면 모두 하버드를 생각해 본다. 그러나 하버드 같은 아이비는 1년에 많아야 1300명 뽑는다. 5000명 가까이 뽑는 서울대에 비하면 엄청나게 어려운 숫자이다. 그래서 교육은 하버드를 생각하고 받더라도 실제로 하버드에 가기가 쉽지는 않은 것이 사실이다. 그러나 아무리 산 속 오지에 묻혀 있는 학교라도 교육을 시킬 때는 하버드 같은 대학을 가는 것과 다름없는 전인교육, 인성교육을 시키고 있다. 운동도 시키고, 봉사 활동도 강조하고, 여러 가지 클럽에도 활발히 참여하도록 권장하고, 연극, 음악회 등도 참여하도록 한다. 사회성도 강조하고 리더십을 키워 주기 위해서도 애쓴다. 하버드나 예일이 뽑는 숫자 안에 들어가지는 못할지언정 모두다 그들이 지양하는 전인교육, 인성교육을 받고 있는 것이다. 그 안에 들어 있는 한국 유학생들 역시 그 시스템의 덕을 보고 있다고 나는 믿는다. 하버드를 가지는 못한다 해도 하버드가 원하는 교육을 받는 것이다.

작은 시골 여학교의 수미

수미는 시골에 있는 작은 여학교의 12학년 학생이다. 9학년 때 메릴랜드에 있는 학교로 갔었다가 그 학교가 별로 마음에 들지 않아 두 번이나 옮겨 이곳으로 온 지는 1년밖에 되지 않았다. 왜 그렇게 학교를 옮겼느냐는 질문에 처음 올 때는 유학원에서 안내해 준 학교로 왔었는데 여러 가지가 마음에 들지 않아 이곳으로 옮겼다고 했다.

"옮길 때는 네가 혼자서 했니?"

"예."

"어떻게 찾아서 옮겼니?"

"인터넷에 들어가니까 다 할 수 있던데요."

"그래서 지금 이 학교가 마음에 드니?"

“지금껏 이리저리 알아 본 중에는 여기가 가장 마음에 들어요.”

“지금 12학년이면 대학 결정이 됐겠구나. 대학은 어디로 가려고 하니?”

“대학은 일본으로 갈 거예요.”

그것은 뜻밖의 대답이었다.

“아니, 어째서, 왜 일본으로 갈 거냐? 일본말 잘 하니?”

“아니요. 하나도 모르는 셈이에요.”

“그럼 어떻게, 왜 일본으로 가려고 하는데?”

“내가 4년 전 미국으로 올 때 영어 하나도 못하고 왔는데, 그래도 와서 공부 잘 마치고 졸업하게 됐잖아요? 이제는 영어는 걱정 없이 하거든요. 일본에 가서 일본말 역시 영어만큼은 해야겠다 싶어서요.”

“일본대학에서 받아 준대? 일본말 못하는데 그런데 가서 할 수 있겠어?”

“한국서 응시하면 어렵지만 미국서 하니까 하나도 어렵지 않았어요. 또 일본에 있는 인터내셔널 대학으로 가니까 영어만 쓰는 대학이라 걱정 없어요. 저는 가 있는 동안 일본어를 선택해서 공부하려고 해요.”

생각지도 못했던 야무진 대답이었다.

“한국에서 이리로 올 때 영어 때문에 고생했니? 영어공부 좀 해 오지 않았어?”

“저는 안동에서 왔는데 거기서 어떻게 영어공부 제대로 하고 왔겠어요? 학교나 학원에서 영어 가르치기는 했지만 돌이켜 보니까 시간 낭비밖에는 안 됐어요. 그렇게 배운 영어 모두 죽은 영어이고 도움된 건 하나도 없었다고 봐요. 알파벳 정도나 알고 왔다고 봐야 할 것 같아요."

"안동에서 왔어? 나는 유학생은 모두 서울, 특히 강남서 온 줄 알았는데?"

"우리 학교에 있는 학생들 대부분이 지방 학생들이에요. 강남 아이들은 아마 모두 보스톤 쪽으로 갔겠지요."

"그래? 난 그것도 몰랐다. 여기 학생들은 어디서 왔는데?"

"원주서 온 아이도 있고 전주서 온 애, 안양서 온 애 모두 그래요. 여기는 등록금도 싼 편이고 영어 실력도 까다롭게 따지지 않으니까 영어 실력 없는 지방생들이 많은 것 같아요. 돈 많고 영어 잘 배웠으면 저도 또 다른 데 갔을지도 모르지요."

"너는 장래 뭘 하려고 하는데 영어와 일본어를 둘 다 하고 싶어?"

"저는 호텔 경영을 하고 싶거든요. 한국에서 호텔 하려면 영어와 일본어는 필수일 것 같아서요. 중국어까지 하면 더 좋겠지만 다 할 수는 없지 않겠어요?"

수미는 기특하고 당차고 계획과 목표가 뚜렷한 학생이었다. 바로 그때 또 다른 한국 학생이 책을 가슴 가득히 안고 지나가고 있었다.

"하이, 지나!" 수미가 말했다.

"하이, 수미!" 지나는 나와 수미를 번갈아 바라보며 지나갔다. 어떤 한국 엄마가 딸 보러 왔거나, 학교 보러 온 것이리라고 생각하는 듯 했다.

"지나는요, 지금 우리 학교에 온 지 1년도 안되는 9학년인데요, 얼마나 열심히 공부하는지 첫 학기부터 딘스 리스트(우등생)에 올랐어요. 기특해요. 저 애도 영어 때문에 고생인데도 기를 쓰고 공부하거든요. 우리 유학생 5명 중에 세 명이나 딘스 리스트에 들어 있어요."라면서 수미는 나를 안내하여 게시판을 보여 주었다.

"저는 공부는 잘 못해서 여기 들지 못했어요."

"수미야, 우등하면 더 좋겠지만, 우등 못하더라도 나는 네가 생각하는 것이 참 기특하다. 계속 열심히 해."

사관후보생도 김군

　밀리터리 아카데미(사관후보학교)에 온 김군은 서울서 온 9학년
이다. 온 지 1년도 안되어 아직 말없는 한국 학생 티를 하나도 벗지
못한, 미국 냄새가 별로 나지 않는 초년생도였다. 그래도 사관후보
학교 생도답게 대답은 씩씩하게 나왔다.

　"지금 몇 학년이니?"

　"9학년입니다."

　"언제 한국서 왔니?"

　"2002년 1월에 왔습니다."

　"그러면 온 지 몇 달밖에 안되겠구나."

　"그렇습니다."

　"영어 때문에 힘들고, 집 생각 많이 나고 어머니도 보고 싶겠구나."

"참을 만합니다. 그래도 이번 시험에 90점 넘게 받았습니다."

"기특하구나. 수고 많았다. 그렇게 해야지. 잘했어. 장하다."

"고맙습니다."

"여기에 한국 학생은 얼마나 되니?"

"우리 학년엔 저 빼고 셋입니다. 다른 학년은 있기는 있지만 정확한 숫자는 모릅니다."

"다른 한국 학생들하고도 잘 지내지?"

"예. 그래도 선생님들께서 될 수 있으면 영어 많이 하라고 얼마간은 한국 학생들보다는 영어 하는 학생과 가까이 지내라고 권하셔서 그렇게 하고 있습니다."

"그것도 좋은 생각이야. 우선 영어가 급하니까."

"알겠습니다."

초년생도 김군이 한국에서 자랄 땐 어찌 자랐을까 생각해 보았다. 모르긴 하지만 다른 어떤 학생이나 마찬가지로 공부만 한다면 온 식구가 황송해서 쉬쉬하고 설거지는커녕 자신의 방 청소도 아마 몇 번 해본 기억이 없을지도 모른다. 요즈음은 모두가 왕자님, 공주님이 아닌가! 그래도 여기선 누구나 똑같이 일어나면 자신의 방부터 정리하고 깔끔히 치운 후에야 하루가 시작되고 "얘야, 감기 들라, 이것 먹어 봐라, 저것 마셔라."하는 어머니도 계시지 않는다. 그래도 이렇게 건강히 잘 자라고 있다. 어떤 때는 자식의 진정한 성장은 부모를 떠나서야 생기는 것인지도 모른다. 군대 다녀와야 철난다는 말이 있듯이.

밀리터리 아카데미의 생도 김군과 함께

　나는 가는 학교마다 그곳 선생님들에게 한국 유학생들에 대하여 의견을 묻곤 했는데 이들은 워낙 나쁜 소리는 하지 않는 문화가 되어서 그런지는 몰라도 처음부터 끝까지 "모두 공부 열심히 하고, 선생님 말씀 잘 듣고 잘 적응하고 있다."는 칭찬들만 하지 부정적인 반응은 거의 없었다. 이 사관후보학교에 갔을 때도 "혹시 그 동안 도무지 적응이 되지 않아 돌려보내야 했거나 퇴학시켜야 했던 학생은 없었느냐?"고 물었더니 다음과 같은 대답을 해 주었다.

　"지난 십여 년 동안 한국 학생 많이 받아서 졸업시켰습니다. 그 중 딱 두 명만은 우리가 돌려보내야 했습니다. 한 학생은 10년도 더 전인 듯 한데, 추천은 아주 좋게 받았지만 일단 학생을 받고 보니 좀 모자라는 학생이었던 것 같습니다. 우리는 지저분하거나 느리거나 하는 학생은 훈련시킬 수 있어도 머리는 어느 정도 있어서 교과과정을 따라 갈 수는 있어야 하는데 그렇지 못하면 할 수가 없습니다. 대부분의 한국 학생들은 영리한 편인데 이 학생은 도무지 아니었습니다. 그래서 결국 돌려보내야 했습니다.

또 한 학생은 8학년이었는데, 데리고 온 어머니가 '우리 아이는 바이올린을 쭉 해 왔는데 여기 있는 동안도 바이올린 레슨을 좀 받게 해 주셨으면 좋겠습니다.' 라는 것이었습니다. '아, 그건 걱정 마십시오. 이곳 대학에서 은퇴하신 바이올린 교수를 모셔다 레슨 받게 해 드리겠습니다.' 했지요. 그리고 교수님 모셔다 레슨을 부탁했지요. 첫 레슨 후에 그 교수님이 제게 물었습니다.

'당신은 저 학생이 어떤 학생인지 모릅니까?'

'왜 그러십니까?' 했지요.

'저 애는 바이올린에 관한 한은 나보다 더 잘합니다. 내가 가르칠 것이 없습니다. 저 애를 여기서 붙잡고 있을 것이 아니라 바이올린을 계속 하도록 해 주어야 합니다.' 라고 하시더군요. 아이가 아주 영리하고 똑똑해서 우리가 데리고 있고 싶었지만 어쩌겠습니까? 아이의 장래를 위해선 아이에게 더 적당한 곳으로 보내야지요. 결국 그 애는 바이올린 교수가 이리저리 수소문해서 지금 듀크 대학에 가 있습니다. 그렇게 우리는 두 명을 돌려보냈지요."

일본 여학생 제리

케네디 대통령이 다녔기 때문에 유명해진 쵸트를 졸업하고 이번에 에모리 대학에 진학하게 된 제리라는 일본 여학생을 만났다. 일본 여학생이 갑자기 왜 나오나 의아할는지 모르지만 이 제리를 통해서 일본의 시스템과 우리를 비교하고 배울 수 있는 기회가 되었기 때문에 이 자리에 더하고 싶다.

제리는 일본에서 인터내셔널 스쿨을 8학년까지 다니고 9학년 때 쵸트로 옮겼다고 한다.

"왜 일본서 끝까지 다니지 않고 8학년까지만 다녔니?"

"제가 다녔던 학교는 8학년까지밖에 없어서 8학년 후에는 학교를 어차피 옮겨야 하는데 우리 아버지는 내가 미국 가서 공부하길 원하셨어요."

“그건 왜? 아버지는 무슨 일 하시는데?”

“아버지는 사업하시는데 외국과 사업하시다 보니까 아무래도 앞으로는 영어도 영어지만 미국 문화를 제대로 아는 것이 좋겠다고 생각하신 것 같아요. 영어는 어려서부터 인터내셔널 스쿨에서도 했거든요.”

“그럼 거기선 모든 공부를 다 영어로 하니?”

“네. 일어 과목만 빼고는 전부 영어로 미국 선생님들이 가르치세요.”

“일어는 얼마나 배워야 하는데?”

“하루에 한 시간씩요. 일본 학생은 필수예요.”

“학생 수는? 외국인 학생도 많니?”

초트를 졸업한 일본 학생 제리와 함께

“아마 한 60%가 일본 학생이고 40% 정도가 외국인일 거예요. 교과도 모두 미국 책으로 해요. 일어만 빼고는요. 물론 영어로 하지요.”

“그럼 넌 쵸트로 올 때 영어 걱정은 안 해도 됐겠구나.”

“예. 전부 미국 선생님들이 가르쳤기 때문에 그냥 같은 학교로 가는 느낌이었어요. 등록금도 일본 학교나 쵸트나 아마 비슷했던가 봐요. 부모님 말씀에 의하면 둘 다 똑같이 비싸다니까요.”

“인터내셔널 스쿨은 일본 재단이니 외국 재단이니?”

“인터내셔널 스쿨은 순전히 일본 재단이지만 아메리칸 스쿨은 완전 미국 재단인 걸로 알고 있어요.”

“그런 학교가 몇이나 돼?”

“많아요. 아메리칸 스쿨은 모르지만 인터내셔널 스쿨은 동경에 내가 아는 것만도 열은 될 걸요.”

“그러면 그 학생들은 모두 영어 걱정은 안 해도 되겠구나.”

“그런 셈이지요. 그런데 내가 쵸트에 와서 아주 놀란 게 있는데 뭔지 아세요?”

“뭔데?”

“쵸트에 일본 유학생은 모두 더해 봐야 다섯이나 여섯밖에 안 되는데 한국 유학생은 엄청 많아요. 아마 60명에서 100명은 되는 것 같아요. 그렇게 많은 한국 학생들이 쵸트에 있을 줄은 정말 몰랐어요. 저는 김치와 냉면을 좋아하거든요. 한국 친구들 덕분에 김치나 냉면은 아주 많이 먹을 수 있었어요. 같이 몰려다니면서 먹었지요.”

제리가 말하는 인터내셔널 스쿨 같은 것이 우리나라에도 많이 생긴다면 우리의 학생들에게 얼마나 도움이 되고 좋을까 하는 생각을 떨칠 수가 없었다.

부모가 안 계셔도 일등생인 밀리

밀리는 키가 훤칠하게 크고, 여러 가지 스포츠를 즐기고 활달한 12학년 여학생이다. 8학년 때 이 학교로 왔고, 그 전에는 2년간 캘리포니아의 아는 집에서 학교를 다녔었다고 한다.

"그럼 통틀어 7년이나 미국에서 학교를 다닌 셈이구나. 그럼 영어도 걱정 없고 공부도 잘 하고 있겠네?"

"물론이에요. 처음엔 엉겼지만 지금은 평균 성적이 4.0인 걸요. 어쩌면 저도 언니처럼 졸업식 때 고별사 하게 될지 몰라요. 언니도 4.0 했고 고별사 했거든요."

"그래! 정말 잘했구나. 기특하다. 부모님이 얼마나 좋아하셨겠니!"

"어머닌 4년 전에 돌아가시고 아버진 재혼하신 후 연락 없으세요.”

이건 천만 뜻밖의 소리였다. 적어도 유학 가는 학생들은 부자는 아니더라도 어느 정도 자리는 잡히고 양친 부모가 다 계셔서 밀어 주어야 가능하다고만 생각했던 때문이었다.

“그러면 등록금은 어떻게 대고 있니?” 하고 물어 볼 수밖에 없었다.

“외할머니께서 보내 주세요.”

“다행이구나. 외할머니가 돈이 있으셔서 네 등록금 대 주실 수 있으시니. 아니었더라면 어쩔 뻔했니!”

“예. 정말이에요. 외할머니께서 제 졸업식 때 오시겠다고 해서 기다리고 있어요.”

“그래? 잘 됐다. 외할머닌 서울 사시니?” 나는 혹시 강남에 유명한 압구정동 같은 곳에 아파트 갖고 계실 정도라면 가능하리라 싶어서 물었다.

“아니요, 우리는 대구서 살았어요. 외할머니는 대구 계세요.”

“그래? 아무튼 참 다행이다. 대구서 왔다면 영어 별로 배우지도 못하고 왔을 텐데 고생 안 했어?”

“왜요! 영어도 영어지만 저는 음식 때문에 무척 고생했어요. 미국으로 올 때까지 한국 음식, 그것도 경상도 음식만 먹었었지 양식이라곤 치즈 한 쪽 먹어 본 적이 없었거든요. 처음 석 달은 음식 때문에 아주 고생했어요. 지금은 아무거나 잘 먹어요. 영어 역시 마찬가지였어요. 6개월 정도 지나서야 듣고 말할 줄 알게 되었어요. 1년 후부턴 교실에서 선생님 이야기가 들리기 시작하고 2년 지나니까 영어가 시원한 바람처럼 느껴져요."

"다른 한국 학생들도 다 너처럼 잘 하고 있니?"

"여기에 한국 학생이 열 명 정도인데 온 지 얼마 안 되는 저학년 학생들은 어려워하지만 고학년이 될수록 성적이 좋아져서 9나 10 학년쯤 되면 모두 3.5가 넘어요."

"언니는 지금 어디서 뭐 하고 있니?"

"언니는 버지니아 대학에 진학해서 의예과하고 있어요. 저는 조지아 대학에 가서 화학 전공하고 환경공학하고 싶어요."

"미국에서 공부하는 게 좋니, 한국에서 공부하는 게 좋니?"

"그걸 말이라고 하세요? 한국에 있는 사촌들이나 친구들에게 미안하고 안된 마음 참 많아요. 학교에서 학원으로, 학원에서 학교로 뺑뺑 쉴 틈 없이 돌지만 그렇게 열심히 해도 영어 한마디 할 줄도 들을 줄도 모르는 죽은 공부만 하고 있더라고요. 그런데 저는 열심히 공부도 하지만 운동도 열심히 하고, 밴드에서 클라리넷도 불고, 어린 학생들 가르치기도 하고, 클럽 활동도 하고 있잖아요."

"장하다. 기특하다. 어머니가 살아 계셨다면 얼마나 좋아하셨겠니!"

"그건 그래요. 할머니께 나 수마 쿰라디(최고 점수)했어요! 해도 못 알아들으시거든요."

사실 못 알아들으시는 것 탓할 일도 아니다. 만약 할머니가 등록금을 대지 못할 형편이어서 밀리가 한국으로 돌아가야만 했더라면 지금 버지니아 대학에서 의예과 다니고 있는 언니나 밀리나 다 한국으로 나갔어야 할는지 모르고, 요즈음 한국에서 어머니의 도움

없이 버지니아 대학 같은 대학을 무슨 재주로 갈 수 있었겠는가!
참으로 외할머니께서 도와주실 수 있었던 것이 이 두 자매를 위해
선 생명줄이나 마찬가지였을지도 모른다.

"환경공학하고는 뭘 할거냐?"

"우리 환경 개선하는 일을 하고 싶은데, 자세히는 아직 잘 모르
겠어요."

"미국서 일할 거야, 한국에 갈 거야?"

"그것도 몰라요. 어디서 하든 무슨 상관 있겠어요? 어차피 환경
은 지구를 살리는 일인데….'"

"그래. 네 말도 맞다."

스페인어 교사를 꿈꾸고 있는 루씨

8학년 때 와서 지금 졸업 학년인 12학년에 있는 루씨는 처음 올 때는 1년간 영어 연수하려고 왔노라고 했다.

"1년이 지나고 나니까 남동생은 원하던 대로 영어가 늘었다고 한국으로 돌아갔는데, 저는 돌아가기가 너무 싫었어요. 남동생은 한국 학교에 저보다는 훨씬 적응을 잘하는 편이에요. 저는 매를 때리는 선생님도 끔찍스러웠고 모욕 주듯 야단치는 선생님을 쳐다볼 수가 없었거든요. 내가 하도 안가겠다고 떼를 쓰니까 어머니가 동생만 데리고 가시고 저는 여기 그냥 두셨어요."

"엄마하고 동생 따라 가지 않은 것, 후회 안 해?"

"아니요. 동생은 한국이 동생 성격에 맞는 모양인데 저는 그렇지 않아요. 수능시험 봐서 순서대로 물건처럼 번호 붙여 대학가는 것도 참을 수가 없었어요. 아마 저는 동생보다 참을성이 없어서 그런지도 몰라요. 1년 끝나고 나서 돌아가 수능시험 공부할 생각하니까 숨이 막힐 것 같았어요. 아마 내가 겁이 났던 건지도 모르지요. 여기 선생님은 때리거나 야단치기는커녕 내가 아무리 잘못해도 다독거려 주시고 잘 말씀해 주시거든요."

"처음에 혼자 떨어져서 외롭고 집 생각, 엄마 생각나서 많이 울지 않았니?"

"처음 석 달은 참 힘들었어요. 석 달이 되면서 친구들 사귀기 시작하니까 훨씬 수월해지고 지금은 집 생각 거의 안 해요. 여기 와서 공부할 수 있어 참 다행이고 부모님께 고맙다는 생각은 많이 해요. 친구들만 사귀면 외로움은 없어져요. 전 그게 유학 생활에서 아주 중요한 것 같아요."

"대학가서는 뭘 공부하고 싶어?"

"저는 어학에 취미가 있어요. 영어도 재미있지만 스페인어도 이제는 제법 잘하거든요. 대학에 가서는 스페인어를 전공해서 한국에 돌아가 스페인어와 영어를 가르쳤으면 좋겠어요. 우리나라에는 제대로 가르칠 수 있는 영어 선생이나 스페인어 선생이 얼마든지 필요하지 않아요?"

모두 옳고 바른 소리이다.

국제 변호사가 되겠다는 한수

로렌스빌은 명문 사립고 중의 하나이다. 그곳으로 가기로 결정한 한수는 중학교 2학년을 마치고 이번 가을 학기에 9학년으로 가게 될 남학생이다. 한수는 발빠르고 잽싼 아이는 아니지만 생각은 깊고 독서를 아주 즐기는 편이다. 한수가 응시했던 보딩 스쿨은 몇 군데 더 있었지만 한수 어머니는 다른 학교보다는 로렌스빌을 골랐다. 그 이유가 여러 가지인데 그 중에서도 이곳에는 한국 유학생이 훨씬 적다는 점이었다.

"우리 한수는 책읽기를 즐기고 생각하기는 좋아하지만 주입식 교육을 너무 싫어해서요. 유학을 가서도 한국 학생들이 많은 틈에 끼면 외우는 데 선수가 된 한국 아이들에 비하여 또 처지고 기죽게 될까 봐 걱정이었거든요. 우리나라 아이들이 시험 보는 덴 귀신들인데 한수는 그렇지 못한 편이지요. 이 아이는 외우는 데 재주가 없어서 그런지 외워야 한다면 죽어라고 도망치는 아이예요. 책은 많이 읽은 덕분에 글쓰는 것이나 자기 표현은 조리 있게 잘하는 편이지만 외워서 보는 시험은 돌아서는 걸 어쩌겠어요. 사춘기가 되어서 그런지 어떻게 달래 볼 재주가 없었어요. 사촌들이 미국에 있으니까 자주 왕래가 있었는데 미국 학교 가보고는 한국서 학교 안 가겠다고, 자기도 사촌들같이 미국서 다니겠다고 얼마나 떼를 썼는지 몰라요. 결국 우리가 손을 들었지요."

내가 처음 한국에 돌아왔을 때, 얼마간 한수를 가르쳤었는데 그때도 한수는 영어 단어 외우기를 싫어했었다. 그래서 나도 한수한테 "맞아. 단어 외우지 마라. 그 대신 책 많이 읽으면 절로 단어는 알게 돼."했던 기억이 있다. 사실 단어는 책만 많이 읽으면 따로 외울 필요가 없다. 교육학을 하고 영어 가르치는 사람들도 단어는 따로 외우지 않고 책을 읽어 알게 되는 것을 권장한다.

"한수야. 너 로렌스빌 됐다며? 축하해. 그래 좋으니?"

"가 봐야 알겠죠. 그래도 여기 학교보다는 낫지 않겠어요?"

"어떤 것이 맘에 드는데?"

"거기 가 보셨어요?"

"응."

"그러면서 왜 물으세요?"

"네 생각은 어떤가 해서."

"우리 중학교 어떤지 아시지요? 상자처럼 지은 3층 짜리 빨간 벽돌집 하나, 그리고 흙먼지 나는 운동장, 그 외에 뭐가 있어요? 로렌스빌은 보셨잖아요? 왜, 그 애들만 그런 데서 공부하고 나는 이런 데서 해야 해요? 난 그건 너무 억울하다고 생각해요. 두 번 사는 것도 아니고 일생 한 번 사는 건데 말예요."

"학교가 그렇게 네 마음에 들던?"

"선생님은 마음에 안 드셨어요? 저희 아버지는 공대 교수님이신데요, 아버지 대학교의 연구 실험실이 고등학교인 로렌스빌의 실험실보다도 못해 보였어요. 아인슈타인 같은 천재는 연필하고 종이만 있어도 되겠지만, 저 같은 보통 사람은 설비라도 좋아야 무슨 실험이니 연구니 할 수 있지 않은가요? 내 사촌들은 그런 데서 공부하는데 나는 왜 안돼요? 한국에 태어나서 안 된다면 그건 너무 약오르지 않아요?"

"우리나라가 가난하니까 그렇지 우리도 차차 나아지겠지. 안 그럴까?"

"가난하긴 왜 가난해요? 먹고 입고 사는 건 미국에 있는 사촌들보다 우리가 더 잘살아요. 사촌들은 오히려 우리만큼 잘살지 않아요. 우리나라는 차가 길을 메울 만큼 많지 않아요? 거기는 그 정도는 아니던데요. 그래도 학교는 너무 잘돼 있었어요."

"너도 아버지처럼 공대 갈거니?"

"아직은 잘 몰라요. 미국은 대학에 가서 무얼 공부할지 정한다면서요? 그건 다행이지요. 전 아직은 모르겠거든요."

"토플은 몇 점이나 받았니?"

"겨우 600점 받았어요. 그래서 좋은 학교 못 가는 줄 알았어요."

"8학년에 600점이면 아주 잘했는데 뭘 그래."

“내 친구들 중에는 600점 넘는 애 많아요. 그래도 안된 애들도 있어요.”

“넌 로렌스빌 졸업하고는 뭘 하고 싶어?”

“사실은요, 이건 엄마에겐 아직 비밀인데요. 엄마한테 말하지 마세요. 나는 국제 변호사가 되고 싶어요.”

“근데 왜 엄마한텐 말하지 말래?”

“왜냐면 내가 공부를 잘해야 될 테니까 그것 먼저 해보고 되면 말하려구요. 로렌스빌 가서 공부 못하면 안될 것 같아서요.”

“요새는 국제 변호사 되겠다는 애들이 많던데, 너는 왜 국제 변호사야?”

“우리나라가 밤낮 다른 나라와 붙으면 지기만 하는 것 같아서요. 국제 변호사가 많아야 우리나라 보호할 수 있지 않겠어요?”

수미나 밀리처럼 한수도 앞으로 잘해내고도 남을 것 같다. 영어가 부족한 채로 왔던 수미나 밀리에 비해 영어까지 준비한 한수는 어쩌면 좀더 적응이 쉬울지도 모르고 적응 기간이 짧을지도 모르겠다. 어쨌거나 우리의 자녀들이 모두 이렇게 기특하게 잘하고 있으니 어른으로서 고맙기도 하고, 안쓰럽기도 하고, 밝은 장래가 보여 대견하고 기쁘기도 하다. 희망 차고 보람 찬 앞날을 기대해 본다.

과학고보다 못한 서울대 실험실?

나는 여러 해를 워싱턴 DC의 교외 맥클린이라는 곳에서 살았다. 80년대 이후부터 한국에서 몰려오는 조기 유학생들을 보았는데 많은 경우 자기들끼리 어울려 돌아다니며 말썽을 일으키고 이런저런 사고도 치고 하여 문제가 되는 것을 종종 보았다. 어떻게 저 애들 부모들은 사춘기 자녀들을 저렇게 몰려다니게 놔두고 있을까 걱정했던 적이 한 두 번이 아니다.

전편 《서울대보다 하버드를 겨냥하라》에서 나는 자녀들의 제대로 된 전인교육을 위해서는, 또 21세기를 향한 우리나라의 장래를 생각해서도 유학은 필요하다고 했다. 가장 좋은 방법은 미국의 대학으로 가는 것이고, 그것이 쉽지 않은 경우 조기 유학을 하여 더 좋은 대학으로 향하는 것도 좋다고 했다. 그러기 위해서는 보딩 스쿨을 추천했었다. 이왕 내가 떠든 소리인 만큼 보딩 스쿨에 가 있는 한국 유학생들의 실제, 그 성패를 내 눈으로 직접 보고 와야겠다 싶어 돌아 본 결과로는 열이면 열이 모두 성공적으로 유학을 하고 있었고 실패한 케이스는 하나도 보질 못했다는 것이다. 이 자랑스러운 한국의 청소년들은 너무 기특하게, 장하게 잘들 해내고 있었다. 걱정되는 우리 교육의 장래가 이렇게라도 희망이 있는 것이 아닌가 싶은 심정이었다.

미국으로 나와 있는 한국의 유학생이 모두 15만 명이라고 TV뉴스에서 여러 번 들었다. 신빙성이 있는 숫자이리라고 믿는다. 이렇게 많은 숫자를 눈감고 아옹 해서 될 일은 아니라고 본다. 교육인적자원부의 적극적인 대처가 시급히 필요하다고 생각한다.

얼마 전(2002. 3. 24.) KBS특별 취재로 아이비로 간 우리 유학생들의 이야기가 한 시간 동안 방영되었다. 내가 지난 1년간 떠들어대었던 이야기를 일목요연하게 잘 만들어서 보여 주니 내 속이 다 후련했다. 우리의 영재, 수재들이 아이비로 향하는 가장 큰 이유는 자신들이 원하는 공부를 우리나라에서는 할 수가 없다는 것이었다. 그때 하버드 대학에서 인문대학장을 오래 했던 유명한 로소브스키 교수는 이런 내용의 이야기를 했다.

"코리아는 눈부시게 발전하고 있고 성장하여 왔는데 비해 서울대를 포함한 한국 대학의 연구실이나 실험실들의 열악한 사정을 보고 놀라움을 금치 않을 수가 없었다."는 것이었다.

우리는 걸핏하면 21세기로의 도약, 평균 소득 3만 달러 시대를 바라고 뛰고 있다고 떠들고 있다. 나는 우리의 교육이 뒷받침해 주지 않는다면 모든 것이 꿈으로 끝나리라고 본다. 우리의 대학이 이렇게 열악한데 어떻게 첨단 사업을 일구어 갈 수 있다는 말인가? 한동안 서울대학의 공대가 형편없이 폭락하고 있다고 떠들어댔었다. 서울대학이 그렇다면 다른 대학은 오죽하겠는가?

유명 일간지에 '과학고보다 못한 서울대 실험실에 실망' 한 학생이 서울의대에 입학했으나 마음을 바꾸어 MIT로 가기로 했다는 기사가 실렸다. 이군은 서울과학고 다니는 동안 국제 수학 올림피아드에서 연속으로 은·금메달을 딴 수학 영재였다. 수학 전공하고 싶었으나 수학하여 어떻게 살겠느냐고 장래 걱정하는 부모나 친인척 때문에 의대를 지망하게 되었다고 한다.

"대학에 들어와 보니 수능점수 380점 맞고 들어 온 아이나 국제 경시대회 입상자나 배우는 게 똑 같아요. 과학고 출신들이 1~2학년 때는 공부 안 해도 성적이 잘 나오지만 결국 졸업할 때는 다들 비슷한 수준이 돼 버립니다." 하는 고민을 털어 놓았다.

"MIT에서는 1학년 기초실험 수업에 학생 13명, 교수 1명, 조교 3명이 함께 수업한다고 합니다. 그런데 서울대 일반 화학실험 수업의 경우는 한 반에 학생이 40명인데 교수는 없고 조교가 전담하는 때도 있습니다. 대학에서 방치된다는 느낌이 들었습니다. 재능있는 학생들도 막상 졸업할 때는 다들 고만고만하게 평준화돼 나간다는 주변 이야기에 어떻게 진로를 설정할지 몰라 심각하게 고민했습니다."

우리의 똑똑한 영재들이, 21세기의 지도자가 되어야 할 학생들이 모두 붕어빵으로 찍혀져 나오게 되는 것을 이군 역시 두려워하고 있었다.

　머리 좋고 열심히 공부하는 우리의 영재, 수재들을 그냥 썩혀 버릴 수는 없지 않은가! 힘들고 고생스러워도 가겠다는 아이들이 나는 기특하게만 여겨진다. 평준화다, 위화감이다 하며 다 같이 추락해서는 안될 일이다. 세계 대회에 나가서 금상, 은상을 받고 돌아온 우리의 중고교생들은 국내 어느 대학을 가서 공부하라는 말인가? 그 학생들이 서울대를 갔다면 어떤 장래가 기대되는가? 하버드나 MIT를 가서 노벨상 받은 교수들과 같이 공부하고 배우는 것을 어떻게 장려하지 않을 수 있겠는가? 국제 수학 올림피아드에 나가 금상, 은상 받은 학생보고 고등학교보다 못한 실험실 갖춘 대학에 가서 공부하라면 답답한 노릇 아니겠는가?

　IMF 때 아버지의 직업이 없어진 학생은 아이비로 가서 예일 법대를 나와 인수 합병 관계의 분야에서 일하고 싶다고 했다. IMF 때 보니까 우리나라에는 국제 수준급의 변호사가 없어서 우리 기업이 외국 기업과 인수 합병하기만 하면 늘 열세에 몰려 국가적인 손해만 보고 있음을 보고 자기는 그쪽 방향으로 가겠노라는 것이었다. 이 학생이 우리나라 어떤 법대에 가서 그런 자질을 키울 수 있다고 생각하는가? 이런 학생들을 일찌감치 많이 유학 보내어 이 학생 말처럼 유능한 국제 변호사가 여럿 배출돼 있었다면 IMF 때 우리가 얼마나 큰 도움을 받을 수 있었고, 또 든든했겠는가? 우리는 그때 멀뚱히 눈뜨고 외국 회사들이 이리 후려쳐 깎고, 저리 후려쳐 내릴 때마다 밀리고 끌리기만 하질 않았던가?

　아이비 대학에 가려는 학생들 프로그램에서 이야기하는 학생들

전부가 동의하는 바는 "어차피 21세기는 국제화이고 지구화이지 국가의 개념은 적어질 것이다. 세계인으로 살아야 할 때이다."라는 점이었다. 이 어린 후배들의 이야기를 귀담아 들어야 한다. 때를 놓쳐서는 안 된다. 기회는 늘 있는 것이 아니고 자주 있는 것도 아니다. 교육도 그렇다. 우리의 후배들을 제대로 키워야 한다.

일찍부터 차근차근, 엄마도 함께

영어공부는 왜 필요한가?

비행기 안에서 옆에 앉은 청년이 유학생인가 싶어 물었더니 자신은 삼성전자에서 일하고 있고 직원으로 4일간의 출장을 마치고 귀국하는 길이라고 했다.

"지난 얼마 동안 취직하기 어려워 야단들 했는데 삼성전자에서 일한다니 참 다행이네요. 취직하기 힘들지 않았어요?"

"사실 저는 공대를 나오긴 했지만 서울 공대 같은 간판은 아니거든요. 그래서 졸업 후에 안되겠다 싶어서 2년간 워싱턴으로 영어 공부하러 갔다 왔어요. 그게 입사에 큰 도움이 되었던 것 같아요. 막상 취직하고 보니까 토플 점수들은 높아도 저만큼 영어 하는 사람도 없더군요. 나는 실제 생활 영어를 습득하고 온 것이고 토익이나 토플은 시험 영어이다 보니까 회사에서 볼 때는 내가 더 쓸모 있다고 보는 모양이에요. 그러니까 미국에 출장 갈 일이 생기면 주로 내가 가게 되는 거지요.”

“그러면 토플이나 토익 같은 것은 입사할 때 어떻게 하셨어요?”

“인터뷰 때 내 영어 실력을 보고는 토익 점수는 묻지도 않았는데, 저는 사실 그게 얼마나 다행인지 몰라요. 저 보고 시험 보라면 아마 지금도 점수는 잘 나올 것 같지 않거든요. 또 내가 2년간 영어 연수했다고 해도 고등학교나 대학 시절에 한 것이 아니고 대학 졸업하고 나서 했기 때문에 영어 실력이 그리 훌륭한 것은 아닙니다. 아직도 미비한 점이 많지요. 그래도 그나마도 다른 사람보다는 나으니까 어쩌겠습니까? 이래저래 저는 우리 회사에서 아주 영어 잘하는, 영어라면 끝내 주는 줄 알고들 있는데 그것이 부담이 되기도 합니다. 왜냐면 외국인과 대화하다 보면 내가 얼마나 부족한가를 나 자신이 너무나 잘 알고 느끼기 때문이지요.”

이 청년의 말이 100% 이해가 간다. 나와 대화하는 동안에도 나는 이 청년이 분명히 이 정도면 알리라고 쓴 단어도 설명을 해 주어야 하는 것이 더러 있었기 때문이기도 하지만 또 하나는 영어와 문화를 다 배우기에는 사실 너무나 짧은 시간이었기 때문이기도 하다. 한국에서 영어를 잘 깨우치고 미국에 가서 2년간 더 공부했다면 그것은 다른 이야기이다. 영어를 이해하니까 그들의 문화, 습관, 사회생활, 그들의 상거래에 귀를 기울이고 배우고 느끼고 이해할 여유가 생긴다. 그러나 영어 배우기에도 바쁘면 그런 것은 모두 뒷전으로 밀려나게 마련이다.

“그나마도 저밖에 없으니 제가 일을 많이 하는 셈이지요. 저는 주로 클레임(손해 배상) 쪽을 맡아서 일하고 있어요. 좀 미안하고 안된 것은 우리 회사에 오래 있었던 40대, 50대 선배님들이 모두 영어 때문에 불안해서 전전긍긍하는 모습이에요. 나이가 그쯤 되면 영어 배우는 것이 더 어렵지 않습니까? 저도 조금만 더 일찍 깨닫고 시도했었더라면 하는 아쉬움이 크거든요.”

이렇게 우리나라가 세계를 상대로 장사하고, 무역하고, 상거래하려면 이제는 영어는 정말 필수이다. 이 청년은 그 한 예일 뿐이다. 되풀이하면 잔소리이다. 국가가 발벗고 나서서 외국인 선생들 데려다가 대대적으로 교육을 시켜도 될까 말까 한 때에 우리는 위화감, 평준화 찾고 있으니 숨통 터질 노릇이다. 그렇다고 정부 탓, 교육인적자원부 탓만 하고 앉아 있으면 우리의 자식들의 귀한 시간만 놓치고 아까운 세월만 간다. 많은 학생들이나 어머니들이 영어에 엄청난 시간과 돈과 노력, 에너지를 쏟아 붓고 있는데 많은 경우 헛수고하고 있구나 싶을 때가 많다. 요즈음은 TV, 테이프, 인터넷 등으로 얼마든지 본토 영어를 한국에서도 배울 수 있으니까 내가 10대를 보냈던 60년대와는 비교도 안되게 좋은 여건 하에 있다. 그런 여건 하에서도 굳이 죽어서 파묻었어야 마땅한 옛날식 영어를 왜 아직껏 고집하고 있는지 답답할 때도 많지만 잘만 하면 요새 세상에 필요한 영어를 얼마든지 취득할 수 있으니 귀기울여 주었으면 좋겠다.

영어는 어머니와 자녀의 공동 과제이다

나는 초등학교(당시는 국민학교라고 불렀지만) 때부터 미국에 유학 가고 싶다는 생각을 막연하게나마 늘 갖고 있었다. 아마 6.25 후 우리나라에 들어온 미국의 영향력 때문이었을지도 모르겠다. 중학교에 들어가 알파벳 배울 때 유학 가려면 영어를 잘해야겠다는 생각이 항상 있어서 학교 영어는 열심히 했지만 그것이 충분치는 않을 것 같았다. 그래서 나는 틈만 있으면 미국 사람이나 영국 사람 같은 영어 하는 사람을 찾아 다녔다. 우리 교회에 해리스라는 선교사가 영어 성경을 가르치니까 거기도 쫓아가고, 또 성경 공부가 끝나면 그녀를 따라 집까지 바래다주기도 하고, 그녀가 들어와 차 한 잔 하고 가라면 좋다고 따라 들어가 차 얻어 마시며 영어로 떠들어 보곤 했다. 또 연세대에서 가르치는 미국인 교수를 우리 교회에서 초대해 이야기를 들은 적이 있는데, 그분이 우리 집에서 그리 멀지 않은 곳에 사시는 것을 알고는 잘 됐다 싶었다. 어머니께 도너츠를 만들어 달라고 해서 그 도너츠를 싸 들고 그 집에 찾아갔다. 사실 나는 영어로 말할 기회가 그리워서 도너츠 싸 들고 찾아간 것이지만, 그래서 왔다고 하기는 싫어서 "지난 주 우리 교회에 와서 이야기하셨는데 그게 참 마음에 들어 당신 이야기가 더 듣고 싶어서 왔다. 이건 우리 어머니가 만들어 주신 도너츠인데 들어보시라."고 인사하는 것으로 친분을 열었다.

그분은 반가워하며 들어오라고 해서 이런저런 이야기를 하는데 내가 알아들을 수 있는 말은 정말 얼마 되지 않았지만 나는 열심히 들어보려고 노력하고, 또 이야기해 보고 대답해 보느라고 애썼다. 영어 좀 배웠으면 좋겠는데 잠깐씩이라도 할 수 있겠느냐고 했더니, 일주일에 한 시간씩 내 주셨다. 그것이 내게는 큰 도움이 되었다. 학교에서 가르치는 영문법이나 독해와는 달리 산 영어를 접할 수 있는 기회가 되었기 때문이었다. 영어를 배우면서도 돈 한푼 낼 능력이 없는 처지였지만, 그래도 러트 여사는 마다 않고 계속 가르쳐 주셨고, 그러면서 친분이 생겨 가까워지게 되었다. 그 분이 원주로 내려간 후에는 방학 때 원주에 있는 그 분 댁에 가서 그 집에서 먹고 자고 같이 살면서 영어를 할 기회를 누렸다. 정말 기막힌 기회였다. 왜냐면 영어를 배울 뿐만 아니라 그들의 생활을 보고, 알고, 느끼게 되었기 때문이다. 그 당시로서는 미군 부대에서 일하는 하우스 보이 말고는 경험하기 어려웠던 살아 있는 생활 영어를 경험할 수 있었던 것이다.

나는 지금도 미국 가면 그들을 찾아보려고 노력하고, 전화나 e-메일은 자주 하는데 가끔 그때 그 시절 이야기를 하고 웃곤 한다. 호랑이 담배 피던 시절이다. 그러나 이 분들 덕분에 나는 귀가 어느 정도 뚫리고 입도 어느 정도 터진 상태로 미국에 갈 수 있었다. 그때에 비하면 지금은 하늘과 땅 차이다. 내가 마음만 먹으면 못할 것이 하나도 없다. 또 내가 경험한 것처럼 그렇게 황당하게 영어공부를 하지 않아도 된다. 그러나 영어를 하겠다는 약속, 각오, 욕심은 있어야 하고 계속 끈기 있게 지켜야 한다. 또 이 각오는 특히 초등학생의 경우는 어머니에게도 분명하게 있어야 한다. 어머니도 영어에 투자를 해야 한다는 뜻이다. 왜냐면 어린아이의 영어는 어머니와 자식의 공동 과제이기 때문이다.

어머니들은 "이 나이에 내가 무슨 영어를 어떻게 하겠어요? 또 한다 한들 내 발음 듣고 우리 아이가 따라 하면 어떡해요? 안될 노릇이지요." 할지 모른다. 그러나 대한민국의 모든 어머니들이 다 서울 강남의 압구정동에 살면서 여유들이 많고 시간이 많아 외국인 선생 모셔다 제대로 영어 할 수 있게 되어 있지는 않다. 근처에 좋은 학원이 있어서 보낼 수 있으면 그것도 좋다. 아무리 그렇다 해도 어머니가 자식 가르치는 것만큼 도움이 되지는 않는다. 그렇다고 초등학교 학생 앉혀 놓고 "알파벳 따라 해 봐."라는 식의 영어를 하라는 말은 아니다. 아이와 함께 보고, 듣고, 배우고 하면서 아이의 지식이 느는 것과 동시에 부모의 영어 지식도 늘려 가라는 뜻이다. 이렇게 늘려 놓은 어머니의 영어 지식은 아이가 자라서 유학 가기 위해 원서 내고 할 때가 되면 정말로 유용하게 된다. 그 점은 차차 설명하겠지만 첫째로 부모 특히 어머니가 염두에 두어야 할 생각은 "내 자식의 영어 교육은 남에게 맡겨 놓고 손털고 앉아 잘 되려니 할 것이 아니라 내가 직접 계획하고 실천하겠다."하는 것이고, 이에 대한 단단한 각오가 있어야 한다. "이 나이에 영어 해서 뭐에 쓰겠어요?"라고 반문하는 소리 나도 잘 안다.

내가 중학교 들어가서 알파벳 배우기 시작했을 때, 우리 어머니가 "나도 영어 배워야겠다."고, 책도 사고 공책도 사시고는 새벽 6시부터 6시 반까지 라디오에서 가르치는 기초 영어를 매일 아침 들으시고 따라 하시고 혼자 연습하시는 것이었다. 어머니는 일본 유학했던 분이시라 발음이 일본식이어서 더욱 더 구식이고 한마디로 웃겼다. 나는 틈만 나면, "엄마, 그게 무슨 영어야? 재또 이즈 어 북이 도대체 무슨 소리야? 댓 이즈 어 북이라야 되지, 재또가 뭐야? 아이 창피해."라고 놀렸었다. 그러면 어머니는 "그러냐? 재또가 아니고 대뜨냐?" 그것도 한심한데 그 다음날 들으면 또 재또다. 그만큼 힘든 모양이었다. 어머니는 나를 가르치기 위해서 영어를 배우신 게 아니고 자신의 내적인 성장을 위해서 영어공부하신 것이지만 그렇게 십 년 이십 년 하시고 나니까 그래도 제법 영어가 늘어서 미국에 사는 손자들하고 꼭 영어를 하시려 들었다. 왜냐면 어머니에겐 둘도 없는 영어 연습의 기회일 뿐 아니라 손자들이 "야, 우리 할머닌 영어 하신다. 진짜 신식 할머니다." 하는 것이 좋으셨던 것 같다. 지금도 우리 아들은 우리 엄마를 '영어 하는 할머니'라고 부른다. 우리 어머니의 영어가 훌륭한 것은 절대 아니다. 단지 손자의 눈에는 자신에게 영어를 해 주는 할머니가 고맙고 자랑스러운 것이다. 마치 우리나라에 온 외국인이 잘하지 못하는 서투른 소리로라도 한국말을 하면 반갑고 고맙게 들리는 것과 같을지 모른다.

다행히 대부분의 우리 어머니들은 고등학교 이상의 고등교육을 받았다. 그러면 충분히 자기 자식의 영어를 가르칠 수 있다. "내 발음 가지고요? 내 실력 가지고요?"

발음이나 실력 가지고 가르치지 않아도 된다. 아이들은 엄마의 발음이 틀린 것도 잘 안다. 자식과 엄마가 같이 영어를 하라는 뜻이다. 그리고 또 한 가지 꼭 기억해 두어야 할 것이 있다. 한 두 시간하고 집어칠 요량이면 자식의 영어고 유학이고 모두 다 잊어버리는 것이 낫다. 언어는 피아노나 마찬가지로 하루아침에 되는 것이 아니다. 몇 주간이면 완성, 몇 달만에 완성…하는 헛소리에 귀 기울이지 말기 바란다. 공짜로 되는 일은 없다. 그리 쉽게 된다면 애쓸 필요 하나도 없다. 꾸준한 노력 없이는 가능하지 않다.

또 내가 지금 여기에서 열거하고 있는 영어는 유학을 염두에 두고, 생활에 필요한 영어, 듣고 말하고 읽고 쓰기에 필요한 영어를 의미하지 우리가 학창시절에 했던 시험을 위한 영어, 문법을 위한 영어는 아니라는 것을 잊지 말기 바란다.

10년을 배우고도 벙어리, 귀머거리 행세해야 하는 우리의 지난 50년 역사를 되풀이하는 것이 목적인 분은, 그래서 영문법에 달인이 되고 문법에 맞춰 독해하는 것이 필요한 분은 여기에 귀기울일 필요가 없다.

사람의 습관이라는 것은 무서운 것이다. 요즈음은 내가 학생을 맡지 않지만, 6년 전 처음 한국에 들어와서는 몇몇 학생에게 영어를 가르쳤었다. 시간이 좀 지나자 학생들의 어머니들은 은근히 불안해했다. 단어를 하루에 못해도 20개나 30개 외우고, 문법도 좀 하고, 배운 문법 따라 독해력도 길러 주고 했으면 좋겠는데, 나는 단어 외우라는 소리 한 번 안 하고, 문구를 잘라 가며 번역시키는 법도 없다. 아이와 마주앉아 영어로 이야기 주고받고 같이 책 읽고 읽은 책에 대해서 이야기하고 하니까 그게 어디 영어공부냐 싶어 그만 두시는 것이다. 그래도 그런 불안감 접어 두고 눈 딱 감고 몇 년 계속한 아이는 지금 《해리 포터》를 줄줄 읽고, 《반지의 제왕》도 영어로 신이 나서 읽는다. 《톰 소여의 모험》이나 《제인 에어》 같은 소설도 원서로 읽는다. 실은 그런 영어가 필요한 것이다. 거기까지 어머니가 참고 견디기가 힘들다. 자신이 배운 것이 잘못 배웠다는 것을 알면서도 그렇게 가르치지 않으면 또 불안해지기 때문이다.

나는 지금 영어책을 쓰는 것이 목적이 아니라 자식의 영어 교육을 효과적으로 하고 싶은 부모들, 특히 어머니들께 유치원이나 초등학교부터 시작해서 유학 준비가 될 만큼 영어의 틀을 잡아 주고 이끌어 주는 데 기본이 되고 뼈대가 되는 것만을 추리려고 한다.

거기에 살을 붙이고 모양새를 다듬는 것은 어머니들의 몫이다. 아이의 적성이나 취향에 따라 어머니와 아이가 함께 키워 나가야 한다. 모든 자녀들이 생김새가 다르듯이 공부하는 방법도 다르다. 9살짜리 딸아이는 백설공주 읽기를 좋아하겠지만 12살짜리 아들아이는 반지의 제왕이 더 흥미진진할 것이다.

"담배 피지 말라."고 자식에게 이르는 부모가 담배를 피면 말발이 서지 않듯이 부모는 영어에 입도 벙긋하지 않으면서 자식에게만 영어공부해라 하면 말을 듣지 않는다. "엄마 발음이 그게 뭐야!"하면서도 자식은 엄마가 영어공부에 열심인 것에서 자극도 받고 감동도 받게 마련이다. 내 발음이 두렵고, 실력 없는 것이 두려워 망설이지 말고 영어에 뛰어들라!

미국 학생들도 대학 교육받기 위해서는 초등학교 6년, 중고등학교 6년 합쳐 12년간의 영어공부를 하고 있다. 우리는 그것을 따라잡아야 한다. 결코 쉽지 않다. 그러나 불가능한 것은 아니다. 더구나 우리가 어떤 민족인가? 해낸다면 해내는 화끈한 성격을 갖고 있는 민족이 아닌가! 5000년 어려운 역사를 지켜 온 민족이고 6.25도 털고 일어섰고 IMF도 거뜬하게 치르고 승리해 나왔다. 영어 해내는 것쯤이야 그에 비할 일이 아니다.

취학 전 어린이의 영어

　당분간 어머니는 그 동안 어머니가 쭈욱 배워 온 영어를 접어놓으시기 바란다. 학교에서, 학원에서 배운 모든 영어는 잊어버리고 아이와 같은 백지 상태에서, 빈 마음으로 아이와 같이 시작한다는 마음을 가지기 바란다. 빈 마음속에 아이와 함께 차곡차곡 쌓아 가리라 마음먹기 바란다. 예전에 배웠던 f 발음도 v 발음도 z 발음도 th도 모두 머릿속에서 지워 버리기 바란다. 어머니가 가져야 할 마음은 아이와 같이 빈 마음에서 아이와 같이 처음부터 배우는 것이다. 주어가 먼저 오냐, 동사가 먼저 오냐도 잊어야 한다. 그것이 문제가 아니다. 지금부터는 아이와 함께 아이가 어렸을 때 우리말을 배웠듯이 그렇게 영어를 시작하겠다고 마음먹으면 된다. 어머니의 마음이 그렇게 준비되었으면 이제 숨을 크게 들이쉬고 아이와 함께 영어의 세계로 떠나는 것이다.

때로는 쉬고 싶고 때로는 그만두고 싶고 때로는 신경질이 나고 때로는 좌절할 것이다. 그것은 누구나 다 그렇다. 그러나 좋은 결과, 아름다운 열매를 얻기 위해서는 중도에 그만두면 아니 감만 못하다.

나 역시 아침에 조깅에 나가기가 싫을 때가 있다. 더구나 추운 날, 혹은 어젯밤 잠을 세 시간이나 네 시간밖에 자지 못한 날은 아침 6시에 일어나 나가기가 정말 힘들다. 그런 때는 이렇게 말한다.

"세수하는 셈치고 일어나 5분만 조깅하자." 그렇게 일어나서 5분을 하다 보면 이왕 나섰으니 30분하자 했다가 그까짓 거 30분할 바에야 시간 다 채워야지 하게 되어 5분만하려던 것이 내 매일의 양인 한 시간을 하게 된다.

아이와 함께 하기 어려운 날은 단 5분이라도 하기 바란다. 쉬는 날 없이 계속하기 바란다. 일요일만은 예외로 해도 좋다. 영어 하는 것이 몸에 배였을 때는 알아서 조절하더라도 그 때까지는 꼭 약속을 지켜야 한다. 그 정도 자식과의 약속도 지킬 수가 없으면 "내가 정말 엄마 노릇을 제대로 할 수 있는 여자인가?"를 곰곰 되씹어 볼 필요가 있다.

그렇게 해 나가다 보면 나름대로의 노하우도 생긴다. "작가는 이렇게 하라 했지만, 내가 해 보니까 이것이 내겐 더 잘 맞고 좋더라."며 달리 할 수도 있다.

그것도 좋다. 방법이 딱 한 가지로 정해져 있는 것은 아니다. 나에게 맞는 방법을 개발해 가는 것은 더 의미 있고, 재미도 있고, 신나는 일이기도 하다. 여하튼 인내와 끈기와 지혜는 버리지 말고, 지금까지 배운 콩글리쉬나 문법은 잊어버리고 새 길을 열어 보기 바란다. 다음에 아이가 자라서 유학을 가더라도, 아이가 공부하는 곳을 가보더라도 엄마의 영어가 유창해서 나쁠 일은 하나도 없다. 옛날과 달리 산 영어를 배울 도구나 기회나 방법은 산지 사방에 깔려 있다. 그것을 활용 못하는 것이 바보이다. 그럼 아이와 함께 뛰어들어 보자.

　유치원 나이 또래의 특성은 보고 받아들이기도 빠르지만 그만큼 빨리 잊어버리기도 한다. 강남의 영어 유치원은 두 살짜리부터 받는 데도 있다고 하고 유명한 유치원은 1년, 2년 전부터 줄서야 한다고도 한다. 유치원에 가서는 선생님이 영어로 하는 이야기를 듣고, 한국 친구들과는 한국말하고 놀다 집에 와서 또 한국말하며 살고 하면 그 아이가 실상 영어에 노출되어 있는 시간은 그리 길지 않다. 중요한 것은 산 영어에 노출되는 시간이 많을수록 좋다는 것이다. 그렇다고 CNN이나 AFKN을 늘상 틀어 놓으라는 말은 아니다. 아침 식사 치워놓고 아침 9시에 AFKN에 나오는 어린이 프로그램 〈쎄서미 스트리트〉 같은 것은 알든 모르든 보게 하는 것이 좋다. 엄마도 그 시간에는 아이와 같이 앉아 전화도 끄고 아이와 같이 즐겨라. 쿠키 몬스터가 나오면 같이 웃고 같이 떠들고 즐겨라. 처음엔 무슨 소리인지 모르다가도 계속 반복하면 이야기가 조금씩 이해가 되고 들리게 된다. 쉽게 되어 있으니까 알아듣기가 훨씬 쉽다. 아무 설명 필요 없이 아이뿐 아니라 어머니들도 따라서 그들의 문화를 이해하기 시작하게 된다. 이것은 기초이지만 중요하다. 문화에 대한 이해 없이 언어 따로 문화 따로이면 역시 절름발이가 되기 때문이다.

요즈음 큰 서점이나 영어 전문 서점에 가면 어린이들을 위한 영어책들이 가득 나와 있다. 한글로 된 영어책은 될수록 피해야 한다. 아예 영어는 영어로 시작하고 영어로 끝내는 태도가 좋다. 한글 설명은 처음엔 이해에 도움이 될지 모르지만 궁극적으로는 영어다운 영어가 아니고 콩글리쉬에 빠지기 쉽게 한다. 비디오든 테이프이든 책이든 아주 쉬운 것부터 모두 영어로만 된 것을 고르라고 권한다. 한글로 설명하고 표기하는 데는 늘 문제가 생기고 결국은 이해도 느려진다. 아이들 초보 사전도 영영사전으로부터 시작하는 것이 더 좋다. 책 사러 가거나 비디오 사러 갈 때 웬만하면 아이와 같이 가는 것이 좋다. 그리고 같이 보고 같이 고름으로써 이것이 엄마와 아이에게 아주 중요한 일이며 귀한 시간이란 것을 아이가 은연중에 느끼게 하는 것이 좋다. 그러나 스트레스를 주지는 마라. 엄마의 테크닉이 필요하다.

서점에 가서 초보 어린이를 위해 만든 비디오를 하나나 둘 구입하라. 예를 들면 고고라는 외계인이 지구에 떨어져 영어를 배우는 《GoGo》라는 영어책이 있는데 유치원 아이 같으면 책은 필요 없고 비디오만 구입해도 된다. 책은 어머니용으로 준비해도 상관없다. 그 비디오 1권을 구입하여 집에 와서 아이와 함께 앉아 보아라. 한 30분 정도의 비디오니까 너무 길지도 않고 너무 짧지도 않고 적당하다. 그러나 조심할 것은 그 비디오는 엄마와 아이가 함께 앉아 다른 전화나 TV, 이런 것 다 끄고 처음부터 끝까지 보는 것이다.

한 번 보고 계속해서 또 틀지 말고, 한 번 보고 난 후에는 간식을 먹든지 다른 놀이를 하든지 그림책을 보든지 하여 한 두 서너 시간 지난 후에 다시 한 번 아이와 함께 앉아서 봐라. 다시 보기 전에 아이에게, "영희야, 아까 고고가 홧츠 유어 네임? (네 이름이 뭐니?) 했더니 토니가 뭐라고 대답했었지?"하는 등의 가벼운 질문을 하는 것은 좋다. 그러나 너무 한꺼번에 많이 가르치려 들어서 아이가 질리지 않도록 해야 한다. 자연스레 "엄마는 잊어버렸네! 아까 뭐라고 했더라?"하고 유도하는 방법도 좋다. "엄마는 영 생각이 나지 않는데, 너는 생각나니? 고고가 뭐라고 했지?"라고 해서 답을 기억해 내면 칭찬을 아끼지 말라. 아이들은 칭찬 먹고 자란다. 모른다고 야단치는 것은 절대 금물이다.

아이가 잠자거나 없는 동안 어머니는 테이프를 혼자 들을 필요가 있다. 고고 같은 왕초보 테이프가 그래서 필요하다. 왜냐면 따라 하기가 쉽고 이해하기가 쉽기 때문이다. 아이와 같이 보는 동안은 아이에게 방해가 될까 봐 입은 다물고 있었지만 아이가 없는 데서는 소리내서 따라 해봐야 한다. 발음도 배우고 억양도 배우고 또 어떤 때 이런 말을 쓰는지 익혀야 한다. 입 속으로만 따라 하지 말고 큰소리 내서 따라 하여 틀린 발음을 자신이 자꾸 고쳐 가야 한다. 소리내어 해 보면 내 발음이 틀린지 맞는지 들리지만 속으로 하면 알 수가 없다. 틀려도 맞는 줄 알기 쉽다.

아이와 함께 하기를 계속해서 비디오에서 하는 소리가 절로 내 입에서, 또 아이의 입에서 나올 때까지 노래 부르듯 막힘 없이 따라 할 수 있을 때까지 한다. 시간과 노력, 재주에 따라 사흘이 될 수도 있고 한 주일이 걸릴 수도 있고 열흘이 걸릴 수도 있고 두 주일이 걸릴 수도 있다. 빠르다고 좋아할 것도 없고 속도가 느리다고 크게 염려할 것도 없다. 그 나이에는 빨리 기억한 것은 그만큼 빨리 잊어버리니까 재촉하지 말고 아이의 성격이나 걸음걸이에 따라 발맞추는 것이 더 중요하다. 어느 학원이나 학교에서 자식의 어머니 만큼 이렇게 발 맞춰 줄 수 있겠는가? 이렇게 보아 줄 수 있는 어머니를 가진 아이는 축복받은 아이다. 이것이 진정한 어머니의 사랑이다. 학원으로 내 돌리기 보다는 내 손으로 가르칠 수 있는 기회를 어머니 스스로 만들어 가는 것이다. 우리나라 어머니들 중 모유 먹이는 어머니가 17%로 OECD 국가중 꼴찌라고 한다. 학원에 내 돌리고 모유 먹이지 않는 어머니 보다는 열심히 아이와 영어 배우는 어머니가 정말 모성애가 있는 어머니인 것을 잊지 말기 바란다. 더구나 지금 하고 있는 영어는 산 영어이고 영어 문화를 함께 보면서 배우는 영어이다.

우리가 어려서 말 배울 때 글도 모르고 읽을 줄도 모르며 배웠듯이 언어는 습관으로 배우는 것이다. 지금은 영어에 습관을 들여가는 과정이다. 귀와 입이 뚫리도록 습관화시키는 것이다.

첫째 비디오가 다 끝났으면 아이와 같이 축하 파티를 하면서 아이가 원하고 좋아하는 것을 사주고, 두 번째 비디오도 같이 사러 간다. 아이가 흥미를 잃지 않고 계속하도록 엄마의 세심한 배려와 준비가 필요하다. 엄마 역시 끈기와 각오가 필요함을 잊지 말기 바란다. 그만두고 싶은 생각이 나더라도 "이 책을 쓴 김성혜 선생은 그 나이에도 매일 아침 한 시간씩 조깅을 한다는데, 그것도 20년이나 했다는데 이 정도야 아무 것도 아니지. 이것은 내 자신에 대한 도전이고 동시에 나와 내 자식에게 둘도 없는 좋은 기회다."라고 생각해야 한다. 사실 당신은 지금 이것이 귀찮은 일이라고 생각할는지도 모르지만 시간이 지나고 나이가 들어서 돌이켜 보면 그것만큼 귀하고 소중한 시간은 다시 없었다는 것을 알 때가 올 것이다. 왜냐면 내가 나이 먹고 보니까 우리 아이 어렸을 때 아이와 같이 보냈던 시간만큼 소중했던 시간이 없고, 그 때만큼 내가 인생을 배운 적도 없다고 느끼기 때문이다. 아이 기르면서 엄마는 철들고 배우는 것이다. 일기 사흘 쓰고 집어치우는 그런 자세 갖고는 가능치도 않고 시작할 필요도 없다.

이렇게 비디오 한 두 개 완전히 떼고 나면 매일매일 생활 속에서 자연스럽게 써 보면 좋다. 예를 들면 아이에게 사과를 들고 "What's this, 영희?"라 하면 아이는 아무 생각 없이 "It's an apple." 하게 된다. 이것이 바로 산 영어의 시작이다. 주어, 동사 운운할 필요가 없다. 엄마와 아이가 같이 비디오로 보았으니 엄마는 무엇을 물으면 되는지 안다. 그러니까 집안에서 산 영어공부가 시작되는 것이다.

중요한 것은 조급해 하지 말라는 것이다. 비디오 테이프 하나를 다 배웠다고 생각하고 다음으로 또 다음으로 넘어갈 생각 말고, 비디오 테이프 하나를 앞으로, 뒤로, 모두모두 완전히 알 때까지 피아노 연습하듯 하라는 것이다. 그러나 어린 나이인 만큼 지루하지 않게, 적당한 때에 당근을 주어 가면서 엄마의 영어 실력도 늘리면서 천천히 차근차근 할 일이다.

"자식 가르치는 것 쉬운 일 아닌 것 모르세요? 신경질 나서 어디 하겠어요?"

"그렇다면 당신은 그런 자식 남에게 맡기고 남이 다 해 주기 바라는 배짱은 어디서 났습니까?"하고 되묻고 싶다. 엄마 노릇이 그리 쉬운 것이라면 실수하고 속썩을 사람 하나 없다. 엄마라는 자리는 인내라는 뭉치 덩어리가 다져지고 다져져서 되는 것이다. 당신의 노력은 없이 자식이 잘 되기 바란다면 당신은 도둑 심보나 다름없다. 당신의 노력과 인내와 정성을 얼마나 들였느냐에 당신 자식의 장래가 달려 있다고 해도 과언은 아니다. 비싸고 좋은 것 먹이고 입히는 것이 정성과 인내가 아니다. 당신이 자식에게 쏟는 시간과 노력과 인내가 자식에겐 진짜 거름이 된다.

아이가 학원이나 선생에게서 배운 것은 엄마가 일상생활에 끌어들이기가 어렵다. 그러나 아이와 같이 비디오 보면서 외웠으면 (절로 외우게 되니까) 그것은 생활에서 쓸 수 있게 된다. "점심 뭐야?"라고 딸이 물으면 "영어로는 그걸 뭐라 하더라?"하든지 "What's for lunch?" "Peanutbutter sandwich." 하면서 두어 번 되풀이해 주면 더 좋다.

또는 "Do you want orange juice or milk?" 같은 것도 엄마가 쉽게 쓸 수 있는 말이다. 또한 자기가 비디오에서 배운 말을 AFKN의 〈쎄서미 스트리트〉에서 들으면 아이는 말은 안 해도 "아, 저런 때는 저렇게 말하면 되는구나."라고 깨닫는다. 또 자꾸만 어려운 레벨로 올릴 것이 아니라 《GOGO Loves English 1》을 했으면 다른 비슷한 수준의 비디오를 하는 것도 좋다. 어려운 레벨로 높여 가는 것보다는 같은 것을 되풀이하여 듣고 말하기가 혀와 귀에 붙는 것이 더 중요하다.

앞에서 우리 아이가 어렸을 때 〈쎄서미 스트리트〉를 보고 앉아서 '쿠스미' '쿠스미' 해서 무슨 소리를 하는 것인가 했다는 얘기를 했다. 아마 우리 아이는 TV를 보면서 '쿠스미'라는 소리를 듣긴 들었는데 우리가 집안에서 그런 소리를 쓰질 않으니까 혼자서 연습하고 있었던 모양이다. 기침하거나 트림하고 나서 '익스큐스미' 하는 것을 눈여겨보고는 '쿠스미'라는 연습을 해 두었다가 자기도 기침했을 때 쓰려는 준비인 셈이다. 아이들도 살아가기 위해서는 의식 중이건 무의식 중이건 계속 배우고 연습하고, 배우고 연습하기를 거듭하여 어휘를 늘려 가고 사는 경험도 쌓아 가는 것이다.

그 나이의 어린이들은 기억도 잘 하지만 까먹기도 선수인 만큼 오랜 기간 쉬면 늘어났던 고무줄이 줄어들 듯 제자리로 돌아가니까 항상 끈기 있게 계속하는 것도 중요하다. 또 테이프를 두 개나 세 개쯤 해서 첫 번에 했던 것을 잊어버렸을 무렵 다시 들려주고, 되풀이해 주면 그때는 정말 자기 것이 된다. 또 아이와 같이 비디오 따라서 연극하듯이 해 보면 아이도 신나고 재미있어 할 노릇이다. 엄마의 기지는 늘 필요하다. 요즈음 같이 맞벌이 부부가 많은 세상에 나만 전업 주부라면 기죽기 십상인데 이렇게 자식과 같이 영어 하면 학원비, 과외비 줄어 좋고 엄마와 아이의 영어 실력 늘어 좋고 일석이조 아닌가! 장담하건대 비디오에서 따라 하는 영어는 어느 누구에게서 배우는 것보다 발음도 좋고 억양도 최고이다.

혹시 아직까지도 아이와 같이 영어공부를 백지에서부터 시작하듯 다시 하라는 내 말이 미덥지가 않거나 그럴 수가 있을까 미심쩍어 하는 분들을 위해서 내 경험을 소개하겠다. 우리 아이가 초등학교 6학년 때 테니스를 하겠다고 해서 테니스를 가르치려고 알아보니까 다른 학생들은 이미 초등학교 2, 3학년부터 시작했기 때문에 다들 이미 베테랑이 되어 가고 있는데 우리 아이만 왕초보였다. 이 아이를 다른 아이와 발맞추게 하려면 남이 한 시간 할 때 우리 아이는 두 시간 세 시간 해도 쫓아갈까 말까이다. 나 역시 그때까지 테니스 라켓조차 한 번도 쥐어 본 적이 없었던 터였다. 별 도리가 없어 보였다. 나는 아이와 같이 아이가 하는 테니스 레슨 반에 들어 뛰었다. 아이와 같이 뛰는 어른은 물론 나 하나였다. 우리 아이가 초등학생이라 아직 뭐가 뭔지 몰라서 그럴 수 있었지, 아마 중학생만 되었어도 "엄마랑 같이 어떻게 하느냐? 엄마도 정신이 있냐 없냐? 어떻게 나랑 같이 레슨 받겠냐?"며 밀어냈을 것이다. 그렇게 레슨이 끝나면 우리는 동네 중학교 테니스 코트에 가서 오늘 배운 것을 열심히 아이와 같이 되풀이했다. 그런데 희한한 노릇은 같이 레슨을 받아도 아이는 금방금방 따라 가는데 나는 아이만큼 빨리 늘지를 않는 것이었다. 그래서 궁여지책으로 나는 어른들을 위한 테니스 레슨 반에 들어가 거기서도 연습하고, 그곳에서 연습하는 사람들과 죽어라고 쳐댔다. 아이가 한 시간 치면 나는 두 시간 세 시간 해야만 따라 갈 수 있는 것이었다. 테니스는 혼자 연습할 수가 없다. 그러니까 아이가 연습하려면 내가 옆에서 같이 해주어야 할 수 있지 아니면 연습 파트너 찾다가 시간 다 보내기 일쑤이다. 그러니까 아이의 연습 대상이 되어 주기 위해서도 나는 죽어라고 공을 쳐대서 아이의 실력이나 내 실력이나 비등비등하게 키워야 했다. 그렇게 한 3년 치고 났더니 우리 모자는 유명한 테니스 파트너가 되어서 모자 테니스 대회라면 나가 상을 휩쓸고 다닐 정도가 된 것이다. 그것도 기껏 3년이었고 3년이 지나고 나서는 아이의 실력이 훨씬 앞서기 시작해서 내가 아무리 악을 쓰고 연습하고 덤벼도 소용없었다. 그때부터는 아이는 아이의 길을 혼자 가야 했다. 나는 팔뚝 세진 아이의 연습하는 공을 쳐줄 상대가 될 수 없었다.

내가 어머니들께 아이와 같이 영어를 시작하라고 하지만 이것도 기껏 3년, 4년이다. 3년쯤 지나고 나면 아이의 실력이 앞서기 시작해서 엄마는 물러서야 할 때가 올 것이다. 그 때는 아이를 후원해 주면 된다. 그렇다고 영어에서 손을 놓지는 말기 바란다. 나 역시 테니스에서 손놓지 않고 내 나름대로 다른 어머니들과 혹은 비슷한 레벨의 친구들과 신나고 재미있는, 보람 찬 테니스 인생을 즐길 수 있었다. 더구나 나는 선생에게서 제대로 레슨을 받고 배운 폼이라 폼 하나는 지금까지 어디에 가도 꿀리지 않는다.

내가 테니스를 하며 즐겼던 것은 테니스 자체도 재미있었지만 자식과 같이 보낼 수 있었던 가치 있는 시간들이었다. 같이 테니스를 치면서 우리는 참으로 가까워지고 서로를 이해하고 사랑하고 아끼는 것을 동시에 누렸다. 길어야 3-4년이다. 그 3년이 주는 보상은 일생을 간다. 아이와 같이 했던 시간이 귀하고, 덕분에 영어를 배우게 되어 좋고, 지나고 나서도 어머니는 어머니대로 자식은 자식대로 계속 발전해 갈 수 있는 공통분모가 생긴 것이다. 나는 지금껏 나와 아이가 같이 가졌던 가장 값지고 귀한 시간들은 바로 그 3년이었다고 느끼고 있다. 그런 경험을 해보지 못했으면 그만큼 인생에서 열매를 덜 따낸 셈이다. 기회를 놓치지 말고 해보기 바란다. 노력 없이는 결과도 기대할 수 없다는 점도 잊지 말기 바란다.

미국의 부모들은 아기를 재우기 전에 소위 'bed time story' 혹은 'bed time reading'을 한다. 자기 전에 이야기를 해 주거나 책을 읽는 것이다. 유치원이나 학령 전이라면 글이 없이 그림책만 보아도 좋고, 글이 한 두 줄 있는 것도 좋다. 영어 읽는 것에 자신이 없으면 한글로라도 읽어 주기 바란다. 왜냐면 아이가 책과 친하게 가까이 지내게 되는 것은 이렇게 어릴 때부터의 습관에서 생기는 것이며, 또 이때 아이의 상상력이 훌쩍 자라기 때문이다. 5분도 좋고 10분도 좋다. 아이들은 매일매일 자기 전에 이렇게 어머니나 아버지가 책 읽어 주는 시간을 아주 즐기고 이런 것이 계속 되면서 책과 인연을 쌓아 가는 것이다. 또 이런 아이들이 커서도 책을 즐길 확률이 높다. 책을 가까이하고 즐긴다는 것은 일생을 두고 필요하고 중요한 일이니 만큼 어려서부터 조금씩 조금씩 익숙해져 가는 것이 바람직하다. 초등학교 상급 학년이 되고 중학교, 고등학교로 올라가면서도 책읽기를 즐기지 않는다면 어쩌면 아이의 재능을 다른 데서 찾도록 하고, 유학보다는 다른 길을 모색해 보는 것이 좋을 듯하다. 특히 유학에 성공하려면 책을 즐겨 읽는 것은 밥 먹고 숨쉬는 것처럼 필수이기 때문이다.

동시에 근처에 원어민이 가르치는 학원이 있다면 가서 즐기는 것도 좋다. 영어에 노출이 많이 될수록 아이의 귀와 입이 트일 시간이 많아지기 때문이다. 또 여름방학이나 겨울방학 때 하는 영어 캠프도 좋다. 초등학교 아이들이 미국에 가서 학교 다니는 것을 보면, 대체로 6개월쯤 되었을 때 갑자기 귀와 입이 열리는 것을 볼 수 있다. 그 전까지는 머릿속에 쌓아 가기만 하지 말이 터져 나오고 귀가 뚫리지는 않는 모양이다. 그렇다고 하면, 6개월 동안 아이가 영어에 노출되는 시간은 하루에 24시간 중 잠자는 시간 8시간 빼고 16시간씩이라 하고 16×30 이면 한 달간 영어에 노출되는 시간이 되고, 또 그것이 6개월이면 $16 \times 30 \times 6 = 2880$ 시간이다. 아마도 어린이들은 이 정도 영어에 노출이 되어야 귀와 입이 열리는 모양이다. 그러니까 하루에 한 시간씩 매일 한다면 8년이 걸린다는 소리이고 하루에 두 시간씩 한다 해도 4년이 걸려야 된다는 소리이다. 영어에 노출된다 함은 영어로 놀고, 영어 비디오를 보고, 영어로 장난치고 먹고 마시고 하는 것을 의미하지 8년간 영문법이나 옛날 우리 영어공부하듯 했다면 평생 가야 입 한번 열어 보지 못하게 된다.

집에서 AFKN 듣고, 비디오를 보고, 학원 보내고, 캠프 보내고 하는 것은 영어에 아이가 노출되는 시간을 늘리기 위함이다. 아이가 질이 좋은 영어 시간에 노출되도록 계획하는 것은 어머니의 몫이다.

우리 아이는 이미 초등학교 3학년인데, 이제 영어 시작하면 늦은

건가요? 역시 마찬가지다. 늦었다고 생각할 것 없다. 초등학교 3학년쯤 되었으면 유치원 아이보다는 철이 그만큼 더 들었기 때문에 같은 방식으로 비디오부터 하더라도 속도가 빠르고 능률도 빠르고 아이의 흥미의 속도도 빠르다. 아이가 깨닫는 만큼 같은 방식으로 해 가면 된다. 단지 늦었다고 성급하게 밀거나 당기지 말고 아이의 걸음걸이 속도에 맞춰 주는 것이 좋다. 그 나이라면 책과 비디오를 겸할 수 있어서 더욱 좋다.

아이와 책을 보면서 흥미를 보이면 알파벳을 가르치는 것도 나쁠 게 없다. 어린이를 위한 영어 교재 파는 곳에 가면 여러 가지 카드놀이가 있는데 그 중에서 가장 기초적인 카드를 사라. 예를 들면 앞면에 A가 쓰여 있고 뒷면엔 사과 그림과 apple이 쓰여 있는 이런 카드들을 방바닥에 늘어놓고 찾기 게임, 읽기 게임 등등 여러 가지 게임들을 아이와 같이 하는 것이다. 그러면서 아이는 사과가 apple이라는 것도 배우고 곰이 bear라는 것도 알게 된다. 또 a는 '애'라는 발음이 나는 것을 알게 되고 b는 한글의 'ㅂ' 소리가 나는 것도 자연히 알게 된다. 카드놀이를 몇 가지 사다 놓고 이것저것 돌아가면서 하면 싫증도 나지 않고 지식도 는다.

아이의 발표력을 길러 주는 것도 이때이다. 아이가 유치원 갔다 와서 "엄마, 오늘 유치원에서 수진이랑 놀았는데…"라고 뭔가 말하려고 하면, "다음에 이야기해" 혹은 "무슨 이야기가 그렇게 많아!" 하지 말고 아이의 이야기를 다 들어주는 태도가 좋다. 뿐만 아니라 "그래? 그랬니? 수진이는 어떻게 생겼어? 너처럼 예뻐? 친구 돼서 좋겠네. 우리 영희 친구도 사귈 줄 알고 다 컸네!" 하면서 아이가 계속 자기 생각을 발표할 수 있도록 유도하는 것이 바람직하다. 침묵은 금이다, 혹은 계집애는 얌전해야 된다, 사내애가 웬 말이 그리도 많냐 과묵해야지 같은 것은 21세기에선 바람직하지 않다. 그러나 그렇다고 해서 언제나, 아무 때나 떠들어대고 이야기하도록 해서는 안 된다. 특히 어른들 이야기하고 있는 사이에 끼어들어 자기 주장만 떠들어대는 행동은 어려서부터 조심하도록 훈련시켜야 한다. 조심해야 할 때와 장소가 늘 있다는 것도 가르쳐야 한다.

"엄마가 지금 손님과 이야기 중이니까 잠시 후에 우리 영희 이야기 들어줄게. 그 동안은 우유 마시고 혼자 놀고 있을 수 있지?" 아이가 왕같이 되지 않도록, 공주병이나 왕자병에 걸리지 않도록 배려해야 한다. 공주병, 왕자병은 우리나라에서만 문제가 아니라 미국에서는 정말 발붙일 수가 없다. 왕따 되기 쉽다. 아이도 어른들이 24시간 자기만을 위해 존재하는 것이 아니고 어른은 어른들의 세계가 있고 그것도 중요하다는 것을 알고 자라야 한다.

엄마와 아이가 같이 쿠키를 구운 다음에 아이에게 "우리 어떻게 쿠키 구웠었지? 생각나? 엄마는 책보고 하느라고 잊어 버렸네. 우리 영수는 잘 기억할 것 같은데…." 라는 식으로 아이가 쿠키 만드는 일을 순서대로 말하게 하는 것도 좋은 방법이다. 조리 있게 순서대로 이야기하는 방법을 터득하게 된다.

물론 영어로 말할 수 있다면 더 좋지만 영어로 안되면 우리말로라도 열심히, 자꾸 이런 것을 시킬 필요가 있다. 우리말 잘 하는 아이가 영어도 잘하게 되어 있다. 영어가 자신 없으면 우리말로라도

해야 된다. 아이와 대화를 하되,

"너 유치원서 점심 먹었니?"

"응."

"뭐 먹었니?"

"피자."

"맛있었니?"

"아니."라는 식으로 단 문장짜리 대화가 아니고,

"유치원엔 무슨 장난감들이 있던?"

"그 중에 어떤 것이 제일 재미있고 좋았어?"

"그래? 우리 철이가 레고에 소질이 있는 모양이구나, 다음엔 불자동차도 만들어 볼 수 있겠구나."하며 아이가 이야기를 할 수 있도록 유도하는 버릇을 들이는 것이 좋다. 우리 아이들은, 실은 아이나 어른이나 모두 다 마찬가지이지만, 대화의 기술이 참 부족하다. 우리 아빠들은 대화가 싫어 술집 가서 대포 마시는 것으로 대화를 대신하는 것이 우리 문화다.

물론 간혹 가다 너무 자기 소리만 떠들어대고 싶어하는 아이도 있다. 그런 아이는 말하고 싶은 것에 대한 조절 능력도 필요하다. 또 하고 싶은 이야기를 조리 있게 똑똑히 남이 잘 알아듣게 전달하는 이야기 방법을 키우는 것도 중요하다. 세계 종족들 중에는 영어권의 사람들이 이슬람이나 라틴계 혹은 동양계보다 논리적이고 말하는 데는 앞선 것 같다. 특히 영국 사람들이 제일인 듯 싶었는데 알고 보니 대화 기술에는 희랍 사람 따라갈 민족이 없다고 한다. 그들은 소크라테스에서부터 플라톤, 아리스토텔레스 등등 줄줄이

이어가며 대화로만 살아가는 사람들 같기도 하다. 하여튼 간에 당신의 자녀가 21세기에 지도자적 역할을 하려면 말하는 기술, 대화의 기술은 필수이다. 이것도 초기부터 심어 가는 것이 좋다. 우리나라의 대화 기술은 빵점이라고들 한다. 기껏 대화한다면 그때는 독백×2가 우리의 대화 방법이라고 한다. 웃을 일이 아니다. 딱한 일이다. 세계화되어 가는 세상에 대화 방법을 모르면 누가 우리를 알아주겠으며, 또 우리의 잘난 점을 어떻게 남에게 알릴 수 있겠는가?

미국의 중고등학교, 대학교는 대화가 아주 중요하다. 클래스도 주입식보다는 이야기를 주고받으며 진행될 때가 많다. 거기서 꿀먹은 벙어리처럼 입 다물고 있으면 아무리 머릿속에 든 것이 많더라도 선생도 친구들도 알아주지를 않는다. 이점도 유의해야 한다.

말할 줄 모르는 사람이 지도자의 자리에 있는 것이 후진국의 모습 중 하나라고도 한다. 그만큼 말이 중요하다. 국익을 지키려면 우리의 지도자들이 말을 잘할 줄 알아야 한다는 것이 큰 무기라는 것은 두말할 나위도 없다.

실상 일상생활에 필요한 단어는, 하루에 쓰는 단어는 300개 정도면 된다고 한다. 우리가 단어 몰라 영어 못하는 것이 아니다. 습관으로 영어 하는, 말하고 듣는 영어를 할 줄 몰랐던 때문이다. 초기에는 이것부터 시작하는 것이다. 어머니와 아이가 함께 공동 과제로 말이다.

초등학교 1~2학년을 위한 영어

앞서 유치원생들을 위해 말한 bed time reading이나 대화하는 기술 등은 유치원에 국한하는 것은 아니다. bed time reading 같은 것은 초등학교 1학년이나 2학년쯤 되면, 아이가 혼자 누워서 책을 즐기다 자는 습관이 되면 부모가 나설 필요는 없어지지만 대화의 기술, 발표하는 능력은 계속해서 신경을 써 줘야 한다.

초등학교에 들어가게 되면 쉬운 동화책을, 아이가 좋아하는 동화책을 아이와 함께 서점에 가서 골라 읽게 하며, 파닉스나 쉬운 단어들을 카드로 만든 것들을 구입하여 엄마와 함께 공부 시작하기에 적당한 시기이다. 동화책을 고를 때 엄마가 좋아하는 동화책보다는 아이들이 좋아하는 동화책을 고르는 것이 물론 좋다. 엄마는 《백설공주》, 《신데렐라》 등이 좋을지 모르지만 요즈음 아이들이 좋아하는 책은 그런 것과는 달리 오히려 못생긴 두더지, 이름도 생소한 두더지가 토끼네 집에 놀러 가는 그런 책이 더 인기일 수 있으니까 아이의 취향이나 눈높이에 엄마가 맞춰 주는 것이 중요하다. 영어 전문 서점에 가면 여러 가지가 나와 있는데 다른 또래의 어머니와 본 책들을 서로 교환해 가며 보면 좀더 경제적일 수도 있다. 미국 아이들은 서점보다도 도서관에 가서 빌리는 것이 더 보편화되어 있고 교과서도 사지 않고 빌려 보게 되어 있으므로 이들처럼 절약하는 것을 배우는 것도 나쁘지는 않다.

파닉스 책이나 카드를 갖고 b는 ㅂ 발음이 나고 t는 ㅌ 발음이 나는 것들을 하나씩 둘씩 엄마와 아이가 같이 하되 f, th 같은 것은 아이에게 가르치기 전에 엄마도 이번 기회에 열 번, 백 번 연습해서 제대로 된 발음을 아이와 함께 배우는 기회가 되었으면 좋겠다. 그러기 위하여 엄마는 엄마대로 학원을 다녀도 좋다. 나는 우리 아이가 안 볼 때 테니스 레슨을 따로 받았다. 아이보다 못해서는 안 될 것 같아서였다. 마찬가지이다.

엄마나 아이나 영어를 배우다 보면 잘 나간다 싶을 때도 있지만 또 어떤 때는 도무지 제자리걸음인 듯 하여 속상하고, 신경질 나고, 핏줄이 곤두서서 집어치우기도 하고 화를 내기도 하며 두들겨 부수고 싶은 심정이 되기도 한다. 테니스라는 것도 역시 그랬다. 얼마간은 잘 나가더니 또 얼마간은 도무지 늘질 않는 것이다. 이것은 아마 오래 걸려 배워야 하는 것은 무엇이든지 다 그럴지도 모른다. 피아노도 그렇고 바이올린도 그렇고 하다 못해 축구나 야구도 그렇다. 더 이상 못하겠다, 못 견뎌 내겠다 싶을 때 또 조금씩 늘어

나는 걸 느끼게 되고 다음 단계를 오르게 된다. 그럴 때 얼마나 참고 견디고 노력하는 인내가 있느냐 없느냐에 성패가 있다고 본다. 못하겠다고 뿌리치면 끝이지만 붙잡고 씨름하다 보면 어느 새 다음 단계에 도달해 있음을 알게 된다. 그러니까 영어 배우는 것도 좌절과 희열이 엇갈리는 쌍곡선이다. 야, 요즈음은 잘 는다 싶으면 또 얼마간은 제자리걸음하게 된다. 마치 우리의 한계선을 실험이라도 하려는 느낌인데 그럴 때 잘 넘겨야 한다. 포기하지 말아야 한다.

아이 기르는 것도 마찬가지다. 미운 두 살, 미운 일곱 살 하는데 그런 때마다 "아이고, 이놈의 자식 더 못 기르겠다." 싶어서 소리 질러대고 싶은데 그런 한계 넘고 나면 아이는 또 언제 그랬느냐 싶게 착하고 예쁘게 군다. 그렇게 예쁘게 평생 갔으면 좋겠지만 천만의 말씀이다. 그런 고비가 일생 가게 마련인 게 사람이다. 자식 낳은 사람은 아예 그러려니, 이게 자식 기르는 부모려니 해야지 그렇다고 내다 버릴 수도 없고 갖다 물릴 수도 없다. 엄마는 인내의 덩어리라야 한다고 하지 않았던가!

또 이때에 모음도 소개하면 좋다. 그래서 모음과 자음을 붙여서 읽는 것을 가르쳐도 좋고 또 통 문자로 읽는 것을 가르쳐도 좋다. 자꾸 읽다 보면 아이들은 모음과 자음 붙여서 읽을 때는 그리 읽고, 통 문자로 배운 것은 그리 읽기도 하고 하기 편한 대로 할 터이니까 꼭 이렇게 혹은 저렇게 규제할 필요는 없다. 아이의 두뇌에 따라, 취미에 따라 하기 좋은 방향으로 가게 하라. 파닉스나 통 문자나 둘 다 소개해 주는 것이 좋다. 시중에 나와 있는 카드나 책들이 모두 도움이 될 수 있다. 어머니가 쓰는 책이나 카드는 한글로 되어 있더라도 아이가 쓰는 책이나 카드는 한글이 없는 것을 권한다. 영어와 한글 사이를 오가지 않게 하는 것이 후에 아이에게 더 유익하다고 보기 때문이다. 어린이를 위한 초보자 사전도 영한보다는 영영 사전으로 시작하는 것이 좋다. 이것은 한글보다 영어를 더 가르치기 위함이 아니고 아이가 영어와 한글을 자연히 머릿속에서 구분하여 영어 하는 때에는 영어가 절로 나오고 우리말 할 때에는 우리말이 절로 나오게 하기 위함이기도 하다. 영어로 말할 때는 영어로 생각하고 한글로 말할 때는 한글로 생각하는 것이 더 바람직하다. 그래야 머릿속에서 번역하느라 한글과 영어 사이를 오갈 필요가 없어진다.

책은 아주 쉬운, 글자 몇 안 되는 책에서 시작하여 아이가 보고 또 보게 하면 좋다. 몇 번 읽고 나면 외우다시피 되는데 그것은 아주 바람직하다. 그렇다고 아이에게 외우라고 강요하지는 말기 바란다.

"너 그걸 다 읽을 줄 아니? 엄마한테 한 번 읽어 줄래?"

"저녁 먹고 아빠께 읽어 드려 봐. 아빠가 놀라 믿지도 못하시겠다. 네가 그렇게 잘 읽는 줄 모르시거든!"

엄마 역시 수백(?)번 읽어서 아이에게 "크리터가 토끼네 집에 가서 뭐라고 했더라?"라고 물으면, 그래서 아이의 대답이 튀어나오면 성공이다. 그렇게 계속 해 가면 된다. 엄마와 아이가 같이 영어에 시간을 투자해 왔으면 이 정도쯤이면 엄마도 영어로 물을 수 있어야 한다. 엄마가 영어로 묻기가 정 어려우면 우리말로 물어서라도 대답은 영어로 해 보라고 유도해야 한다. 엄마와 아이가 주고받는 영어 대화가 많을수록 아이는 영어도 늘고, 말하는 방법도 늘고, 부모 자식간의 유대도 더할 나위 없이 튼튼해진다. 이 튼튼한 유대는 다음에 아이가 자라 유학을 간다면 그때 아이에게 큰 밑거름이 될 수 있다. 학원이나 선생에게만 맡겼던 아이보다 훨씬 더 안정되고 성공적인 유학도 가능해지고 유학을 가지 않는다 해도 성숙한, 독립적인 인간으로 자라는 데 기초가 되어 준다.

자식 기르는 게 쉽다는 소리는 들어본 적이 없다. 당신 자식은 당신이 책임져야지 누구에게 책임을 떠넘기겠는가?

아이들이 영어책을 읽을 때는 꼭 소리내어 읽도록 권하는 것이 좋다. 또 아이가 읽는 것을 녹음해서 아이에게 들려주는 것도 좋은 방법이다. 그러면 아이는 자기가 읽은 것에 대하여 잘잘못도 느끼겠지만 또 정확하게 발음하고 억양이 제대로 되었는지에도 신경 쓰게 된다. 아이가 읽는 것에 흥미도 더하게 되고 자기의 소리에도 귀를 기울여 더 잘하려고 노력하게 된다. 엄마 역시 자기가 읽은 것을 녹음해서 들어보면 엄마의 발음이 어떤지, 어떻게 들리는지 분명히 알게 된다. 엄마에게도 물론 좋은 방법이다.

이때 읽는 아이의 책은 그림이 대부분이니까 무슨 이야기인지 설명할 필요도 없고 글의 뜻이 무엇인지 조목조목 가르칠 필요는 더구나 없다. 그냥 써 있는 그대로 머릿속에 들어가 있도록 두면 된다. 그림 보며 snowman이 무엇인지는 알지만 snowflake가 무엇인지 모르는 것 같으면 그런 것은 가르쳐 줘도 좋다. 그러나 그 문장을 잘라 가며 해석하게 할 필요는 절대 없다. 그렇게 배운다면 오히려 나중에 영어를 잘하는데 방해가 되고 결과적으로는 발전을 느리게 한다.

이때쯤이 되면 영어로 된 비디오, 한글 자막이 없는 비디오를 구해 보기 시작하는 것이 좋다. 예를 들면 《Lion King》이나 《뮬란》, 혹은 《허큘리스》 같은 비디오들이다. 우선 하나 사서 유치원 때처럼 만사 제쳐놓고 엄마와 아이가 같이 앉아 보라. 하루나 이틀 뒤에 같은 비디오를 엄마와 같이 또 본다. 아이가 다시 보기 싫어한다면 엄마가 기지를 발휘해야 한다.

"아빠 사자가 어떻게 되었지? 내가 잊어 버렸네!" 혹은 아이의 설명에 "정말 그랬어? 정말 재밌다. 다음에 보면 다시 봐야겠네!" 또는 "네가 본 것 오늘 저녁 아빠한테 한 번 가르쳐 드릴래? 그럼 아빠가 좋아하시겠지?"하면서 여러 번 보고 또 봐서 아이의 머릿속에 "이런 경우는 이렇게 말하고 저런 경우는 저렇게 대답하더라."하는 이미지가 들어가게 되면 성공이다. 여러 번 봐서 엄마와 같이 외우다시피 되면 더 좋다. 둘이 같이 외우다 생각이 안 나면 또 틀어 봐도 된다. 한 시간 짜리 비디오 한 번 보는 것이 영어 유치원 가서 3시간 있는 것보다 대사는 더 많이 접하게 된다. 가볍게 생각지 말고 끈기 있게 노력하다 보면 엄마의 영어 실력도 아이의 영어 실력도 같이 또 한 단계 오르게 된다. 물론 아이가 보지 않을 때 엄마는 아이보다 더 여러 번 볼 필요가 있다. 아이의 기억력이 엄마의 기억력을 앞설 터이니까. 또 엄마의 영어 실력이 아이의 실력을 앞서고 있어야 이끌어 가기가 좋기 때문이기도 하다.

이러다 보면 간단한 문장은 외우게 되는데 그런 문장들을 될 수 있으면 일상 생활에서 써 보는 것이 중요하다. 예를 들어 아이가 무릎이 까져 들어왔을 때, "What's the matter?" 하면 "I fell down." 한다면 성공적으로 가고 있다. 이때부터는 될 수 있으면 영어로 대화하라. 비디오를 많이 보는 것은 일상 생활화하는데 큰 도움이 된다. 또 시중에는 얼마나 많은 비디오들이, 그것도 재미있는 비디오들이 있는가? 그것을 활용하지 못한다면 너무 아깝고 그만큼 손해다. 60년대 내가 했던 고생에 비하랴! 이쯤은 고생도 아니고 어려운 일도 아니고 누워서 떡 먹기고 식은 팥죽 먹기다.

이 때에도 좋은 영어 학원이나 영어 캠프 보내는 것은 환영이다. 아이가 학원이나 캠프에 간 동안 엄마는 엄마대로 영어공부 게을리 하지 말기 바란다. 영어 캠프는 아침에 갔다 저녁에 오는 캠프도 좋고 혹시 아이가 해보겠다는 욕심이 있으면 자고 오는 캠프도 좋다. 부모 밑을 떠나는 연습도 필요한 것이니까. 우리 아이는 일곱 살 때부터 시작했지만 그것은 각 부모나 아이의 준비된 마음에 따라 정해야지 무리해서 보내거나 가고 싶다는 아이 붙잡아 둘 필요는 없다. 영어 캠프가 아니라도 하다 못해 부모 없이 시골에 있는 친척집에 며칠 보내 보는 것도 좋다. 이것도 홀로 서는 연습이다.

책을 읽는 것의 중요성은 아무리 강조해도 모자란다. 책 많이 읽는 아이가 공부 잘하고, 좋은 학교 가고, 사회의 지도자가 되는 것이 선진국이다. 우리도 그런 방향으로 가게 되어 있다. 여행하게 되면 자동차나 아이의 짐 속에 꼭 책을, 이왕이면 영어책을 넣고 다니다 아이가 심심할 때마다, 혹은 독서할 시간이다 싶을 때마다 읽도록 하는 것도 잊지 말기 바란다. 식당에 갈 때도 책을 갖고 가서, 어른들보다 식사가 일찍 끝나는 아이들이 식당이 떠나가라고 뛰어 놀게 놔둘 게 아니라 책을 줘서 읽게 하는 것이 훨씬 바람직하다.

"어떻게 그렇게 되겠어요?" 할지 모르지만 우리 아이는 물론 내 조카들 모두 책을 들고들 살았다. 자동차를 타도 책 들고 앉고, 책 들고 밥 먹어서 야단도 맞았다. 책에 흥미를 붙이면 그렇게 된다. 미국의 대학생들은 걸핏하면 책을 읽으며 걷는다. 헬스에 가서 조깅하면서도 앞에 책 펴놓고 보는 학생들이 많다. 그렇지 않다면 우리의 교육이 잘못된 것이지 이렇게 책 읽는 외국인을 나무랄 수 없다. 미국의 대통령보다 바쁜 사람도 없을 것이다. 그래도 클린턴이나 그의 부인이 매주 한 권 내지 두 권의 소설을 읽는다고 하지 않던가? 우리는 정말로, 정말로 각성해야 한다. 우리의 수준을 높이려면, 선진국이 되려면 그것이 첩경이다.

아직까지는 학습지 같은 것은 필요 없지만 원한다면 나는 Core Knowledge에서 나온 《What your Kindergartener Needs to Know》나 American Education Publishing에서 나온 《Comprehensive Curriculum》의 유치원용이나 1학년용을 권하고 싶다. 또 School Zone Publishing에서 만든 《Big Get Ready》도 좋고 McGraw Hill에서 만들어 내고 있는 《Basic Skills Curriculum》도 좋다.

특히 《Comprehensive Curriculum》 같은 책을 보면 Thinking Skill(생각하는 기술) 부분이 따로 있는데 이들은 암기 위주로 하지 않고 독서하고 사고하는 것을 위주로 만들기 때문에 마음에 든다. 초급반의 경우 배운 것의 차이, 언어의 차이, 문화의 차이가 있어 아이가 모르는 것은 생략하고 아이가 할 수 있는 것을 골라 엄마와 같이 하다가 상급 학년이 되면 좀더 자세히, 빼지 않고 해도 좋다. 나는 한글 학습지는 잘 모르지만 이왕 영어 하려고 나섰으면 모두가 다 영어로 된 책을 권하고 싶다. 이해력과 단어 수 늘기를 바란다면 《Basic Skills Curriculum》이 아주 좋다.

엄마가 어떻게 아이와 같이 공부하겠어요! 라고 반문하는 소리가 들린다. 특별해서 하는 게 아니다. 누구든 할 수 있는 일이다. 게으르거나, 신경질이 나거나, 이러느니 돈 주고 선생에게 맡기지 하는 마음에 밀려났을 뿐이다.

내 자랑 같이 들릴지는 모르지만 나는 우리 아이가 미국에서 초등학교 다닐 때, 아니 중학교 다닐 때까지 아이가 학교에서 배우는 책을 다 함께 보았다. 우리 아이가 배우는 것이 무엇인지 알고 싶기도 했지만 무엇보다 내가 생각했던 바는 미국 어린이들이 초등학교, 중학교 때 배운 것이 무엇인지 알아야 나도 그들을 이해할 수 있으리라는 생각에서였다. 그들은 모두 알고 있는데 나만 모른다면 내가 그 사회에서 살기엔 부족함을 느끼리라 믿었던 것이다. 누가 "제임스 매디슨의 생각은..." 하고 말을 하면 그 사람이 누구인지 알고 있어야 그들의 이야기를 알아듣게 되지 그렇지 않으면 도무지 알 수가 없지 않은가.

바꾸어서 이야기한다면 우리가 대원군 이야기를 하고 있는데 미국 사람이 대원군이 누구인지, 어떤 사람인지 알지 못한다면 그가 우리말을 아무리 잘한들 우리 이야기를 얼마나 알아듣겠는가? 마찬가지이다. 미국에 가서 그들의 학교에서 공부하려면 미국 초등학교의 교과서 정도는 읽고 가야 한다. 학생의 영어 실력뿐만 아니라 학생이 가서 그 사회와 문화를 이해하는 데 그 이상 좋은 준비가 없기 때문이다.

유학의 궁극적인 목적은 일류대 가자는 데 있는 것이 아니고 글로벌라이제이션 세계화하는 데 그 주류에 끼어 들기 위함이다. 아무리 유학 가더라도 그들의 문화나 사회를 이해하지 못하면 겉돌기만 하고 주류에 들지는 못한다. 호랑이를 잡으려면 호랑이 굴에 가라고 했다. 호랑이 굴 밖에서 어슬렁대다가 돌아오면 소기의 목적 달성인 호랑이는 결코 잡아올 수가 없다.

초등학교 3~4학년을 위한 영어

앞에서 엄마나 아이가 미국의 초등학교 교과서 정도는 읽는 것이 학생에게도 좋고 엄마에게도 좋다고 했다. 이제 3학년, 4학년이 되었으면 아이의 영어가 꽤 늘어서 듣기, 말하기, 읽기가 어느 정도는 되었으리라고 본다. 또 쓰기도 조금은 할 줄 알리라고 본다. 그러면 이때부터는 동화책, 소설책 같은 것도 물론 필요하지만 미국의 초등학교 교과서를 읽기 시작하는 것이 좋다. 지금껏 아이와 어머니가 같이 매일매일 영어공부를 해 왔다면 어머니 역시 이 책 읽는데 어려움이 하나도 없을 줄 안다. 단지 모르는 단어가 있다면 아이와 함께 앉기 전에 어머니가 미리 그 뜻을 알아두면 더욱 좋고, 어머니의 영어 실력이 웬만큼 있어서 미리 준비할 필요가 없다면 그냥 책읽기를 시작해도 좋다.

미국 초등학교, 중고등학교 교과서는 서점에서 구입할 수가 없다. 교과서는 각 주에서 학생들을 위하여 만들어서 각 학교에 나누어주고, 학교에서 책을 받은 학생들은 1년간 학교 책을 빌려 보고는 학년이 끝날 때 돌려주게 되어 있다. 그러니까 학생인 동안 책은 학교에서 빌려 보는 셈이다. 책은 깨끗이 써야 하고 책 속에 낙서 따위를 하면 안 된다. 따라서 공립학교의 책을 구할 수는 없다. 졸업생에게 썼던 책 물려 달라고 해도 없다. 졸업 전에 이미 학교에 돌려준 상태이기 때문이다.

사립학교들은 책을 산다. 그렇다고 내가 그 사립학교에 가서 책을 살 수 있는 것은 아니다. 사립학교는 사립학교대로 자기네 학생 수에 딱 맞는 숫자만을 주문했기 때문에 팔고 싶어도 여분이 없는 것이다. 사립학교 졸업생에게서 구할 수는 있다. 그것이 한 방법이기도 하다.

다행히 미국의 대형 서점들이나 아마존 닷 컴에서 구할 수 있는 초등학교 교과서가 있어 그것을 소개한다. 내가 보기에는 추천할 만하다. Delta Doubleday에서 출판한 책인데 유치원부터 초등학교 6학년용까지 있다. 책제목은 유치원의 경우 《What Your Kindergartener Needs to Know》이고 1학년부터는 《What Your First Grader Needs to Know》로 시작한다. 3학년짜리는 《What Your Third Grader Needs to Know》이다. 물론 6학년이라면 《What Your 6th Grader Needs to Know》로 되어 있다. 제목 그대로 "당신의 3학년짜리가 알아야 할 책"이라는 뜻이다. E. D. Hirsch, Jr.가 편집했다. 이 책들은 《The Core Knowledge

Series》로 유치원부터 초등학교 6학년까지 7권이다.

책의 내용은 매 학년마다, 예를 들면 3학년이라면 미국 초등학교 3학년생이라면 알아야 될 내용이 한 권 속에 다 들어 있다. 우리가 이 책을 읽는 것이 더욱 좋은 점은 이 책은 일반적인 미국 초등학교를 대상으로 쓴 책이지 어느 특정한 주나 특정 지역의 학생들을 위해 쓴 책이 아니기 때문이다. 예를 들면 우리 아이가 다녔던 버지니아주의 교과서는 버지니아에 대한 이야기가 다른 주의 교과서에 비하여 많다. 마찬가지로 캘리포니아주 공립학교의 교과서라면 물론 캘리포니아에 대하여 더 비중을 두게 마련이다. 그러나 이 시리즈는 미국 전체가 대상이기 때문에 어떤 한 지역에 치우치지 않아 좋다는 것이다. SAT를 공부한다거나 GRE를 준비한다면 지역성보다는 미국 전체성을 알아야 하니까 외국인에게는 더 좋은 책이다.

유치원부터 6학년까지 7권을 다 읽고 이해하게 되면 웬만한 고등학교 졸업한 미국 사람보다 아마 더 지식이 앞설 수도 있다. 우리와 달라 공부를 등한히 하는 미국인들이 엄청 많기 때문이다.

또 하나 유의해야 할 점은 유치원 책을 놓고 "아니 유치원 학생 책이 왜 이렇게 어려우냐? 이런 책을 유치원 아이가 읽겠느냐?"할 텐데 유치원이나 1학년용 책은 선생님이 읽고 설명해 주거나 부모님이 가르쳐 주는 것이 목적으로 되어 있다. 그러니까 실은 적어도 2학년이나 3학년은 되어야 자기가 혼자 유치원 책을 읽을 수 있는 레벨이다.

그렇다고 당황하거나 놀라지 말고 영어가 웬만큼 늘어난 3학년이나 4학년쯤에서 읽기 시작해도 좋다. 책은 1학년이면 1학년, 2학년이면 2학년 내용을 전부 담고 있으며, 첫째는 언어와 문학, 둘째는 역사와 지리, 셋째는 미술, 넷째 음악, 다섯째 수학 등으로 되어 있다. 3학년 책은 음악이 빠지고 그 대신 자연과학이 들어가고 역사 자리에는 세계 문명, 미국 문명이 들어간다. 이렇게 6학년까지 읽고 이해하고 나면 미국의 어느 중학교를 가도 걱정이 없다. 실은 세계 어디에 갔다 놓아도 부족함이 없다.

물론 미국 초등학교 4학년 수학은 우리나라 4학년 수학에 비하면 형편없다. 그러나 수학만이 다는 아니다. 초등학교 6학년이면 알고 있어야 한다고 여기는 세계 문명, 지리, 영어는 우리나라 고등학교 학생을 능가한다고 생각될 정도이다. 자녀와 같이 이 7권의 시리즈를 읽고 나면 어머니도 가장 유식한 한국의 어머니로 성장하여 있으리라는 것을 장담할 수 있다. 그만하면 그 동안 시간과 노력을 투자할 가치가 있는 것이 아닌가!

책에 대한 안내를 원하는 분들을 위하여 참고로 이 책의 시리즈를 만들어 내고 있는 코어 놀리지 주소와 웹사이트를 소개한다.

Core Knowledge Foundation
801 East High Street
Charlottesville, Va. 22902
U. S. A.
tel : (434) 977-7550, (800) 238-3233
http://www.coreknowledge.org

책의 주문은 다음 주소로 하거나 Amazon.com으로 해도 된다.

Dell Consumer Services, Dept. CK
2451 South Wolf Road
Des Plains, IL 60018
U. S. A.

혹은 이 책을 펴낸 도서출판 물푸레로 주문해도 되고, 교보나 영풍문고 같은 서점에 주문해 달라고 해도 구할 수 있으리라 믿는다. 《Basic Skills Curriculum》, 《Comprehensive Curriculum》이나 Core Knowledge에서 만든 《What Your 1st Grader Needs to Know》 등은 1년에 한 권씩은 하겠다든지 한 달 안에 얼만큼씩 읽겠다는 목표를 어느 정도 설정해 놓고 하면 따라가기가 더 수월하고 쉽다. 단지 목표를 너무 크게 잡거나 너무 작게 잡지 말고 아이의 수준에 따라 조절을 해 가면서 진행해 가면 더 좋겠다.

유학 간 학생들이 가장 힘들어하는 과목이 과학, 수학, 영어보다도 세계사, 세계 문명, 미국 역사 같은 과목들이라고 모두들 같은 소리를 한다. 그도 그럴 것이 과학이나 수학, 영어는 어느 정도 우리나라에서도 같은 내용을 배우기도 하고 특히 수학은 훨씬 앞서고 있다. 그러나 우리 초등학교에서 가르치는 세계사나 세계 문명 등은 거의 없다고 봐야 한다. 그렇기 때문에 미국의 중학교나 고등학교에 유학 간 학생들이 언어도 짧은데 세계 문명을 읽으며 이해하자면 힘들어 고생할 수밖에 없다. 따라서 위의 책들 속에 나오는 세계사, 세계 문명, 미국 문명들은 읽고 가면 그래도 그들의 교과 과정에 들어갈 수 있을 뿐만 아니라 학생의 지식이 우리나라의 어느 상급생 못지 않게 넓다고 볼 수 있다. 어차피 앞선 수학만 집중해서 시켜 보낼 생각하지 말고 이런 역사, 문명 부분을 미리 읽혀 보내면 유학간 학생들이 훨씬 수월하게, 좋은 성적도 얻고, 박식하다는 칭찬도 듣고 일거 양득이 아닐 수 없다. 꼭 염두에 두기 바란다. 영문법 공부나 그에 따른 독해에 보낼 시간이 있으면, 유학 준비를 위해 위의 책 보다 좋은 것이 없을 듯 싶다.

학원을 다니며 여러 해 공부한 학생들 중에는 옛날 나와 우리 어머니들이 학교 다녔을 때 배운 식으로 문법과 문법에 맞춰 독해하는 영어를 그냥 그대로 배우고 있는 것을 본다. 예전에는 중학교 때 했던 것을 요즘 초등학교로 옮긴 것 말고는 별다를 게 없다. 이런 식으로 계속 영어를 배우면 장기적으로 볼 때 오히려 손해가 된다. 내 말을 이해하도록 설명해 보겠다.

유치원에서부터 비디오 보면서 "I like apples."를 들으며 본 아이는 그것의 뜻이 무엇인지 번역하지 않아도 이미 알고 있다. 그러나 한국식으로 독해하는 아이는 "I like apples."를 보면 한국말로 바꾼다. 머릿속으로 하든 입으로 하든 "나는 좋아한다, 사과들을." 그러니까 이 문장의 뜻은 "나는 사과를 좋아한다."라고 이해한다.

또 "Do you like apples?"의 뜻은 "너는 좋아하니 사과들을?"이다. 그러니까 그에 해당하는 대답 즉, "I like apples."를 하면 되겠다고 생각한다. 이처럼 영어에서 한국말로, 한국말에서 다시 영어로 바꾸게 머리를 훈련시키는 것이다. 그러다 보니까 대답은 실상

"Yes, I do."하면 되는 것을 오히려 다른 대답이 나오게도 한다. 틀렸다고 볼 수 없을지는 모르지만 이렇게 콩글리쉬가 되는 것이다. 시간도 많이 걸릴 뿐 아니라 죽은 언어가 되는 이유가 된다. 영어를 잘하려면 영어로 생각하고, 영어로 듣고, 영어로 말해야 한다. 영어를 한국말로, 한국말을 다시 영어로 바꾸어서 할라치면 영어도 죽고, 늘지도 않으며 콩글리쉬에서 벗어나기가 힘들다.

단어 외우는 것도 마찬가지이다. 단어 20개를 매일 외워도 그 단어가 언제 어떻게 쓰이는지를 모르면 고생하며 외운 단어를 쓸 줄도 모른다. 많은 단어를 내 것으로 만드는 가장 좋은 방법은 뭐니 뭐니 해도 독서이다. 독서를 하다 보면 같은 단어라도 때와 장소에 따라 언제, 어떤 곳에 써야 하는지 저절로 알게 되기 때문이다. 또 새 단어를 배우게 되면 그 단어로 짧은 글짓기, 문장 짓기를 하여 그 단어를 완전히 이해하고 내 것으로 만드는 데 도움이 되도록 해야 더 좋다. 틈틈이 그런 것을 하는 것도 잊지 말기 바란다.

나도 어려서 외우기 싫은 단어 억지로 외느라 고생 무척 했다. 그때는 그렇게 가르칠 수밖에 없었다. 지금도 생생한 기억이 있다. yield라는 단어를 알을 낳다, 늘어나다, 산출하다로 분명히 외웠는데, 미국의 고속도로를 가다 보면 yield라고 곳곳에 쓰여 있는 것을 보게 된다. 왜 알을 깐다든지 산출한다는 말이 여기 써 있을까, 참 이상도 하다고 그 뜻을 물었던 기억이 있다.

단어를 외우는 것은 점수를 위한 공부는 되지만 산 영어를 하는 공부는 아니다. 책을 읽으면서 문맥의 흐름을 보아 단어의 뜻을 알게 되면 그것은 산 단어가 되고 다음에 내가 쓰기도 좋다. 따라서 영한 사전보다는 예문이 많은 영영 사전이 필수이다. 영한 사전은 없애도 좋다. 그 책이 필요한 사람은 따로 있다.

3～4학년이 되면 글쓰기도 제법 할 수 있어야 한다. 한글로 일기 쓰는 대신 영어로 일기 쓰도록 권장하면 어떨까? 처음엔 형편없어도 자꾸 쓰다 보면 요령이 생긴다. 이때 쓴 것은 영어 아시는 분에게 좀 봐 달라고 해서 콩글리쉬 같은 부분을 제대로 된 영어로 바꾸어 가며 쓸 수 있으면 더 좋겠다. 일기가 쓰기 싫으면 친구에게 편지 쓰거나 엄마, 아빠께 하고 싶은 말을 노트에 쓰는 습관도 좋다. 엄마 역시 영어로 써서 대답해 주면 글이 오가서 좋기도 하지만 정이 오가서 더 좋다. 또 감상문이나 독후감 같은 것을 쓰는 것도 물론 좋다. 영어하는 사람과 e-mail 주고 받는 것도 좋다. 어머니가 이런저런 연구를 하여 아이들을 잘 인도하기 바란다. 또한 아이가 어떤 글을 썼더라도 비판보다는 잘 썼다, 또 써 봐라 하고 북돋아 주고 상을 주는 것이 좋다. 아이에 따라서는 자기 성취감에 만족하여 별로 상이 필요 없는 아이도 있지만 열에 아홉은 엄마가 주는 상이 큰 발판이 되기 때문이다. 어머니도 남편이 "당신 예쁘다."라면 입이 벌어지는 것과 같은 이치다. 칭찬은 아끼지 말기 바란다.

미국의 대학 공부는 얼마만큼 글을 잘 쓰느냐, 리포트를 얼마나 잘 써내느냐에 달렸다고 볼 수 있다. 시험도 그렇게 치르고 졸업논문도 그렇게 낸다. 제대로 글을 쓸 수 없으면 좋은 성적도 받기 어렵다. 좋은 성적은 우리가 수십 년 해 온 선다형이나 찍기에 달려 있지 않고, 논리적으로 요령 있고 조리 있게, 내가 아는 바를 종이 위에 늘어놓을 수 있는 능력에 달려 있다.

나는 차안에 늘 테이프를 넣고 다니며 듣는다. 다른 테이프가 아니고 영어 소설들이다. 미국은 인기 있는 소설들을 테이프로 하여 팔고 있는 것이 무척 많다. 우리나라처럼 길이 막혀 길에서 많은 시간을 보내야 할 때에는 그 이상 좋은 것이 없다. 나는 이 테이프 듣는 것이 너무 좋아서 그럴 때는 전화 오는 것도 싫다. 어린이용 쉬운 테이프들을 사서 차안에서 틈틈이 듣는 것은 아주 좋다. 아이의 영어 실력이 늘어감에 따라 조금씩 어려운 것으로 옮겨가면 안성마춤이다.

미국에서는 보통 3학년 때 필기체를 배운다. 이때 필기체를 가르쳐 주면 아이가 혹시 연수 가든지 유학 가더라도 당황하지 않고 그대로 적응하기가 좋다.

여건이 허락된다면 방학 같은 틈을 타서 해외로 영어 연수나 영어 캠프 다녀오는 것도 좋다. 이 다음에 유학을 가더라도 학생이 자기가 갈 곳이 어떤 곳인지 미리 알고 있는 것이 마음에 안정을 줄 수 있다. 또 이는 초등학교 5학년, 6학년 동안도 마찬가지이다. 방학 두 달간 미국의 학교에 가서 공부하고 오는 것은 학생에게 좋은 기회가 된다.

초등학교 5~6학년을 위한 영어

이와 때를 같이 하여 초등학교 교과서에 해당하는 Core Knowledge 시리즈를 뗄 수 있으면 더 바랄 게 없겠다. 그러나 그러지 못했더라도 걱정 말고 계속 꾸준히 해 나가야 한다. 만약 6학년까지 다 끝내었으면 이런 학생은 미국의 어느 7학년에 들어가도 걱정이 없다. SSAT나 토플도 어느 학교의 7학년이라도 거뜬하게 받아 줄 수 있는 성적이 될 것이다.

4학년 정도의 책을 읽을 수 있으면 테이프로 된 《해리 포터》를 들을 수 있는 실력이 된다. 영어로 된 《해리 포터》 테이프를 구하여 듣게 하면 듣기도 늘고, 재미도 생기고, 어휘도 늘게 된다. 단어, 숙어, 문장을 이해하는데 더 이상 좋을 수가 없다. 세익스피어 같은 고전보다는 현대 영어가 쓰인 테이프가 훨씬 더 도움이 된다.

어느 학년으로 유학 가려는가에 따라 유학 준비도 알아 볼 필요가 있다. 우리나라에서 치를 수 있었던 SSAT가 문제 유출의 의혹 때문에 얼마 전부터 우리나라에서는 치르지 못하고 있다고 한다. 어찌 되었던 창피스런 일이다. SSAT를 치려면 미국이나 일본, 홍콩으로 가야 할 판이다.

Reading, Comprehension, Thinking Skills 들을 다루고 있는 《Comprehensive Curriculum》도 이때와 같이 하여 뗄 수 있으면 금상첨화이다. 또한 읽기와 쓰기 이해, 단어 공부 등에 중점을 두고 있는 《Basic Skills Curriculum》도 아주 잘 짜여진 학습지이다. 그것도 계속하면 큰 도움이 된다. 그러기 위해서는 꾸준한 노력, 인내가 무엇보다 요구된다.

틈이 나면 AFKN의 드라마나 시트콤을 들어보려고 노력하는 것도 아주 좋다. 처음엔 귀에 잘 안 들어올지 몰라도 계속 듣다 보면 아주 재미있다,

5~6학년 학생 영어 실력 좀 봐 달라고 해서 시켜 보면 문법 따라 토막토막 독해하는 것이 옛날 우리 늙은이들 하는 그대로이다. 중고교는 더 심하다. 배운 걸 지울 수도 없고, 다시 배우기도 어렵고, 허비한 시간이 아깝다. 그래도 부모는 내 말대로 하기가 두렵다. 지난 50년간 해 온 습관인데 어떻게 하루아침에 변하겠는가? 또 가르치는 영어 선생님도 그 방법 외에는 모른다. 시험도 그렇게 치르고 있다. 그러니 그냥 그 자리에 맴돌고 있어도 이렇다 할 방법을 찾지 못하고 있는 것이다. 모두 다 같은 우물 안에 빠져 있으니 어떻게 벗어나올 수가 없다.

이때야말로 많이 읽어야 할 때이다. 얼마나 많이 읽느냐에 유학의 성패가 달렸다는 이야기 골백번 해도 모자란다. 독서를 많이 해야 자유롭게 사고할 수 있고, 개성적인 아이디어도 생기게 되고, 하다 못해 수학 응용문제를 풀기도 쉬워진다. 듣기와 말하기는 사실 어린이의 경우 어느 정도 영어에 노출되어 있으면 시간이 해결해 준다고 보아도 된다. 약 3000시간 지나면 귀가 뚫리고 입이 열린다. 그러나 읽기와 쓰기는 다르다. 많이 읽는 학생일수록 성적도 늘고, 문장력도 늘고, 발표력 사고력도 는다. 한마디로 유학에 성공할 수 있는 기본이 갖추어진다. 일류 대학에 가고 싶을수록 많이 읽어야 한다. 미국의 대학들은, 특히 일류 대학은 그런 학생 알아내는 데 귀신이라고 봐도 틀림없다. SAT성적을 높이는 데도 많이 읽는 학생에게 유리하게 되어 있다는 사실을 기억하기 바란다. 우리의 수능시험과는 사뭇 다르다.

여러 분야의 영어책을 읽는 것도 중요하다. 그래서 내가 부득부득 Core Knowledge가 내 놓은 책을 권하는 것이다. 그 안에는 이야기나 시뿐 아니라 과학, 역사, 문화가 다 골고루 들어 있다. 미국학생들과 어깨를 겨룰 수 있게 되기 때문이다. 이 책의 시리즈를 떼고 나면 미국의 대다수 6학년 학생보다는 더 앞설 수 있다. 왜냐면 미국엔 우리 학생들처럼 목매달고 공부하는 아이들이 드물기 때문이다.

또 책 읽는 속도를 빠르게 하는 것도 중요하다. 이것도 책을 많이 읽으면서 저절로 생기게 마련이다. 또 읽은 책을 한 페이지나 두 페이지에 정리해서 글쓰는 실력을 계속 늘려 가야 한다. 내용

요약하기, 내 생각 쓰기, 재구성해 보기 모두 중요하다.

　미국의 학습지라고 볼 수 있는 《Comprehensive Curriculum》 같은 책은 글쓰는 방법도 차근차근 가르치고 있다. 내용을 요약하여 구분하게 만들고 그것들을 내 글로 다시 재구성하도록 유도하고 있다. 어머니가 학생을 잘 유도하여 그런 면들을 활용하게 하면 많은 도움이 되리라고 믿는다.

중, 고등학생의 영어

우리나라 중학교나 고교에서는 문법과 독해에 정신이 없다. 영국에서 4년 간 유학하고 온 우등생이 우리나라 중학교에 와서 영어 학원에 다녀야 한다고 한다. 이유인즉 학원에 가지 않으면 우리나라에서 가르치는 문법을 모르기 때문에 내신이 떨어져 어쩔 수가 없다는 것이다. 이 학생의 영어 실력은 가르치는 영어 선생님보다 못할 리가 없다. 이 학생은 세계 어디엘 가도 영어에 부족함이 없을 것이다. 그래도 우리나라에서는 영어 학원에 가야 한다.

유학을 위한 영어에 이런 학원은 필요가 없다. 아무리 내가 떠들어도 헛소리가 되고 있다. 죽은 영어라도 시험을 치려면 죽은 대로라도 배워야 성적이 나올 테니 말이다. 금쪽 같은 시간과 돈과 정력이 너무 아깝다. 중고등학교에서의 영어공부는 앞서서 말한대로 지금껏 해 온 것을 계속하는 외에 SAT와 토플 공부를 더해야 한다. 영어공부는 그대로 계속 독서로 가지가지 다양한 책과 시사지들, 영자 신문들을 많이 읽으면 좋다. 또 구할 방법이 있으면 미국 중고교의 교과서 중 특히 영어, 세계사, 또는 취미에 따라 화학이나 물리, 생물학을 읽는 것도 좋다. 미국 학교의 교과서가 아니라도 우리 대학생들이 쓰는 원서를 봐도 좋다. 하여튼 여러 분야에서 많은 책을 많이 읽어야 한다.

토플이나 SAT공부는 문제집 구해서 혼자 풀어 가도 충분하다. 그러기 위해서는 지금껏 해 온 독서가 밑바탕이 된다. 충분히 해본 후에 불안하면 학원에 가서 요령을 좀 배우는 것은 좋다고 본다. 너무 SAT에만 매달려 있는 것은 바람직하지 않지만 일반적으로 영어가 모자라고 독서가 부족한 우리의 현실에선 어쩔 수 없는 현상일지도 모른다.

SAT의 영어 실력 올리는 데는 단어를 무작정 외우기 보다 그런 목적으로 나온 좋은 소설책이 있다. Harcourt Brace and Company가 펴낸 《Tooth and Nail (Charles Harrington Elster and Joseph Elliot 지음)》로 미국의 대부분의 책방이나 Amazon.com 에서도 구할 수 있는 책이다.

《Tooth and Nail》은 SAT에 나오는 단어들을 넣어서 만든 소설책으로 재미도 있다. 그런 책을 읽으면서 SAT의 어휘 공부를 하는 데 목적이 있다. 이 책을 읽는 것이 많은 도움이 되었다고 SAT를 쳐 본 많은 미국 학생들이 입을 모은다. SAT가 아니라도 어휘를 늘리고 싶은 사람은 읽어도 좋은 책이다.

타임지나 뉴스위크지를 열심히 보는 것도 좋다. 읽은 후 다시 들쳐 보지 않고 내용을 간추려서 써 보는 훈련도 좋다. 성인용 타임지나 뉴스위크지가 너무 어려우면 십대를 위한 Time for Kids 나 Teen Newsweek 도 좋다.

글쓰는 훈련은 이 시기에 더욱 열심히 해야 할 일이다. 대학 입시에 쓸 에세이도 에세이지만 일단 대학에 가면 대학에서의 성패가 글쓰는 솜씨에 많이 달려 있으니 말이다. 글쓰는 기술을 늘리려면 우리의 신문 기사를 영어로도 써 보고, 읽은 책 요약하는 일도 계속해 보고, 일기나 편지 같은 것도 영어로 계속 써 보고, 입시에 필요한 에세이도 써 보고 하는 것들이 모두 도움이 된다. 그 외에도 학생 자신이 쓰고 싶은 것은 무엇이든 영어로 써 보아도 좋다. 소설이나 시, 산문을 써 봐도 좋다. 대학 입시 에세이에 좋은 시를 써도 훌륭하게 눈길을 끌 수 있음도 잊지 말기 바란다. 시를 잘 쓰는 친구의 아들은 에세이에 시를 써내고 하버드 갔다.

인터넷은 훌륭한 교육 도구이다. 그러나 2%만이 교육에 사용되고 나머지는 게임이나 채팅, 포르노에 사용된다고 한다. 인터넷의 활용은 엄청난 도움을 줄 수 있다. 사실 인터넷만 잘 이용하면 유학 학원도 필요 없다. 그 속에 모든 정보가 들어 있으니 말이다. 요즈음와서 미국의 명문대도 우리나라에서 직접 입학하게 된 근본 동기는 인터넷 덕분이라 해도 과언이 아니다. 컴퓨터나 인터넷이 없었던 시절엔 정말 힘들고 어려웠던 것이 사실이다. 필요한 지식을 인터넷에서 거의 모두 구할 수 있다.

유학을 계획하고 있는 중고교생이면 부모나 학교나 학원의 도움

없이도 자신이 계획을 세우고, 계획 따라 실천하고, 필요한 때 적
당한 사람 찾아 자문 구하고 하는 정도는 혼자 할 수 있는 나이가
되었다. 부모가 떠 먹이다시피 미는 대로 밀리기만 하면서 공부해
왔다면 모르지만 그렇지 않다면 자신이 길을 찾을 수 있는 능력도
가져야 한다. 필요한 도구는 사방에 널려 있다. 가장 손쉬운 인터
넷에서부터 선생님이나 친지, 부모, 유학간 형이나 누나, 그들의
부모, 등등 얼마든지 알아보고 찾아보고 배울 수 있다.

우리 아이 브라이언은 착하고 고분고분한 편이다. 이것은 결코
자랑이 아니다. 오해 없기 바란다. 무엇인가 해내는 학생은 착하고
고분고분하기보다는 고집 세고 무섭게 집중하는 경향이 있다고 본
다. 자신을 잘 알고, 무엇을 어떻게 해야 할지도 안다. 우리 아이가
착하고 고분고분한 덕에 나는 아이가 쓴 대학 입학을 위한 에세이
들을 읽어보는 영광(?)을 가졌다. 그러나 내 동생의 딸은 여자아이
인데도 불구하고 어찌나 자립심이 강하고 자신만만한 아이인지 내
동생은 딸이 에세이에 무엇을 썼는지도 모른다. 좀 보자고 애걸을
해도 "엄마가 그걸 봐서 뭘 할건데?"하고 되묻는다. 엄마가 무식해
서 그리하는 것도 아니다. 엄마인 내 동생은 미국에서 사회학을 가
르치고 있는 대학교수인데도 그렇다. 고집 센 조카는 MIT에 입학
했다. 나는 조카를 보면서 고집 센 아이도 정말 부러운 아이라고
생각한다. 나는 어려서 고집 세다고 야단도 무척 맞았는데 그렇다
면 나에게도 희망이 좀 있을까? 이 나이에 헛된 생각도 들게 한다.

우리는 착하고 고분고분한 아이를 칭찬해 왔다. 그러나 사실은
줏대 없고 뚜렷한 자기 주관이 없을 때 그럴 경우가 많다. 어찌 보

면 고집 세고, 욕심 많고, 주관이 뚜렷한 아이가 더 많은 것을 해낼 가능성이 클지도 모른다. 많은 미국의 아이들이 그렇게 자랐는지도 모르겠다. 고등학생 정도가 되면 누구에게 의뢰하지 않고 자신의 대학 입시 에세이들을 써내고, 원서 준비하고, 어느 학교를 갈 것인가를 결정한다. 부모의 뜻보다는 자신의 생각이 더 앞선다. 우리 고등학생들도 마찬가지이다. 또 그렇게 해야 한다.

사실 솔직히 말하자면 우리 어머니들보다는 고등학생들이 인터넷에 들어가 파도를 헤쳐 나가는데는 더 능수 능란하다. 어머니가 이 사람, 저 사람 통해 들은 토막 상식보다는 인터넷에 들어가 훨씬 더 풍부한 지식을 얻을 수 있다. 그런 자료를 얼마든지 구할 수 있는 인터넷 서퍼(파도 타듯 유유히 인터넷 세상을 타고 다니는 사람들)들에게 내가 얼마 안 되는 지식 가지고 이래라 저래라 하는 것은 번데기 앞에서 주름잡는 결과만 부를 것 같다.

지금껏 책 많이 읽어 왔고, 글 열심히 써 왔으면 궁극적인 열쇠는 학생 자신에게 달렸다. 필요한 나머지는 인터넷에서 찾을 수 있다. 찾은 후에는 지금껏 충실한 후원자였던 어머니, 아버지와 상의하여 길을 찾아가는 것이다.

SAT를 좀 더 준비하고자 원한다면 《Barron's SAT》도 좋고 Peterson의 SAT도 훌륭하다. College Board가 내놓은 《10 Real SAT》도 물론 도움이 된다. Princeton Review도 항상 좋은 SAT 책들을 내어놓고 있다. 어느 것이든 다 비슷하고 좋다. 또 같은 회사들이 SAT Ⅱ의 준비 책도 만들고 있으므로 찾기도 쉽다.

중3이나 고1(미국의 9학년이나 10학년)이 되면 인터넷에 들어가 미국 명문대들을 찾아 다녀 보고, 그들의 원서도 찾아봐서 무엇을 요구하고 원하는지 점검하면서 내 자신의 계획을 그에 발맞춰 해 보면 좋은 준비가 될 것이다. 어느 학교에 내가 원서를 내건 안 내 건 간에 원서와 책자 좀 보내 달라고 하면 다 보내 준다. 그러면 이 학교, 저 학교 받아 보고 같은 점, 차이점을 짚어 보며 내가 원하는 곳을 추려 간다면 막판에 가서 당황하는 일이 없을 것이다.

어머니의 영어 실력을 발휘할 기회가 왔다

앞에서 어머니들에게 아이와 함께 영어공부를 하라고 권했다. 물론 어머니만큼 자식에게 좋은 선생이 없을 뿐 아니라 서울이 아닌 곳에 사는 경우, 보낼 만한 학원이 없을 경우엔 그 이상 효과 있는 방법이 있을 수가 없기 때문이기도 하다. 더구나 어머니의 영어 실력이 늘면 그 자체도 큰 득이 된다. 그러나 무엇보다도 중요한 것 한 가지가 남아 있다. 그것은 막상 아이를 유학 보내려면 특히 조기 유학의 경우에는 어머니의 영어 실력이 아이의 학교 선택에 아주 중요한 역할이 될 수 있기 때문이라는 점이다.

많은 부모들이 미국의 학제에 생소하고 원서를 어떻게 내야 하는지 등에 아는 바가 없다. 그러나 대학 입학 원서는, 혹은 사립 중고교 입학 원서는 사실 누구나 써서 낼 수 있게 되어 있다. 우리나라의 입학 원서를 생각하면 된다. 입학 원서 접수 자체를 까다롭게 할 이유는 하나도 없기 때문이다. 구태여 유학 학원에 갖고 가야 하는 것은 아니다. 부모가 웬만큼만 영어를 하면 중고교 원서는 다 쓸 수 있게 되어 있고, 제대로 고등학교를 준비했으면 대학 원서는 학생 자신이 할 수 있게 되어 있다. 실제로 미국의 수백만은 다 그렇게 하고 있다. 대부분은 부모가 일일이 간섭하거나 챙기지 않는다. 학생들은 부모의 간섭을 원하지도 않는다. 앞에서 말했듯이 이번에 미국에서 MIT를 간 딸을 둔 내 동생 역시 딸이 어떤 에세이를 썼는지도 모르고 있다. 대부분의 미국 고교생들이 다 그렇게 한다. 워낙에 대학 입학 원서라는 것이 학생이 작성하여 내는 것이기 때문이다.

유학 학원에 갖고 가라 마라 하는 소리가 아니다. 유학 학원은 정해진 시간 안에 해결해 줄 수 있는 학생 수가 정해져 있다. 열 명을 해야 될 시간에 학생과 부모들이 몰리게 되어 20명이나 30명을 해 줘야 한다면 거기서 받을 수 있는 서비스가 어떠리라는 짐작은 누구나 할 수 있다. 유학 가겠다는 학생은 밀려오는데 제한된 시간에 제한된 인원 갖고 제대로 일을 처리해 주기 바라는 것이 무리일 수도 있다.

더구나 미국의 교육은 천편일률적인 대답보다는 개성을 존중하는 교육이다. 유학 학원에서 아무리 개성을 살려 주려 해도 한계가 있다. 한 학생 봐 주기에도 충분치 못한 시간에 10명, 20명을 봐 주려면 언제 어떻게 개성을 고려할 수 있겠는가? 유학 학원에 부탁을 하더라도 학생의 어머니는 모든 걸 꼼꼼히 챙겨야 한다. 지금

껏 자식과 함께 영어공부해 왔으면 그 실력 갖고 충분히 원서 정도
는 준비할 수 있고 인터뷰도 신청할 수 있다. 모든 학교들은 웹사
이트에 다 들어 있다. 우리는 21세기에 살고 있는 것이다.

내가 하는 것이 두려워서, 혹시 실수할까 봐 학원에 맡긴다면 선
생님의 추천서 받는 일이나 에세이 쓰는 일 등은 특히 부모가 지키
고 앉아서 누구나 똑같은 추천서나 에세이가 되지 않도록 살펴보
아야 한다. 경우에 따라서는 학교 성적이나 SAT점수보다 추천서
나 에세이가 더 비중을 차지하기도 한다. 한국 학생들의 토플 점수
가 믿을 수 없다고 불평하는 것도 그런 이유가 되기도 한다. 이제
한국에서 치르는 SSAT는 중단되었다고 한다. 이런 때 그들이 더
열심히 찾는 것은 아이가 쓴 에세이나 추천서이다. 에세이에서 아
이의 성격이 드러나지 않고 추천서에서 신통한 내용이 없으면 어
떻게 학생을 선발하겠는가?

별로 성적은 뛰어나지 않아도 좋은 학교에 가는 학생들을 보면
결코 운이 아니다. 유학원에서 만들어 준 에세이나 추천서가 아니
고 학생의 독특한 냄새가 나는 그런 에세이와 추천서 덕분이다. 이
런 것을 준비하려면 그 동안 어머니가 아이와 함께 쌓은 영어 실
력, 미국 문화의 이해가 큰 힘이 되는 것이다. 처음부터 강조했듯
이 아이의 영어는 어머니와의 공동 과제이다. 그렇다면 유학 역시
마찬가지이다. 어머니만큼 자식 잘 아는 사람은 없다. 어머니보고
에세이 쓰라는 말은 아니다. 자식이 쓴 에세이가 아이의 개성과 특
성이 잘 나타나고 있는지, 추천서 역시 우리 아이를 잘 반영시키고
있는지 가릴 줄은 알고 선택할 줄 알아야 한다. 워낙에 추천서는

선생님이 쓰신 후 직접 학교로 보내게 되어 있다. 그러나 우리나라의 사정상 그런 추천서를 영어로 쓰실 수 있는 분이 별로 없다. 그러다 보니 추천서조차도 어머니가 관여해야 하는 정말로 이변이 생기고 있는 실정이다. 누구를 탓할 수도 없다. 주어진 상황에서 최선을 다 해야 할 뿐이다. 반면에 지금껏 투자해 온 어머니의 노고와 열성과 투자가 결실을 얼만큼 거둘 수 있느냐 하는 기회가 온 것이기도 하다. 일류 명문 사립 중고교나 명문대를 가기 위해서는 치맛바람이 아니라 어머니의 지혜와 머리와 영어 실력이 요구되고 있는 중요한 시점이다.

국제적인 영어학교 빨리 세우자

교육 경제

미국에 가 있는 유학생의 숫자가 15만 명이라고 한다. 학생마다 드는 돈이 모두 다르기는 할 것이다. 예를 들어 우리 아이는 의대를 다니니까 1년에 5만 달러라는 거금이 들었다.

우리만 해도 대한민국에서 돈벌어 대야 했다면 교수 월급으로는 도저히 감당할 수 없는 금액이다. 중고교 보딩도 아무리 적게 든다 하더라도 2만 달러 가까이 들게 된다. 모든 학생을 평균 잡아 3만 달러라고 한다면 1년에 45억 달러, 우리 돈으로 치면 6조원에 해당되는 금액이다. 이것은 미국에서만 그렇고, 다른 영어권인 캐나다, 호주, 뉴질랜드, 영국 다 합친다면 7조 내지 8조에 달하는 돈이다. 우리나라에 연간 수출이 이를 따라갈 만한 품목이 있는지 모르겠다.

우리나라 교육인적자원부 예산은 올해 22조 2800억이라고 한다. 교육인적자원부 총 예산의 30%가 넘는 돈이 외국으로 나가고 있다. 우리는 될 수 있는 한 외화 유출을 막아야 하는 나라이다. 기막히게 아까운 돈이다.

"우리나라로 유학을 보내오니까 우리는 여러모로 좋지만 코리아도 일본이나 중국처럼 인터내셔널 스쿨 같은 것을 만들어서 국내에서 외국 유학과 같은 교육을 시키면 외화 유출도 안되고 좋을 터인데 왜 하지 않고 있느냐?" 하던 보딩 스쿨 선생의 질문이 생각난다.

영어를 배우려고 하는 중국의 열기는 엄청나게 대단하다. 오히려 외화를 벌 수 있는 절호의 기회다 생각하고 영어로 하는 인터내셔널 스쿨을 여럿 만들어 중국 학생들에게 열어 놓으면 꿩 먹고 알 먹고 할 수 있을 터이다. 방콕이 우리나라 학생 데려다 돈 버는 판인데 우리라고 더 큰 시장인 중국을 대상으로 인터내셔널 스쿨 만들어 무엇이 나쁜가? 생각해 볼 여지가 충분히 있다고 본다.

위화감이나 평준화 같은 데 매달려 국민 모두를 21세기의 후진 국민으로 만들 요량이 아니라면 교육인적자원부가 눈을 뜨고 개혁을 서둘러 감행해야 한다. 교육제도를 한꺼번에 다 바꾸어 놓기가 어렵다면 우선 급한 불이라도 끄는 식으로 대안 학교라도 여러 곳 서둘러 세웠으면 좋겠다. 교육인적자원부 보고 세우라는 뜻이 아니다. 그리할 수 있도록 허가라도 내 주어야 한다. 영어 배우기 위해 외국으로 돈 싸 들고 나가지 않아도 되고, 영어로 교육받은 학생들이 대학이나 대학원을 외국으로 가서 공부하겠다 할 때 영어가 뒤지지 않으니 얼마나 좋겠는가? 또 이런 대안 학교에서 배운 학생들의 영어가 능하면 외국 기업들이 바라는 영어 할 수 있는 인적 자원이 그만큼 느는 것인데 일석이조가 아니라 삼조, 사조가 아닌가?

나 혼자만 떠들 일이 아니고 독자 여러분도 국회의원이나 교육 인적자원부에 수시로 연락하고 요청하여 하루바삐 대안들이 세워졌으면 좋겠다. 우는 아이 떡 하나 더 준다고 했던가? 보채지 않으면 들어 줄 사람이 없게 마련인지도 모른다. 우리의 요구가 시끄러워질수록 위정자들이 귀를 기울여 주지 않을까 생각해 본다.

얼마 전 TV 뉴스에서 말기 임산부들이 미국으로 아기를 낳기 위해 원정출산을 떠난다고 들었다. 캘리포니아 LA지역의 산부인과는 5개월 후까지는 이미 예약이 차 있어 더 받을 수가 없다고 했다. 뒷맛이 씁쓸하다.

아마 이 어머니들은 자신의 뱃속에 들은 아기가 커서 대학을 갈 때쯤이 된다 해도 우리 교육이 별로 바뀌지 않으리라고 믿고 있음에 틀림없다. 미국에 가서 아기 낳는 이유는 미국에서 낳으면 미국 시민이 될 것이고 미국 시민이 되면 거금 들이고 유학 갈 필요없이 미국의 공립학교로 유학갈 수 있다고 보기 때문이라고 한다. 또 남아의 경우는 군대문제도 해결할 수 있는 일석이조라고 했다. 기발한 착상이다. 그렇게 가서 아기 낳고 아기의 시민권 받아갖고 오는 데 2만~3만 달러면 되고 그것을 중재해 주는 여행사가 일손이 달리고 있다고 한다.

비슷한 기사가 타임지인지 뉴스위크지에도 났는가 하면 얼마 전

에는 CNN에서도 만삭인 여성이 아이 낳기 위해 미국행 비행기를
타는 것을 보여 주었다. 모두 같은 내용들이었다.

우리 정부가, 우리의 공교육이 눈감고 아웅하고 있는 동안 고등
교육 받은 우리 어머니들은 기발한 아이디어들을 계속 창출해 내
고 있는 느낌이다. 어떻게 그 어머니들에게 비난의 화살을 부을 것
인가? 그 어머니들 역시 좋아서 그리하고 있다고 보지는 않는다.
그들을 그렇게 하도록 만든 사회에 나는 더 책임을 묻고 싶다. 우
리는 숫자 계산에는 누구보다 빠르고 정확하다. 3만 달러 한 번 내
고 끝낼 수 있다면 3만 달러 십 년 내야 하는 것 보다는 몇 배 낫지
않은가! 잽싸고 빠른 어머니들의 경제 관념을 나무라기 전에 느리
고 우둔한 우리 위정자들의 교육경제가 더 안타깝게 느껴지는 내
가 잘못일까?

무서운 유태인의 힘

　미국에 30년간 살면서 깊이 느낀 것 중의 하나가 유태인의 위력이다. 미국 인구는 2억7천만 정도로 잡고 있고, 그중 유태계가 5백만 정도로 미국 인구의 1/50도 안 되는 1.8%에 해당한다. 인구수로는 2%도 채 안되지만 하버드나 예일 같은 명문대의 유태계 학생은 셋에 하나 꼴인 35%이다. 엄청난 숫자이다. 그러나 그에 그치지 않는다. 의과대학이나 법대로 가면 교수진의 60% 이상이 유태인이고 정교수의 숫자는 90%가 넘는다. 5년 전에는 하버드, 예일, 프린스턴 세 대학의 총장이 모두 유태계였다. 한마디로 미국의 중요한 교육기관을 손안에 넣고 있다고 해도 과언이 아니다. 그러나 이들은 유태인들이 그렇게 자리잡고 있다는 것이 알려지는 것을 원치 않는다. 그래서 좋을 것이 없다고 보기 때문이다.

한국계 학생 수는 유태인만은 못해도 다른 민족에 비하면 많은 셈이다. 하버드, 예일, 프린스턴을 보면 40명 중에 한 명은 되고 있다. 한국 인구 100만이 미국에 살고 있는데 비하면 많은 숫자이다. 그러나 우리는 거기서 그친다. 유태인처럼 교수진이나 총장 자리엔 별로 없다. 어쩌다 누가 교수가 되면 북 치고 나팔 불어대지만 그럴 기회가 별로 없었다.

이 유태인과 우리 코리안은 비슷한 점이 참 많다. 두 나라 다 강대국 속에 끼어서 수천 년 동안 고생만 하고 다른 나라 한 번 정복해 본 역사가 없다.

두 나라 다 인적 자원 외에는 별 이렇다 할 자원이 없다. 우리나라는 물과 경치 좋은 삼천리 금수강산이라도 있지만 이스라엘은 사막 지대이고 기름 많이 나는 나라들 속에 둘러싸여 있어도 기름 한 방울 없는 땅에 자리하고 있다. 두 나라 다 어머니들이 자녀 교육을 맡고 있다. 유태계 어머니들은 딸들에게 유능한 신랑감을 고르라고 어려서부터 가르친다. 외국인이라도 좋으니 의사나 변호사 같은 유능한 신랑감 있으면 굿 캐취(good catch)라고 잡으라고 이른다. 따라서 60년대 총각으로 미국 갔던 우리나라 의사들의 많은 숫자가 유태인 여자들에게 잡혀(?) 장가갔고 거기서 태어난 2세들은 모두 김씨 유태인, 박씨 유태인, 이씨 유태인들이 되었다. 유태인은 어머니들이 자녀 양육을 맡고 있으므로 자식을 모두 유태인으로 키운다. 그때 유태인과 결혼한 우리 남편의 친구 하나는 아들 셋을 두었는데 셋이 다 김씨 유태인이 되어서 해마다 여름방학이면 이스라엘로 가지만 한국에는 한 번도 와 보지 못했다. 물론 한국말은 한마디 못해도 히브리어는 다 한다. 이 정도로 유태인 어머니들은 지독하다.

뭐니뭐니 해도 교육열에 있어서는 유태인과 우리가 막상막하일 것 같다. 둘이 다 무섭다. 자식 학원에 보내기 위해 파출부 하는 어머니는 우리뿐인지도 모른다. 그런데도 결과적으로는 유태인들이 어째서 그리 더 출중하게 각계 요직에서 자리잡고 있는 것일까? 대학 교수진만이 아니다. 노벨상은 아마 유태인이 세계 어느 민족보다 많이 받았을 것이다. 물리, 화학, 의학상 다 휩쓸다시피 하고 있다. 재계를 잡고 있는 것은 자고로 유명하다. IMF 이후 우리도 모두 알게 된 그린스펀 미연방은행장도 유태인이다. 연예계도 유태인들이 주름잡고 있다. 스티븐 스필버그, 더스틴 호프만, 바바라 스트라이샌드, 엘리자베스 테일러 등등 끝도 없다.

유태인과 우리가 닮은 점이 많다 하면서도 세계에 두각을 나타내는 인물에는 왜 우리가 따라갈 수 없을까? 두 나라 다 인적 자원뿐이라는데, 왜 유태인은 세계를 주름잡고 있고 우리는 꽁무니도 쫓아 갈 수가 없을까?

유태인과 우리가 다른 점이 하나 있다. 유태인들은 선민 사상을 국가 이념으로 삼아 왔고, 우리는 조선 500년간 정도전의 개국 이념으로 충효 사상을 뿌리 깊이 박아 왔다. 우리는 삼천리 금수강산, 조선 500년의 충효 사상에 너무 매여 있어서 배타적이 되고 우리나라를 떠날 수가 없다. 떠나면 비난받기 일쑤였다. 유학생이 유학 가려고 자퇴를 해도 유학 간다는 소리도 못하고 슬그머니 떠난다.

유태인은 BC 570년대에 바빌론에 망하고 그때부터 나라 없는 민족으로 2500년간을 떠돌아 다녀야 했다. 1930년대 와서야 시오니즘 운동으로 이스라엘을 다시 찾아 2차 대전 후에 겨우 국가가 생겼다. 만약 우리가 2500년간 나라가 없었다면 어찌 되었을까? 50년 분단하고도 우리는 남과 북이 극과 극이 되고 있는 판이다. 2500년간 유태인 어머니들은 자식에게 유태인인 것을 가르쳐서 오늘에 이르렀다. 그들은 BC 570년부터 시작하여 세계 속으로 흩어져 들어가 싫든 좋든 간에 세계화, 글로벌라이제이션이 시작되었던 것이다. 그 힘이 얼마나 세고 큰지 21세기 최강국이라고 보는 미국에 들어가 1.8%의 숫자로도 미국을 쥐고 흔드는 민족이 되었다. 일찍 세계로 눈을 돌렸던 결과라고 볼 수 있다.

배타적이고 국수주의적인 우리와는 반대의 성격일지도 모른다.

미국에서 유태인 어머니들이나 코리안 어머니들이나 비등한 교육열을 가지고 명문대 가기 위해 애쓴다. 유태 어머니들은 미국 대학이 원하는 것을 빨리 깨닫고 자녀들에게 봉사 활동시키고, AP코스 시키고, 운동, 악기 시키고, 과외 활동 열심히 시킨다. 한국계 어머니들은 폐쇄적인 한국식 사고에서 헤어나지 못해 수능시험 생각만 하니까 SAT학원 보내는 데 주력하고, 내신 위해 A학점만 받으면 되는 줄 안다. 미국의 대학이 원하는 학생은 공부벌레가 아니고 사회의 지도자적 자질을 갖춘 학생들이다. 우리 어머니들은 미국에 와서 살면서도 한국에서 머릿속에 박힌 수능시험 성적에서 벗어날 수가 없는 모양이다. 세계인이 되려면, 글로벌라이제이션이 일어나려면 내 성적, 내 시험 점수를 떠나 미국의 대학이 원하는 전인교육에 발맞춰 주어야 한다.

그래야 명문 대학을 갈 뿐 아니라 사회에 나와서도 지도자가 될 수 있는 것이다. 세계인으로 자랄 수 있고 명성도 날릴 수 있다. 내 점수, 내 성적만 따지면 거기서 끝나고 만다. 많은 한국 학생들이 명문대에 입학을 하고도 도중하차하거나 빛을 보지 못하고 끝나는 것도 그 때문이 아닌가 싶다. 그러니 대학 총장은 고사하고 교수직에도 가까이 가 보기 어렵다.

우리 아버지는 평생 교육계에 계셨다. 누가 아버지에게 교수님 자녀 교육의 목표는 어디에 있습니까 하고 물으면 우리 아버지는 자신뿐 아니라 자녀들도 '자유로운 지성인'이 되는 것이라고 대답하신다. 부모에게 효도하라는 소리는 한 번도 들어본 적이 없다. 무엇이 효도인가? 부모님 모시고 사는 것, 부모님께 용돈 드리는 것, 선물 드리는 것, 보약 지어 드리는 것, 마음 편케 해 드리는 것 다 효도일 것이다. 그러나 거기에 머문다면 우리는 우리 문 밖을 보지 못한다. 우리 아버지가 원하는 효도는 자유로운 지성인으로 사회에 필요한 사람이 되어 주는 것이다. 사실 생각해 보면 만약에 우리 자녀가 노벨상을 받는다면 그 이상의 효도가 어디 있겠는가? 효도하라고 자식을 나에게, 집안에 붙들어 매지 말고, 시야를 넓혀야 한다. 세계로 눈을 돌려 세계에 필요한 사람이 되도록 이끌어 주는 것이 부모의 책임이고 자식의 도리여야 한다.

국가는 우리에게 충을 요구한다. 사실 충효를 부르짖고 있으면 통치하기는 쉽다. 그래서 정도전이 국가 세우면서 이념을 충효로 잡았을 듯 싶다. 시각을 넓히면 군 복무도 충이다. 그러나 누군가가 암을 정복하는 인자를 찾아냈다면, 빌 게이츠 같은 기업가가 되었다면 그건 우리나라와 민족에 더 큰 충이 아닐까?

국가도 국민을 나라에 붙들어 매지는 말아야 한다고 본다. 세계로 뻗어 나갈 수 있도록 도와주고 장려해 줘야 한다. 박찬호나 박세리가 바로 글로벌라이제이션의 한 모습이다. 우리로서는 그보다 더 큰 충이나 효가 없다. 세계를 위해 공헌하는 것이 나라 위한 공헌도 되는 것이고 이것이 바로 세계화이다.

우리가 가진 것은 인적 자원뿐이지만 실은 그것이 가장 중요한 자원이기도 하다. 썩히면 안 된다. 키워야 한다. 우리의 장래를 위해서, 세계의 장래를 위해서 길러야 한다. 효 하라고 붙잡아 두고, 충 하라고 떠나지 못하게 막지 말아야 한다. 같이 고여 있으면 썩게 마련이다. 물갈이가 필요하다. 하버드를 졸업하고 하버드 의대나 법대 가기는 어렵다. 자기 학교 학생은 20%만 받는다. 그러니까 하버드 졸업한 학생은 예일 법대로 많이 간다.

예일대 졸업하고 예일 법대 가기도 무척 힘들다. 거기서도 20% 이상은 받질 않는다. 그러니까 하버드나 다른 곳으로 간다. 이렇게 이들은 물갈이를 늘 하고 있다.

우리는 서울대 졸업하면 서울대로, 연대 졸업하면 연대가 아니고 갈 데가 없다. 우리나라 국회의 38%, 장관의 48%, CEO의 50%가 서울대 출신이라고 한다. 그러니 무슨 수를 써서라도 서울대 가기 위해 별의 별 수단 방법을 가리지 않게 되어 있다.

제발 하루빨리 교육 개혁이 이루어져서 우리도 21세기에 맞는, 필요한 교육으로 시정되었으면 하고 바라기를 50년 동안 해 왔다.

이제라도 해마다 바뀌는 입시 전형, 서울대를 정점으로 일렬로 줄선 수능시험, 암기 위주의 교육, 붕어빵 제조 회사 같은 교육에서 탈피해야 하는데 아직도 요원해 보인다. 붕어빵 교육이 꼭 나쁜 건 아니다. 붕어빵도 필요하다. 명령하면 그대로 받아 일하는 그런 부류가 언제나 사회엔 필요하다. 그러나 최고의 지성을 받아들인 서울대가 학생들을 붕어빵만 만들어 내어놓는다면 그건 문제다. 아니 큰 문제이고 죄악이라고 본다. 주어진 보배를 다듬어 더 값진 보석으로 만들어야 하는데 오히려 다 같은 돌멩이로 만들어 버리면 안 된다.

요즈음 와서 부쩍 늘고 있는 미국 명문대로의 진학은 글로벌라이제이션의 한 단면으로 보인다. 컴퓨터와 인터넷의 도움으로 가능해졌다. 영리한 우리의 아이들 눈이 먼저 뜨기 시작한 것이다. 거기에서 희망이 보인다. 우리 부모들은 유태인에게서 배워야 한다. 우리 손에 있는 귀중한 자원을 어떻게 보석으로 만드느냐를 알아야 한다. 위에서 하라는 대로 그대로 찍고 답습하고 옮기기만 하는 붕어빵 교육에서 전인교육으로, 인성교육으로 옮겨지려면 어머니들의 지혜가 필요하다. 언제, 어떻게, 무슨 방법으로 우리 아이를 전인교육 받게 해서 세계화하는 대열에 낄 수 있게 할까를 생각하고 계획해야 한다.

유학은 장기전이다. 중학교에 가서 준비하기 시작하면 하버드나 예일 같은 일류 대학에 갈 수 있는 학생도 기회를 놓치기 쉽다. 유학을 마음에 두고 있다면 미리미리 계획하고 실행해 가야 한다. 그 중에도 가장 오래 걸리고 힘든 일이 영어이다. 영어 없이는 유학이 힘들기 때문이다. 영어도 어중간하게 해서는 안되고 들을 줄 알고, 말할 줄 알고, 읽을 줄 알고, 쓸 줄도 알아야 한다. 우리의 재래식 영어공부 방법은 눈으로 읽는 데만 주력해 왔다고 봐도 틀리지 않을 것이다. 귀머거리에, 벙어리 영어였고 따라서 영어로 글을 쓰는 것은 생각조차 어려웠다.

우리의 교육은 해마다 더욱 궁지로 몰려가고 있는 기분이다. 작년에 내가 타이타닉 탄 느낌이라고 했을 때만 해도 그래도 올해는 나아지려니 했었는데 오히려 그 반대로만 치닫고 있는 듯 하다. 수능 위주, 암기 위주의 교육에서 헤어나질 못하고 있다.

미국에 가서 유학생들을 돌아보고, 학교 선생님들을 만나 보고, 사립 중고교들을 둘러보고 내린 결론은 구명보트라도 타고 온 학생들이 우리의 희망 줄이 되고 있다는 느낌이었다. 또 그 숫자가 생각보다는 의외로 많은데 또한 놀랐다. 그렇다면 이왕이면 양성화하여 어떻게 하면 학생들이 조금이라도 덜 고생하고, 좀더 좋은 교육의 기회를 잡을 수 있는가 하는 것을 누군가는 알려 줘야 한다는 생각도 들었다.

우리가 지난 50년간 영어공부했듯이 주먹구구로 유학에 대하여 뛰어들 일이 아니고 가릴 것은 가리고, 권장할 것은 권장하고, 조심해야 할 것은 조심하고, 좋은 기회는 놓치지 않도록 하는 것이 이왕 쓰게 되는 외화를 효과적으로라도 쓰게 되지 않겠는가! 교육인적자원부가 2002년도 한 해 동안 쓰는 총 예산의 1/3에 해당하는 금액이 유학비로 나간다면 대안이 시급해도 보통 시급한 일이 아니라고 본다. 그런데도 교육인적자원부가 "어제는 보충 수업을 해도 된다 했다가 며칠 후엔 보충 수업 안 하겠다." 같은 발상만 하고 있으면 일반 시민은 자꾸 유학만 더 쳐다보게 된다. 이왕 이렇게 된 마당에 유학 가라고 부채질하기 위해서라기보다는 유학 가려면 이렇게 준비하고, 이런 것들을 알고 가야 하고, 이런 것은 조심하고, 이런 것에는 안심해도 좋다는 가이드라인이 필요한 때라고 본다.

영어공부를 하러 유학 가는 것이 아니다. 나는 영어 연수보다는 유학에 중점을 두고 다루고 있다.

우리가 한국에서 준비할 수 있는 영어라도 철저히 준비해 가서 영어 때문에 아까운 시간 1년 2년이라도 놓치지 않게 되면, 그것도 외화 유출을 막는 길 중에 하나이다. 또 열심히 독서 습관 길러서 어느 학교에 가든지 빨리 적응할 수 있도록 하는 것도 도움이 된다.

무엇보다 바라고 바라기는 우리의 교육인적자원부가 눈을 뜨고 현실을 직시하고 유학을 위한, 또 영어를 위한 대안 학교들을 하루 빨리 세우는 일이 시급하고 바람직하다. 그 날이 올 때까지는 유태인 어머니들의 지혜를 배워 우리도 글로벌라이제이션에 나서는 방법밖에 없어 보인다.

조실부모가 큰 복이라고요?

얼마 전 로마를 여행하면서 그곳에서 여행사를 하는 한국 분을 만났다. 어떻게 여기 와서 이런 일 하고 계십니까? 하고 물었더니 그 분의 대답이 자식 공부시키기 위해 나와서 찾은 일이 여행사가 되었다는 것이었다. 나는 미국에만 자식들 공부시키려고 이민 왔다는 사람이 있는 줄 알았지 이태리에도 있는 줄은 몰랐었다.

"자제 분은 그럼 어디서 학교 다니고 있습니까?" 하고 여쭈었다. 내 생각엔 아마도 이 분의 딸들이 성악에 재주가 있어서 이태리로 온 것이 아닌가 싶었던 것이다.

"아들이 둘인데 둘 다 영국서 유학하고 있습니다."

나는 이태리의 사정을 잘 모르지만 아마 이 분의 경우는 한국에서 영국 유학 보내기보다는 이태리에서 영국 유학 보내기가 더 수

월했던 모양이다 싶었다.

내가 미국서 아이 키우며 일하는 동안 우리 집에 한국에서 오신 아주머니가 한 분 계셨다. 아주머니는 전라도 정읍이라는 곳에서 결혼해 살다가 남편이 작은마누라 얻어 나가는 바람에 어린 남매를 시댁에 맡겨 놓고 서울에 올라와 요리사로 일했는데, 아주머니의 음식 솜씨가 대사 부인의 마음에 들어 주미 대사의 쿡으로 미국으로 오셨던 분이다. 대사가 귀국한 후에 우리 집에 오셔서 우리아이 보아주고 살림을 맡아 주셨다. 그 동안 나는 아주머니의 영주권, 시민권을 받게 도와 드렸는데 그리되자마자 한국에 있던 남매를 미국으로 데려 오셨다. 아들은 작은 가게 하나 차려 일 시작하고 며느리도 얻어 손자들도 생겼다. 아주머니는 한국에서 초등학교 5학년의 학력밖에는 없어서 지금껏 영어는 별로 못하신다. 그래도 세상살이에는 영리하시고 꾀가 있으셔서 이제는 아들 며느리에다 딸과 사위가 다 좋은 집들도 장만하고 잘 살고들 있다. 오히려 부인 버리고 작은마누라 얻어 나갔던 남편은 아직도 가난에서 벗어나지 못하고 본마누라와 자식들에게 미국으로 데려가 달라고, 살길 열어 달라고 애원하는 판이다. 우리 아주머니는 "네 아버지 미국으로 데려오는 날이면 내 제삿날이 되는 줄 알아라."라고 아들에게 못을 박으시곤 한다. 지난 번 미국 갔을 때 이제는 나이도 70이 넘으신 아주머니께 전화 드려 어찌 사시느냐 여쭈었더니 아주머니가 반갑다고, 좋아라 하며 말씀하셨다.

"우리 아들 녀석은 여전히 장사 잘하고 며느리도 내게 끔찍이 하는구먼요. 근데 브라이언 어머니, 우리 큰손자 녀석이 이번에 코넬

대학에 가게 됐구먼요. 나는 잘 모르지만서 두 아들녀석말로는 코넬인지 뭔지 하는 대학이 그리도 좋은 대학이라던디요? 우리 집안에 대학간 사람 여태 어디 있었는감요! 그란디 손자 녀석이 대학 갔다는데 내가 코넬이라고 하니까 모두 '아이고, 아주머니, 큰일 하셨네요. 그간 고생한 보람 톡톡히 보시네요' 라고들 떠드는 거본 게 좋은 학교는 좋은 학교인가 본디요."

아주머니의 이야기를 듣는 내 코가 다 찌잉 해 왔다. 아주머니의 아들, 딸은 대학 근처도 가보지 못했던 터였는데 손자가 코넬에 가다니!

언젠가 라디오에서 일본의 기업가 마쓰시타의 이야기를 들었다. 그분은 소니의 창업자와 같은 시대 사람이었던 모양이다. 일본 굴지의 전기 회사를 경영하고 있다고 한다. 마쓰시타는 어려서 조실부모하고 가난하여 교육도 제대로 받지 못했고 늘 병약하여 고생했다고 한다. 그런 마쓰시타에게 사업에 성공한 비결을 물으면 그는 언제나 다음 같은 이야기를 한다는 것이다.

"나는 세 가지 복을 타고났습니다. 첫째는 조실부모하여 고아로 자란 것이고, 둘째는 가난하여 공부를 많이 못한 것이고, 셋째는 항상 몸이 약했던 것입니다."

대부분의 사람에게는 이 세 가지가 악조건이면 악조건이지 결코 복이라고 볼 수는 없는 조건들이다.

"나는 일찍이 고아가 되었기 때문에 어려서부터 내 앞길은 내가 챙겨야 했으므로 일찍 철이 들었습니다. 남들은 나이가 스물 가까이 되어야 철이 나지만 저는 남들보다 십년이나 일찍 철이 나야 했습니다. 그러니 복이 아닙니까! 나는 너무 가난해서 고등교육을 받지 못했습니다. 따라서 저는 평생 배우는 자세로 살고 있습니다. 지금까지도 열심히 공부하고 배우고 있으니 그것 또한 복이 아닙니까! 나는 어려서부터 몸이 약해 여러 가지 병을 앓았습니다. 자연히 평생 건강에 조심해서 지금껏도 무리하지 않고 조심하며 살고 있습니다. 건강에 자신 있어 큰소리치던 친구들은 건강만 믿고 무리하다가 50대, 60대에 많이들 일찍 갔습니다. 저는 조심했던 덕분에 지금 96세인데도 아직껏 일하고 있습니다. 그러니 이것 역시 복이 아닙니까!"

그렇다. 마쓰시타씨는 인간이라면 가장 어려울 수도 있는 세 가지 조건들을 모두 복으로 바꾸어 놓고 오늘의 자신을 이루어 놓았다.

내 책을 읽고 "유학! 누구는 싫어서 안 가나? 다 돈 있는 사람들의 이야기이지." 혹은 "우리 같은 서민에게야 그림의 떡이지. 올라갈 수 없는 나무 쳐다보면 뭘 해?" 하는 사람이 많은 것도 안다. 나는 꼭 그렇다고 생각지는 않는다. 마쓰시타 같은 사람도 있고, 우리 집 아주머니 같은 사람도 있고, 천 가지 만 가지 다른 이야기가 다 있게 마련이지 모두 돈 많고, 부모 잘 만나고, 운 좋아 유학 가는 것은 아니다.

60년대 내가 유학 갈 때는 조기 유학은 들어보지도 못했고, 당시는 대학 졸업하고도 우리나라에서 치러야만 내 보내 주는 국가고시에 붙어야 했다. 그리고 유학 가더라도 학비, 송금 같은 것은 꿈도 꾸지 못할 때였다. 운이 좋아 장학금을 타거나 아니면 잡일, 막일 노동해서 돈벌이하며 유학하는 것이 대부분이었다. 요새는 그렇게 고생하고 유학하지 않아도 잘먹고 잘살 수 있어서 안 하는 것이지 길을 찾으려 들면 예전에 있던 길이 지금이라고 없다고 보지는 않는다. 전처럼 고생하지 않고 부모의 도움 받아 수월하게 할 생각을 하니까 어려운 것이다.

교환 학생으로 가서 1년 되었는데 유학생으로 바꾸고 싶다면서 어떻게 하면 좋겠느냐는 질문을 종종 받는다. 나는 유학 알선 기관을 하고 있지는 않다. 그러나 미국의 태도는 안다. 그들은 일단 한 약속은 지키길 원한다. 교환 학생으로 갔으면 그 의무를 끝내고 유학을 다시 계획해야지 중간에 바꾸려 들면 후에 교환 학생으로 갈 후배들에게 어려움을 줄 수도 있다. 교환 학생으로 있는 동안 유학 준비를 해서 교환 학생이 끝나면 귀국하고, 다시 유학으로 나가는 것이 바람직하다.

자식을 친자 포기해서 양자로라도 미국에 보내 공부시켰으면 좋겠는데 그것이 가능한지 물어 오는 사람도 가끔 있다. 얼마나 유학을 원하면 그런 생각을 할까 싶은 심정은 이해한다. 그러나 합법적이 아닌 방법으로 일을 해결하는 것은, 특히 자식의 교육을 두고 그리하는 것은 좀 깊이 생각해볼 일이다. 그런 케이스가 얼마나 있었는지는 모르지만, 미 대사관은 그에 대해 이미 촉각을 세우고 있다고 들었다. 입양은 오갈 데 없는, 부모가 없는 아이를 성인 부모가 입양하는 것이지 부모가 있는 학생을 위한 것은 아닌 것으로 알고 있다. 만약에 서류는 어찌어찌 해서 되었다 해도 들통이 나게 되면 무슨 어려움을 만나게 될는지 모른다.

자녀의 자질이 정말 아깝고 뛰어나다 싶을 경우, 우리나라에서 대학을 졸업한 다음 대학원으로 유학을 가고자 하면 장학금의 혜택이 중고교나 대학 학부보다는 많은 편이다. 그런 경우는 장기 계획을 세워서 그런 길을 택해 보는 것도 나쁠 것은 없다. 몇 년 늦었다고 안될 일은 아니다. 오히려 철들어 하는 공부는 더 의미가 있을 수도 있다. 지금 나에게 있는 조건이 꼭 악조건이라고만 생각할 필요는 없다. 때에 따라서는 전화위복이 될 수도 있고, 대기만성이 될 수도 있다. 내가 처해 있는 상황에서 가장 좋은 방법을 찾고, 나쁜 조건이라고 생각되는 것도 복으로 바꿀 수 있는 그런 지혜를 가지는 것이 현명한 사람이며, 그런 사람에게 궁극적인 삶의 승리도 오는 것이라고 믿는다.

이 좋은 기회를 그냥 놓칠 것인가?

    외국인 사업가가 우리나라에 사업을 유치하러 들어와 시찰 끝내고 TV에서 인터뷰하는 것을 들었다. "21세기는 여는 만큼 배우고 성장하고, 닫는 만큼 뒤진다. 한국은 아직까지는 우리에게 많이 닫혀 있다."는 것이다. 그런데도 우리나라의 일부에서는 너무 열어서 우리나라 모두 다 팔아 없어지는 게 아니냐고 걱정하고 있는 형편이다.

    10년 전의 아일랜드는 형편없이 가난한, 유럽서 가장 가난한 나라였었다. 닫힌 나라였다. 정부의 적극적인 정책으로 지금은 1250개의 외국 기업을 유치하여 10년 사이에 국민소득 3만 달러를 바라보는 나라로 뛰고 있다. 지난 10년간 노사 분규가 한 번도 없었고, 영어를 쓰는 고급 인력을 쉽게 구할 수 있는 점이 아일랜드를 이끌어 가는 힘이라고 한다.

아일랜드까지 갈 필요 없다. 싱가포르를 보아도 그렇다. 6000개의 외국 기업이 들어와 있고 아시아 최고의 사업 환경을 갖고 있다. 그 이유 역시 아시아의 길목에 있는 위치적 여건이 좋은데다 안정된 사회 환경과 영어를 하는 인적 자원이었다.

지금껏 태평양 지역에는 다국적 기업의 총 본부가 일본에 13, 중국에 10, 대만에 1, 호주에 4개인데 싱가포르는 25개이고 한국엔 겨우 볼보 사 하나가 와 있다고 한다.

중국이 세계 무역 국가로 급상승하는 요즘, 중국으로 들어가는 문간에 자리잡고 앉아 있는 우리는 최고의 호조건을 갖고 있는 셈이다. 큰 기업들에게 제발 우리나라 와서 자리 잡으라고 하면 실컷 돌아보고는 다음과 같은 몇 가지 이유를 대고 거절한다.

(1) 경직된 노동시장 (노동권의 데모가 늘 있다.)
(2) 높은 세금 (싱가포르나 홍콩보다 훨씬 세금이 높다.)
(3) 영어가 통하지 않는다.
(4) 생활 환경이 어렵다. (교통 체증, 택시 잡기의 어려움 등)
(5) 환율의 불이익이 크다.

우리는 부지런히 준비하여 중국을 상대로 무역하려고 하는 세계 시장의 허브가 될 위치에 하루빨리 발을 뻗어 내려야 하는데 말이다. 바야흐로 허브 국가를 향한 전쟁을 치르고 있는 바와 다름이 없는데 말이다.

우리나라의 장점도 만만치는 않다.

(1) 뭐니뭐니해도 10억 인구의 대문간 위치에 자리잡고 있다.
(2) 기술 수준이 높다.
(3) 고등교육 받은 양질의 인력이 많다.
(4) 인터넷과 컴퓨터 기술은 누구보다 앞서 있다.

이와 같이 좋은 조건은 타고난 위치 말고는 모두 우리의 교육열 때문이었다. 악조건을 호조건으로 바꾸는 데는 역시 21세기에 부응하는 교육에 바랄 수밖에 없다고 본다. 정치권이나 노동권이나 환경이나 모두 자기 중심의 이기주의에서 벗어나는 교육이 필요하고 또 영어도 필요하다. 싱가포르는 국민 대부분이 중국계이다. 그러나 거의 대부분이 영어를 한다. 그것이 외국인에게는 얼마나 편한 일인지 모른다.

이렇게 다급한 실정인데도 정부의 정책은 엎치락뒤치락 하여 일관성이 없고 투명하지 못해 외국 기업들이 우리의 눈치만 보고 있다. 지난 50년간 잘못 가르쳐 온 영어라도 제대로 되도록 해 주었으면 싶지만 요원하다.

우리 고등학교를 졸업하고 미국 명문대로 유학 가는 학생들은 오히려 우리의 장래를 위해 무엇이 필요한지, 어떻게 해야 할지 나름대로 알고 있고 또 그 꿈을 현실화하기 위해 애쓰고 있다. 어쩌면 우리의 21세기를 향한 전쟁을 패배로 끌고 가지 않을 유일한 힘이 여기서 나오지 않을까라는 생각마저 든다.

우리 아들이 지난 9월에 결혼했다. 신부는 같이 예일대를 졸업하고 하버드 법대를 졸업한 재원이다. 전편《서울대보다 하버드를 겨냥하라》에서 나는 우리 아이는 그리 특별나게 공부파도 아니고, 공부를 유별나게 잘하지는 않았지만 전인교육을 위주로 하는 미국 대학의 교육 방침 덕분에 예일대에 갈 수 있었다고 했고, 혹시 한국에 와서 서울대를 지망했다면 떨어졌으리라고 했다. 그건 모두 사실이었다.

그러나 우리 새아기가 된 에린이의 경우는 다르다. 에린이는 사립학교를 다니지 않고 공립학교를 다녔다. 브라이언은 C학점을 받은 경험이 있긴 하지만 그런 대로 상위권에 달랑달랑 턱걸이하듯 걸려 있었던 반면, 에린이는 A가 아니면 안될 만큼 공부에 욕심이 대단한 아이였다. 성품은 무척 착한데도 학교 공부에서는 2등 하면 못 견디는 성격이다. 예일을 졸업할 때도 1등으로 졸업했다. 워낙 날고기는 기막히게 무서운 아이들이 모여 있는 하버드 법대 가서 아무리 열심히 해도 1등이 어렵게 되자 억울하고 분해서 잠을 못 자던 성격이었다. 예일 졸업 때는 대표로 나가 1등을 받아 왔는데 하버드 법대에 가서는 그 자리를 뺏겼다. 하버드 법대 졸업식에서는 두 명에게 상을 주는데 1등한 학생하고 또 하나는 졸업 에세이를 가장 잘 쓴 학생에게 주는 상이었다. 에린이는 시무룩한 얼굴로 일등상을 받은 학생을 보며 서운함을 참아야 했다. 그리고는 그때까지 비밀로 감추어져 있었던 졸업 에세이 최고상이 발표되었는데, 그것은 에린이 몫이었다. 우리 아들 녀석에 비하면 두루두루 정말 잘난 새아기이다.

예일대 앞에서 브라이언과 에린이

에린이는 지금 뉴욕에서 가장 유명한 로펌 중의 하나인 데이비스, 폴크, 와델에서 일하고 있다. 여기는 150년이나 되는 오래된 로펌으로, 22대와 24대 두 번 대통령을 했던 클리블란드 미대통령이 파트너로 일하기도 했었고 닉슨 대통령도 대통령 되기 전에 일한 적이 있는 회사이다. 여기서 에린이는 M&A, 즉 인수 합병을 전문으로 하고 있다.

지난 몇 달간은 큰 국제합병 건으로 밤 12시가 되어서야 퇴근하기를 떡 먹듯 하더니 드디어 3월에 들어와 에린이가 맡았던 합병

건이 월스트리트 저널에 공개되고 끝을 보았다. 그것은 미국 굴지의 광고 회사와 프랑스 최대의 광고 회사의 인수 합병 건으로 총 30억 달러(4조원)에 달하는 것이었다. GM이 대우 인수하겠다고 나섰던 금액이 5억 달러이었음을 감안하면 여섯배에 해당하는 엄청난 금액이다. 지금은 그나마도 턱없이 어려워 보인다. 물론 에린이 혼자 한 것은 아니고 팀이 한 일이긴 하다. 그래도 에린이 같은 변호사들이 우리나라에도 줄줄이 있었더라면 우리가 IMF 때 얼마나 든든했을까? 얼마나 국익에 도움이 되었을까?

수능 점수 높게 받고 좋은 명문대 갔다고 한들 우리의 붕어빵 찍어내는 교육제도 안에서 이렇게 세계 굴지의 회사들을 합치고 인수하는 그런 역량의 변호사들을 어떤 재주로 만들어 낼 수 있겠는가?

IMF 때 우리는 눈 뻔히 뜨고 우리가 보는 앞에서 우리의 크고 작은 회사들이 줄줄이 헐값에 인수되어 가는 것을 보았다. 어떤 때는 계약이 다 끝나서 얼마 받기로 했다가도 다시 되돌아서서 더 헐값에 팔려 가기도 했다.

21세기에 살아남는 방법은 지적 재산을 갖고 또 키우는 일이다. 지적 재산이 무엇이던가? 우리의, 우리 자손들의 두뇌의 힘이 아니던가? 영리하고 똑똑한 우리의 자녀들이 최첨단, 최고의 교육을 받아 에린이 같은 변호사들이 여럿 생기고 세계를 주름잡을 물리학자, 화학자, 의학자들이 생기고, 빌 게이츠 같은 아이디어 맨이나 잭 웰치 같은 기업 경영자들을 만들어 내야 할 것이 아닌가?

우리의 정부나 교육인적자원부나 국회나 일반 시민들이 그 목적

의 달성을 위한 다른 무슨 방법이 있다고 생각하는지 나는 잘 모르
겠다. 그래도 지금까지 가장 손쉽고 그나마도 가능한 방법은 하버
드를 겨냥해 보는 것이 아닐까 생각한다. 그렇지 않다면 어느 세월
에 우리가 교육 계획 세우고 그에 맞는 인성교육, 전인교육시켜서
21세기에 필요한 인재들을, 뛰어난 과학자를 배출해 낼 수 있겠는
가? 5000년 긴 역사 끝에 세계화의 도약의 기회는 바로 눈앞에 왔
는데 그 기회를 놓치고, 잃어버릴 수는 없지 않는가!

가장 궁금한 베스트 31

《서울대보다 하버드를 겨냥하라》를 읽고, 학생들이나 부모님들이 보내 온 질문들 가운데 가장 궁금해하는 내용을 중심으로 몇 가지 정리해 본다. 책의 본문에서 될 수 있는 한 모두 설명하려고 애썼으므로 중복되는 내용도 있을 것이고, 유학 준비는 혹은 영어공부는 어떻게 하면 좋은가처럼 책 한 권으로 늘어놓아도 모자라는 경우도 있다. 그런대로 문답식으로 묶어 보았으니 많은 도움이 되었으면 하고 바란다.

Q1 유학 준비는 언제부터 시작하면 좋은가?

A1 유학 준비의 시작은 이를수록 유학을 수월하게 이끌 수 있다. 혹시 우리 아이가 후에 유학을 가게 될지 모르겠다 싶으면 유치원, 초등학교 1, 2학년부터 영어공부를 시작해 놓으면 후에 도움이 되리라 본다. 영어가 유학에 기본이 되기 때문이다.

막상 입학 원서 내고, 입학 허가 받고 하는 단계는 아이의 성숙도, 부모의 성숙도에 따라 6학년부터 시작하여 7학년, 8학년 … 대학까지 있을 터이므로 그것은 학생과 부모의 준비성과 또 경제적 여건 등을 참조하여 모두 다르기 때문에 한마디로 대답하기는 어렵다.

유학을 생각 않고 있다가 고2나 고3이 되어 갑자기 가겠다고 나서면 그만큼 어려워진다. 오랜 준비와 노력이 요구되는 것이 유학이다.

Q2 몇 살 때 가는 것이 좋은가?

A2 역시 학생에게 달렸다. 독립적이고 성숙한 학생이라면 5학년, 6학년 때 가도 잘 해낼 것이고 그렇지 않으면 대학을 졸업하고도 가기 어려운 학생도 있다. 부모가 어떻게 키우느냐에도 많이 관련되므로 어려서부터 독립심을 길러 주고 철이 들게 키우면 일찍 가도 좋다고 본다. 최치원 선생은 12세에 당나라에 유학 가서 후에 얼마나 많은 공헌을 했던가!

Q3 어디로 갈까?

A3 뜻이 있어서 터키나, 중국, 일본, 프랑스, 독일 혹은 어디로 가든 다 좋을 수 있다고 본다. 그런 유학도 필요하다. 그러나 우리의 교육 현실이 인성교육이나 전인교육이 아니라고 생각하여 자녀에게 전인교육을 받게 하고 싶어서 간다면 나는 영어권이 좋다고 보고 그 중에도 미국이 가장 낫다고 본다. 21세기초에 사는 우리에게 가장 실질적이고 필요한 교육을 할 수 있는 곳이 미국이라고 보기 때문이다. 졸업하고 취업을 생각한다면 역시 미국이 가장 낫지 않을까 싶다. 또 아직까지는 유학 기간이 끝나고도 이런저런 이유로 그 나라에 그대로 머물기 원할 때, 다른 어느 나라보다 외국인에게 그럴 수 있는 기회를 주고 주류에 끼어들 수 있도록 알선하고 있는 곳이 미국인 것도 무시할 수 없는 조건이다.

Q4 아이만 보내는 유학에 비하여 온 가족 이민은 어떻게 보는가?

A4 이민이 손쉬운 직종이 있고 그렇지 못한 직종도 있다. 자녀의 유학만 생각하고 온 식구가 이민 길에 오르는 것은 무리라고 본다. 부모의 직업이 이민 가서도 잘 적응할 수 있어서 자녀의 교육에도 좋고 부모도 좋다면 적절한 해결책일 수 있다.

Q5 기러기 아빠, 펭귄 아빠는 어떤가?

A5 자식 교육 위해 가정을 분단시키는 것은 권장하기 어렵다. 자식의 유학보다는 행복한 가정이 더 중요하다고 본다.

Q6 유학 준비는 어떻게 하나?

A6 내가 쓴 책 두 권 모두가 다 그 문제를 다루고 있는 것이나 마찬가지이다. 한마디로 답하기는 어렵다. 신중하고, 치밀하며 긴 준비와 노력이 요구되는 항목이다.

Q7 장학금이 가능한가?

A7 대학은 어느 정도 가능하다. 그러나 쉽지는 않다. 중 · 고등 학교 보딩 스쿨의 경우는 장학금 받고 가기가 어렵다. 간 후에 훌 륭히 뛰어난 자질을 보여 주면 이 학생을 놓치지 않기 위해 장학금 을 주기도 한다. 미국 시민의 경우는 장학금 받기가 훨씬 수월하 다. 가난한 학생에겐 많은 혜택을 주기 때문이다.

Q8 미국이 테러 이후 이민법이 까다로워져서 유학이 어려워졌 다고 하는데?

A8 편법을 쓰려 하거나 임시로 미국 가서 비자를 바꾸려 든다 면 어려워졌다고 볼 수 있다. 그러나 법대로 학생 비자 받아서 가 는데야 달라질 것 없다고 봐도 무리는 아니다. 이 책에서 다루었으 니 참고하기 바란다. (p.39)

Q9 우리 아이는 이번 9월 학기에 유학 간다. 아이가 갈 때 따라 가서 학교 근처에 얼마간 있으면서 아이가 적응하는 것을 보고 오 려고 하는데 얼마간이나 있으면 좋겠는가?

A9 짧을수록 좋다. 이틀 이상은 끌지 말았으면 한다. 엄마가 옆

에 와 있다면 아이는 그만큼 의뢰심을 키우게 된다. 데려다 주고, 방 정리 도와주고 싶으면 도와주고(실은 그것도 아이가 혼자 하도록 장려하는 것이 더 좋다.), 끝난 후에는 아이에게 "이젠 너도 다 컸다. 기특하고 장하다. 난 네가 아주 잘해 낼 것이라고 믿는다. 너는 항상 잘해 왔고 앞으로도 더 잘할 거다. 너같이 훌륭한 딸을 준 하나님께 감사한다."하고 돌아와야 한다. 절대 금물은 "엄마가 없더라도 밥 잘먹고 공부 열심히 해라."하며 울고불고 하는 말이다. 엄마의 담대하고 훌륭한 태도가 그대로 아이의 태도가 된다는 점을 잊지 말기 바란다.

아이를 캠프에 보내 놓고 쫓아가서 이것저것 해 주는 어머니들도 있다고 한다. 죽을 쑤건 밥을 짓건 이제는 아이에게 맡겨야 아이가 자랄 기회를 갖게 된다. 오히려 아이는 멀쩡한데 엄마가 찔찔짜고 불안해하면 아이까지 불안하게 된다. 아이보다 엄마가 철이 먼저 들어야 한다.

Q10 한국인이 많은 도시와 없는 도시 중 어느 쪽이 유학에 좋은가? 또한 한국 학생이 많은 학교와 적은 학교는?

A10 이민과는 달리 유학을 놓고 말하면, LA나 뉴욕같이 한국인이 너무 많은 곳은 피하는 것이 좋다. 학교와 공부에 전념해 있어야 할 학생에게 한국말과 한국식 생활을 계속하게 한다는 것은 바람직하지 않다. 영어 배우는 데도 지장이 생긴다.

대부분의 보딩이나 사립학교는 한국 학생이 없는 곳이 거의 없다. 학교의 선생님들도 한국 학생들에게, 특히 처음 오는 학생들에게 될수록 다른 한국 학생들과 함께 붙어 다니지 않을 것을 부탁한다. 또 기숙사도 한국 학생들을 같은 방에 넣지 않는다. 이왕 유학하려면 언어나 문화나 모두 가 있는 나라의 것에 빨리 익혀 가는 것이 성공적인 유학 생활의 첩경이기도 하기 때문이다. 전교생이 기껏해야 500명도 안 되는 가운데 한국 학생들이 많다면 다른 학교를 찾아보는 것도 나쁠 것 같지는 않다. 유학 가서까지 다른 한국 학생들과 경쟁할 필요는 없지 않은가 싶어서이다.

Q11 미국에서 보딩에 가는 학생은 결손가정이 많다고 하는데, 그런 학생들과 같이 사는데 문제는 없는가?

A11 결손가정 자녀의 수 분포가 공립과 사립에 어느 정도 되고 있는지 본 적이나 들은 적이 없으므로 어디에 더 결손 가정의 숫자가 많은지는 잘 알지 못한다. 아마 사립에 더 많다면 그런 이슈가 문제가 되었을는지도 모르겠다. 들어본 적이 없으므로 내 생각에는 공립이나 사립의 차이는 거의 없을 듯하다. 미국에서도 비싼 등록금 내고 사립 가기가 쉬운 것은 아니다. 따라서 결손가정이 그리 많지는 않으리라 짐작되지만, 미국의 결손가정은 한국과는 달라 대부분의 경우 따돌림당하거나 손가락질 받지 않는다. 오히려 결손가정을 잘 받아들이는 사회를 보며 우리의 아이들이나 부모가 더 자라고 배울 수 있는 기회가 될 수 있다.

Q12 보딩의 경우 내가 우리 아이를 돌보는 것에 비해 학교를 믿을 수 있는가? 학생 관리는 어떻게 하나?

A12 대부분의 학교는 엄하게 학생 관리를 하고 있다. 어느 정도가 되는 것이 부모의 마음에 드는지는 인터넷이나 혹은 학교를 보고 다닐 때 각 학교마다 물어서 부모나 학생의 마음에 드는 학교를 선택해야 한다. 학교 중에는 좀 덜한데도 있고 더 엄한 곳도 있다. 부모와 보딩을 비교한다면 부모보다 보딩이 나을 수도 있고 나쁠 수도 있다. 독립심을 키워 주는데는 부모보다는 보딩이 훨씬 나을 것이나 이때껏 이무런 제약 없이 제 맘대로 자랐던 학생이라면 기숙사의 규율을 참기가 어려울지도 모른다. 보딩도 숙제하는 시간, 공부하는 시간, 등등을 주고 있지만 우리 어머니들 욕심처럼 24시간 공부시키지는 않는다. 학교 방문할 때, 보딩의 경우 기숙사 내에 상주하는 선생님이 얼마나 되는지, 돕는 이들이 있는지는 꼭 점검하기 바란다.

Q13 부모가 옆에 없을 때 학생이 찾아갈 카운셀러나 지도교사가 있는가? 그런 경우 아이가 어느 정도 깊이까지 상담할 수 있는가?

A13 어느 학교나 지도 선생님은 다 계신다. 또 보딩 스쿨 대부분이 교회 계통이어서 목사님이 상주하고 있는 곳도 많다. 어떤 교파에 소속되어 있지 않더라도 학교 내에 채플은 꼭 있고 지도자도 있다. 얼마든지, 언제든지, 어디까지든지 상담할 수 있다.

Q14 상담 후에 부모에게 연락해 주는가?

A14 학생이 비밀로 지켜 달라고 하면 아무리 부모라도 알리지 않으리라고 본다. 경우에 따라서는 오히려 학생에게 부모와도 상

의할 것을 추천하리라 믿는다.

Q15 미국에 유학 보내려니 마약 문제, 총기 문제가 걱정이다.

A15 이에 대해서는 내가 자세히 다루었으므로 관련 사항을 찾아보기 바란다.(p.24)

Q16 딸을 유학 보내려니 아들과 달라 더욱 신경이 쓰인다. 미국은 성이 문란하기로 널리 알려져 있는데 어린 딸을 유학 보내도 되겠는가?

A16 얼핏 보면 문란한 듯 하나 미국 문화는 그 문화대로 성에 대한 도덕과 규율이 있다. 우리와 다르다고 더 문란하다고 보는 것은 옳지 않을 수도 있다. 그러나 아들이건 딸이건, 특히 아들의 경우 성에 대한 교육을 철저히 시켜서 보내야 한다. 본문을 참고하기 바란다. (p.127)

Q17 우리 아이의 경우는 6학년 때나 7학년 때 유학 보내서 그곳의 영어와 생활에 익숙해 진 후에 동북부 유명 사립고로 옮기고 싶은데 가능한가? 옮긴다면 언제 옮기는 것이 좋으며, 무슨 준비가 필요한가?

A17 물론 가능하다. 9학년이나 그 전에 옮기면 좋을 것 같다. 대학 입학 원서에는 9학년부터 내신이 요구되므로 적어도 10학년 전에는 옮겨야 여러 면으로 유리할 것으로 보인다. 준비는 다른 여느 학교에 입학 원서 내는 것과 다 마찬가지이다.

Q18 글쓰기가 중요하다고 하는데, 어느 정도 준비해야 하나?

A18 미국은 초등학교에서도 걸핏하면 글써서 리포트를 내라고 한다. 그러니까 쓰기가 일상화되어 있다 해도 과언이 아니다. 초등학교 때부터 시작하여 영어로 일기 쓰고, 편지도 써 보고, 읽은 책의 내용도 요약해 보고, 시나 이야기를 적어 보고, 그렇게 하기를 꾸준히 하면 좋다. 또 유학 가서 중고등학교에 가게 되면 학교마다 필수는 아니라도 writing을 교과 과정으로 제공하는데 꼭 선택하기 바란다. 에세이 쓰는 데도 도움이 될 뿐 아니라 전반적으로 글 쓰는 데 도움이 되어 대학가서 또 후에 사회에 나가서도 큰 도움을 준다.

Q19 SSAT는 언제부터 어떻게 공부하면 될까?

A19 사실 영어만 제대로 준비했다면 따로 SSAT 공부할 필요는 없다. 미국에서는 사립 중고교 가기 위해 SSAT 공부한다는 학생을 본 적이 없다. 모두 자신의 평소 실력으로 가서 보는 것이다. 우리는 영어가 부족하기 때문에 SSAT, 토플 공부를 따로 해야 하는 셈이다. 그렇게 보면 SSAT는 처음 영어 배우기 시작할 때부터 시작한다고 봐도 과언이 아니다. 영어공부를 철저히 하고, 유치원부터 초등학교 6학년까지 《What Your 6th Grader Needs to Know》만 제대로 읽고 이해한다면 걱정할 필요 없다. 그 외에는 책 많이 읽고, 글 많이 쓰는 것이 최고이다. SSAT 문제집도 좋다. 정 불안하면 학원도 나쁠 것은 없다. 단지 엉뚱한데 시간만 허비하지 않는다면 말이다.

Q20 음악, 운동을 하라고 하는데 어느 정도까지 해야 하는가? 거기에 시간을 다 쏟을 수는 없지 않은가?

A20 대학으로 유학한다면 운동도 어느 정도 실력이 있어 학교 대표 선수는 되어야 운동한다고 할 수 있다. 예를 들면 A고교 야구 팀 선수로 활약했다던가 수영이나 빙상에서 대회에 나가 상을 탔다는 정도의 경력이 있어야 한다. 그러나 중학교나 고등학교의 경우는 아직 어린 나이이므로 그런 경력이 없기 쉽다. 몇 년간 얼만큼 했다는 정도로도 족하다. 물론 무슨 상을 받은 것이 있다면 크게 자랑해서 나쁠 것은 없다.

음악이나 운동에 시간을 쏟지 않고, 했다고 할 수는 없다. 전인 교육이라는 것이 말 그대로 공부만이 아니고 정말 인간다운 인간을 만들어 내는 데 있기 때문이다.

Q21 봉사 활동은 얼마나 해야 하나?

A21 사립고에 갈 경우 그 학교의 지도 선생님께 여쭈어 보면 최소한 몇 시간 하라는 지침서가 보통은 있다. 초등학교나 중학교의 경우는 학생이 어려서부터 뒤지고 밀린 사람들에 대한 마음과 성의가 있음을 보여 주면 된다. 꼭 대학처럼 언제 어디 가서 몇 시간 했다는 증거를 요구하지는 않는다. 그러나 그런 자세는 보여주는 것이 좋다. 지도자의 자질에는 꼭 필요하다고 보기 때문이다.

Q22 토플은 어느 학년부터 준비 시작할까?

A22 SSAT나 SAT와 마찬가지로 토플 역시 영어의 준비가 제대

로 되어 있는 것이 주이기 때문에 제대로 영어공부만 했다면 따로 준비할 것은 없다. 고장난 레코드처럼 같은 소리를 되풀이하지만 영어공부가 충분치 못했다거나 자신이 없다면, 또는 시간이 부족하다면 토플 책을 공부해도 좋고 학원에 가는 것이 안심된다면 학원도 나쁠 것은 없다.

Q23 우리 아이는 이미 유학을 가 있다. 그런 경우도 SAT나 토플 공부를 학원에 가서 하는 것이 필요한가?

A23 유학 가서 1년이 넘었다면 구태여 토플 걱정은 안 해도 된다 (완전 한국인 사회에서 살고 있는 경우를 제외하고). 유학 생활을 열심히 하고 있는 학생인데도 토플 성적이 나오지 않는다면 어디가 잘못되었다. SAT는 따로 공부가 필요할 수도 있다. 특히 9학년이나 10학년 때 유학 온 학생이라면 아직도 영어와 미국 문화나 사회에 미숙할 수도 있기 때문이다. 학원도 좋고 혼자 SAT책으로 공부해도 좋다. 학생의 열성과 능력에 따라 결정할 일이다.

Q24 영어공부는 언제부터 어떻게 하면 좋은가?

A24 가장 많이 받는 질문 중 하나이고, 중요한 질문이지만 한마디로 대답하기는 너무 어려운 질문이기도 하다.

영어 공부의 시작은 초등학교 들어가기 1년 전 정도, 즉 유치원 나이부터 시작하면 너무 늦지도 어리지도 않을 것이라고 본다. 어떻게 해야 하는가는 이 책에서 여러 면을 할애했으니 참고하기 바란다.(p.217)

Q25 에세이 준비는 어떻게 시켜야 하나?

A25 에세이는 고3 학생이 쓰는 글이다. 학교는 응모하는 학생이 쓴 글을 통해 이 학생이 어떤 학생인지 파악하고, 그 학생의 사람 됨과 장래를 보고 싶은 것이다. 어머니나 선생의 생각이 아니고 학생의 생각을 알고 싶은 것이다. 종종 부모나 스승이나 친지가 써 준 훌륭한 글을 보내는데, 그 속에 학생의 부각된 모습이 보이질 않으면 입학 담당자의 눈을 끌지 못한다. 무엇보다 우선 학생의 글이어야 한다. 고3 정도라면 뚜렷한 자신의 생각이 있을 나이도 되었다. 입후보자의 연설 같은 글이나 조선 500년 충효 사상이 물든 글은 요즈음 학생의 글이 아니라고 본다. 지난 12년간 책 많이 읽고, 글 많이 썼으면 그것으로 족하지 하루아침에 훌륭한 에세이가 나오는 것은 아니다. 어떻게 재주부려 좋은 대학 갔다 해도 리포트 쓰는 재주가 없으면 낙방하는 10%에 들기 쉽다. 눈감고 아웅 하거나 편법을 쓰려 하지 말고 제대로 글쓰는 연습도 어려서부터 열심히 키워 가는 외에는 다른 방법이 없다.

Q26 각 학년의 필독서를 구하고 싶다.

A26 미국의 많은 선생님들은 필독서의 리스트를 갖고 있다. 그러나 우리의 환경에서는 그림의 떡인 경우가 대부분이다. 그 책들이 비치된 도서관이 있는 것도 아니고, 한 두 권이 아닌 책을 다 돈 주고 사기도 쉽지 않다. 더구나 책이라는 것은 각자의 취향에 따라 도서관이나 서점에 가서 뒤적이고 들여다보면서 '이 책 읽고 싶다' 라고 생각이 날 때 빌리거나 사게 마련이지 리스트에 있는 이

름만 보고 사기는 너무 비경제적이고 불합리하다.

  우리 서점에 나와 있는 영어 책들을 누군가가 혹은 나라도 좀 정리하여 리스트를 만들었으면 좋겠지만 당장은 그도 쉽지는 않다. 대부분이 대형 서점이나 영어 전문 서점에 나와 있는 책들은 다 읽어도 괜찮은 책들이다. 자주자주 서점에 출입하면서 학생이나 부모나 자녀에게 맞는 책을 계속 찾아 읽어 가라고 권하고 싶다. 또 내게 필요 없어진 책들은 버리지 말고 이웃이나 가까운 도서관 같은 곳에 보내 계속 쓰여진다면 더욱 좋겠다.

Q27 6학년짜리 우리 아이가 작년에 두 달간 미국의 학교에 다녀왔다. 영어야 으레 부족하거니 했지만 그런 대로 과학이나 수학은 짐작으로라도 따라 할 수 있었는데 역사는 완전히 깜깜했다고 한다. 역사 공부는 따로 해야 할 것 같은 생각이 들던데 어떻게 생각하나?

A27 완전히 공감 가는 소리이다. 수학, 자연 과학 등은 배우는 내용이 비슷하여 한글로 배우던 것을 영어로 바꾸면 된다. 그러나 우리나라에서는, 특히 초등학교에서는 세계 역사나 세계 문명 같은 것을 가르치지 않는다. 한국 역사는 가르치나 유학생으로 나가 있을 때는 한국 역사는 요구되지 않는다. 따라서 가 있는 나라의 역사에 대해 전혀 아는 바가 없을 수 있다. Pearson Leaving & Core Knowledge에서 내어놓은 《History & Geography》는 이런 면에서 아주 훌륭한 책이다. 그 나라의 역사와 문명, 세계사, 세계 문명 등은 미리 읽고 가면 아주 도움이 된다. 모르고 가면 영어마

저 부족한데 따라가기가 쉽지 않다. 필독서의 리스트 속에 첫째로 꼽고 싶은 책이 그런 책들이다.

Q28 우리 아이가 하도 유학을 원해서 양자로라도 보낼 수 있었으면 싶다. 그런 것은 어떤가?

A28 나는 내 생각이 꼭 옳고 바르다고만 믿지는 않는다. 그러나 그에 대한 질문이 몇 있었기에 본문에서 다루었으니 참고하기 바란다.(p.286)

Q29 나는 지금 홈스테이를 하고 있는 학생이다. 나는 공부하러 왔는데 이 집에서는 걸핏하면 이런저런 심부름이나 일을 시켜서 속상하고 솔직히 하기 싫다. 보딩에 가고 싶지만 돈이 많이 들 것 같아 걱정이다. 혹시 장학금을 받을 수는 없을까?

A29 홈스테이를 받는 사람이 돈 때문에, 혹은 일 시키려고 하는 사람은 100에 하나도 없다고 생각해야 한다. 대부분이 활달하고, 개방적이고, 남을 돕기 좋아하고, 다른 문명 문화에 관심 있는 사람들이다. 미국 가정에서도 같은 가족이면 다 어느 정도 서로 돕고 일해야 하는 줄 알고 있다. 그 정도 일이 힘들고 싫다면 이 학생의 어머니는 자식을 잘못 키웠다. 나는 어머니의 책임이 크다고 본다. 또 자식이 공부만 한다면 숨소리조차도 크게 내지 못하는 우리 사회의 책임이기도 하다. 장학금은 오히려 "무슨 일이든 하겠습니다. 공부만 하게 도와주십시오." 라는 학생에게 주어져야 한다.

Q30 우리 아들이 가 있는 학교 선생님들, 특히 지도 교사, 영어
선생님, 수학 선생님, 기숙사 사감 선생님께 선물하고 싶은데 어떻
게 어느 정도면 되겠는가?

A30 미국은 25달러 이상의 선물은 세금 낼 때 보고하게 되어 있
다. 따라서 25달러가 넘는 선물은 금해야 한다. 그러나 우리 어머
니들이 극성이다 보니 돈 있는 집 자제들이 가 있는 곳은 한국 어
머니들의 '선물'은 모두 받고 있다고, 기대하고 있다고까지 떠들
지경이 되었다. 아무리 선물을 하더라도 선물 받은 선생이 추천서
를 더 훌륭하게 써 주어서 더 좋은 학교 가게 되었단 소리는 듣지
못했다. 오히려 선생이 더 조심할지도 모른다. 제발 알아서 자제하
기 바란다. 어느 사립학교든지 학교를 위한 기금을 매년 걷는다.
원하면 거기에는 충분히 내는 것이 좋다. 그러면 학교 잡지에 이름
도 실어 주고 큰 액수라면 액수도 알려 주고 또 학교에서 공식적으
로 고맙다는 편지도 받게 된다.

Q31 기숙사 방에 컴퓨터가 있으면 그렇지 않아도 게임에 빠진
우리 아이가 게임이나 하며 시간 다 보낼까 봐, 혹은 포르노나 도
박 사이트 같은데 들어가 있을까 걱정이 되는데 방안은 없는가?

A31 좋은 질문이다. 개인용 컴퓨터를 방안에 놓지 못하게 하는
기숙사가 많다. 학교에서도 공부한다고 컴퓨터 앞에 앉아 게임하
거나 인터넷에 들어가 다른 짓 하는 학생을 막기 위함이라고 설명
하고 있다. 학교마다 도서실이나 컴퓨터 랩 등에 학생들이 충분히
쓰고도 남을 컴퓨터가 비치되어 있느니 만큼 컴퓨터의 부족은 없

다. 단지 기숙사 방에는, 특히 남학생의 경우 금하고 있는 학교가 대부분이다.

우리 아이는 절대 그런 걱정 필요 없는 학생이므로 컴퓨터가 꼭 방에 있어야겠다 싶은 경우는 그런 학교를 찾아보는 것이 좋고, 학생의 방에 컴퓨터가 있는 것을 원하지 않는다면 입학 전에 알아보는 것이 더 바람직하다.

중복되는 질문에 지루함이 있었다면 이해해 주기 바란다. 내가 말한 답변이 가장 옳고, 가장 적합하다고 고집하지는 않는다. 사람이 다 다르게 생겼듯이 각 케이스마다 다르고, 학생마다 다르고, 같은 학생이라도 초등학교 때와 중학생이 되면 문제가 달라진다. 그런 모든 점을 참고하여 때와 장소와 무엇보다 학생과 부모가 처한 상황과 위치에 맞는 대안을 찾아가기 바란다. 사람다운 사람을 만드는 귀중하고 훌륭한 일에 축복과 성공을 빈다.